恋の華

白蓮事件

永畑道子

藤原書店

柳原白蓮

白蓮の著書の一部（『紫の梅』『流転』『筑紫集』）

庭園から見た伝右衛門邸（現在）

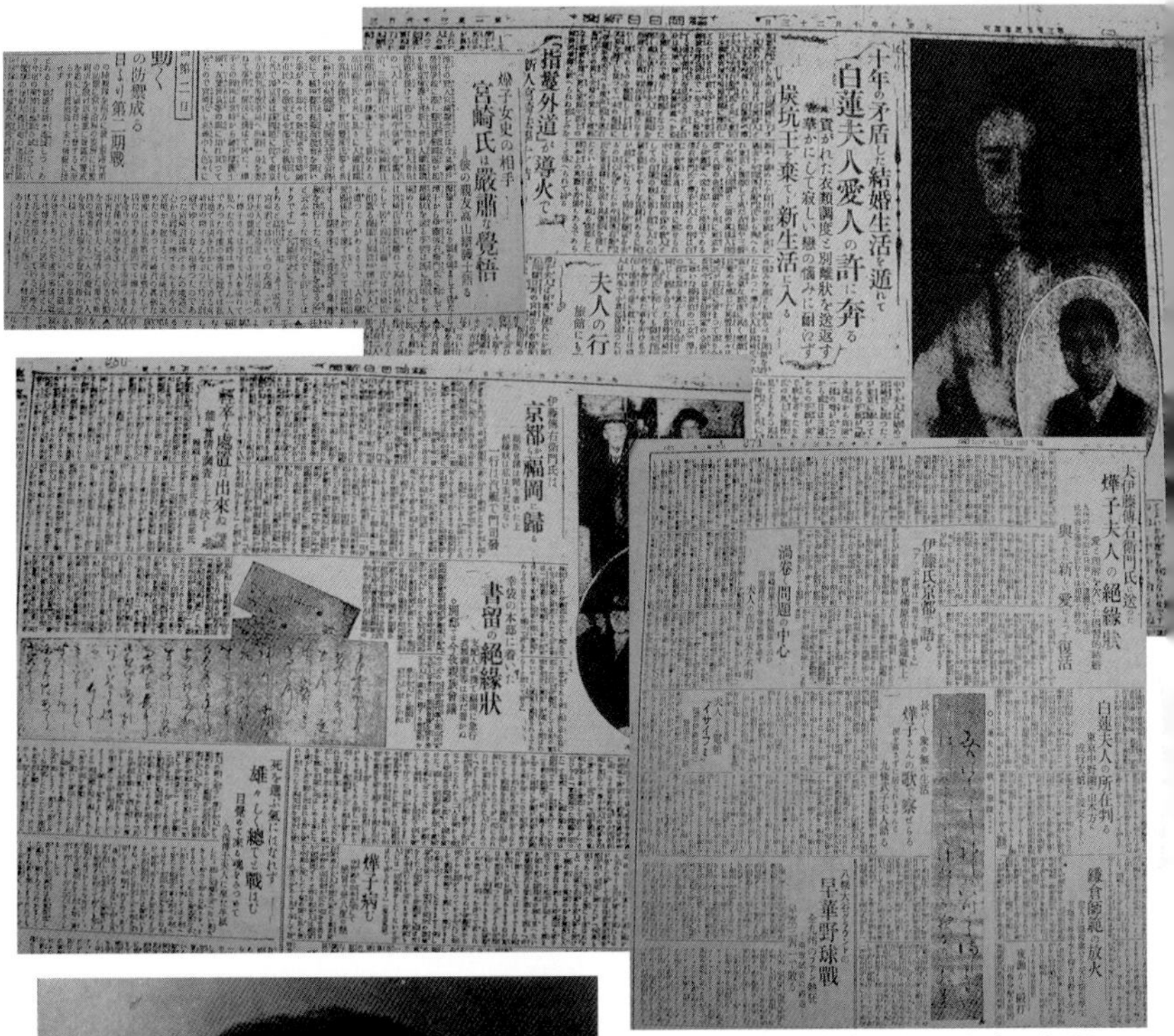

十年の矛盾した結婚生活を遁れて
白蓮夫人愛人の許に奔る
炭坑王を棄てて新生活に入る

燁子女史の相手
宮崎氏は厳粛な覚悟

京都から福岡へ帰る

書留の絶縁状

燁子夫人の絶縁状

白蓮夫人の所在判る

早華野球戦

上：白蓮出奔を報じる当時の新聞

若き日の柳原白蓮

伊藤伝右衛門（1860-1947, 衆議院議員時代）

左上：長男香織と
右上：宮崎竜介と
下：晩年の白蓮

もくじ

第一章　出奔　7

大阪毎日、空白の二日間　11
伊藤燁子〝紛失〟　14
絶縁状、朝日紙上に　17
京の宿の伝右衛門　20
世に叛く行為　24
「絶縁状を読みて、燁子に与ふ」　26
恋の道行き　37
男の無念、弁明無用　41
うつつの白蓮　43
厨川白村『ラブ・イズ・ベスト』　50
博多、祭り太鼓の夜　53

第二章　花芯　59

伊藤博文をふった女　62
生母おりょう　68

奥津家の身より　70
柳原家・女の葛藤　74
波乱の燁子　79
運命の糸　82
育ての母、増山くに　87
品川の海を恋う　92
北小路家養女へ　95
宇治川畔の証言　99
破婚の身　103

第三章　蒼　狼　109

学問への渇望　112
西南の役苦役　116
八木山峠　119
父伝六・タヌキ掘り　124
伝右衛門細心　126
女遍歴と、孝養と、　129
ふたりの女　131
別世界の燁子　135

身心病む男　142
姦淫する自由　144
歌集『踏絵』　147
幻の恋　149
おゆう身代り　152
魔性の女　156

第四章　浮舟　159

崖の上に立つ　162
筑紫の女王、絹のハンカチ　167
万華鏡のように　173
仕掛けた恋　178
桃の実ふとる　186
出会い　189
東大新人会出発　191
まことに人を恋ひそめぬ　195
行く手は闇　198

第五章　波　瀾　203

華麗なる〝人身御供〟　208
出奔への手立て　211
決行直後　216
〝生活の安定をもたぬ女〟　220
伝右衛門、苦悩　224
香織誕生　228
滔天の妻槌子　231
宮崎家を支える　234
天日の下の不倫　236
燁子変貌　237
平和運動――失明の終焉　242

初版あとがき　247
白蓮関係略系図　248
白蓮略年譜　250
解　説（**尾形明子**）　253
人名索引　270

恋の華・白蓮事件

カバー・デザイン　作間順子
本文・章扉カット　永畑風人

第一章 出奔

十月初旬ともなると、九州南国の陽射しは、ようやく薄らいでくる。

身辺の整理をはじめたのが九月半ば過ぎ。ひと知れぬ作業も、何とか目途《めど》がついたようである。坐《すわ》っている畳《たたみ》廊下の、ひんやりした感触がふと、身体の芯に伝わる。秋の気配と、わが身のうちにはっきりと起こっている変調と、こもごもいたるさびしさのなかで、燁子《あきこ》は、庭先の萩を見凝《つ》めていた。傾きかけた陽のなかの、微かな花のゆらぎ。

少し離れた庭隅の、つくばいのすぐ傍に、夫、伝右衛門が愛《め》でている常緑の松が、がっしり聳《そび》え立っている。

（この庭を見ることも、もうこれで……）。萩のはかなさと根を張る松の対照が、自分たち夫婦のようでもある。そのころ、大正十年当時、福岡県嘉穂《かほ》郡幸袋《こうぶくろ》。いまは飯塚市に合併されているが、この町に大正鉱業社長伊藤伝右衛門の本邸「伊藤商店」が長塀を連ねていた。

筑豊炭田のなかで、新手、中鶴、大根土の三良質炭坑を所有し、石炭採掘量月産約四万トン、伝右衛門の資産百億を超えるとみなされていたころである。大正三年に古河鉱業と提携した関係もあって、伝右衛門は年二回、春と秋に妻燁子を伴って上京、商用に奔走するのが常である。

その日が明日に迫っている。燁子はふたたび、この家の大扉をくぐるつもりはない。ひと月余前から、月のものを見なくなっていた。

夏のさかり、京の宿で忍び逢った幾夜かの火照《ほて》りが、つい今しがたのことのように、熱く疼き、蘇ってくる。

数多くの男たちが、言葉の遊びや深い思い入れのなかで燁子を通り過ぎていったけれども、この身にひびく官能の眩しさだけは絶ちつづけて、幾年生きてきたことだろうか。

潔癖とさえ噂された女の日常が崩れた。

年下の男のムチのように撓《しな》う激しい行為に、忘我のときを過ごして、子種が根をおろしたことに気づいた、それが先月。

秋の日は、つるべ落としにあわただしい。〝変調〟が、積年の思いをうながし、行動に拍車をかけたようである。

明日の、夫の上京に同行することにはじまる〝出奔〟を知っているのは、燁子の恋の相手である宮崎竜介と、彼の周辺の東大新人会のごく親しい仲間数人だけ。

しかし、この福岡に、燁子が打ち明けた男がひとりいた。伊東盛一——福岡日日（現西日本）新聞の記者である。燁子がこの地に嫁いできてまもなく、都のにおいを曳《ひ》きずった若い伊東が、駆け出しの身を燁子の前にあらわしている。ダンディで感性鋭い文学青年でもあった伊東に、ほのかな好意を示しつづけてきた燁子は、竜介とのことをいち早く、見抜かれてしまっていた。

貴方には隠せない。でも、貴方はけっして、書かない。

家出の計画を彼だけにすべて話し、甘えながら念押しもした。このような訣別が、男と女の別れにも似通っていることを自身のうちに確かめながら。

萩の花群に、数多の面影がちらつく。

燁子にとっては、福岡で過ごした十年の歳月が一瞬のうちに凝縮したような、その日の夕暮れである。

事件が、世のなかに知らされたのは、それからなお十日余もあとのことになる。

大阪毎日、空白の二日間

大阪毎日新聞記者北尾鐐之助は、この事件に先立つ九月半ば、奇妙な小包を受け取った。福岡支局を離れて大阪本社詰めとなり、神戸住いとなってまもなくのころ。

差出人は、伊藤燁子。親交あった燁子の奔放な上書きの文字を確かめて、北尾は、その小包を開けてみた。

習字の手本、経文、尼用の白衣。戸惑うほかない中身である。小包を追いかけて、まもなく燁子から手紙が届いた。

——上書きを間違えたゆえ、そのまま河内の道明寺へ送ってほしい、と。

まもなく北尾の許へは、道明寺から別の小包が送り返されてきた。福岡時代に北尾が、燁子との交際のなかで取り交していた新聞切抜き帳や雑多な書籍が、その中から出てきた。「何か整理をしているのだろう、近く福岡市内の別邸＝銅御殿《あかがね》＝が竣成して、幸袋から移転するので書斎の取片付けでもしているのだろう」と、北尾は思ったと、のちに記している。（『婦人公論』大正十一年二月）

この時期が、丁度、白蓮こと伊藤燁子の、身辺整理のころに相当していたのである。

北尾は、燁子から、日頃の伝右衛門との関係、心よせてくる男たちとの〝交渉〟などを縷々ときかされる立場にいた。〝十数通に及ぶ〟燁子からの熱っぽい書状も掌中にしている男である。

しかし、この北尾に対して、燁子は、〝家出〟の決意を全く打ち明けなかった。むしろさいごまで隠し通そうとした。おそらく、北尾が、『大阪毎日』の記者であったというその理由のためであったと思われる。

北尾は十月になって、燁子から、〝義兄、入江為守＝東宮（のちの昭和天皇）侍従長＝とあうため東京へ行くから、どこかでお逢いしましょう〟という意味の手紙を受け取った。ただしその便りには出京のくわしい日時は、書かれていない。

十月下旬、北尾は上京して、たまたま吉井勇夫人に連絡をとり、燁子が、伝右衛門と東京に滞在していることを知る。吉井勇夫人徳子は、燁子の姪に当たっていた。

翌日、北尾は、吉井氏夫妻や、燁子がかつて破婚に終わった北小路家での実子功光らと、秋の江の島で遊び、たいして変化もない燁子の最近の動静などを、この、もっとも近いかかわりにある一族と話しあったりしている。

明けて十月十九日、北尾が、日本橋上槇町にある伝右衛門の定宿「島屋」へ電話をすると、燁子が出てきた。あす藤沢片瀬海岸の吉井宅へ行くつもりだといい、そこへの道を、ていねいに訊ねた。

北尾は、道順を教えながら、わかりにくかろうから電報を打って迎えにきてもらうようにとすすめ、燁子は、さっそく電報を打ちますと答え、〃いずれ、二十二、三日ごろ大阪で逢おう〃と、約して、電話が切れた。

何事もなく、北尾はその夜、大阪へ帰っている。

燁子の家出が東京で決行されたのは、翌二十日である。

北尾はその二十日、大阪毎日の本社へ出て、燁子の相手方宮崎竜介側から流れてきた〃伊藤夫妻離別か〃の噂を、ことごとく否定する立場に立った。つい昨日、当の燁子と交したばかりの電話、たがいの消息を伝えあい、いかにも頼り切った燁子の息使いの声が、はっきりと耳朶《じだ》に残っていた。

ふたりの間の暗黙の信頼を、裏切る燁子とは到底思えぬ。彼は信じ切っていた。

彼女は家出どころか、片瀬にいる、吉井勇家にいる。

翌二十一日午後、燁子家出の情報が〃京都N氏〃から大阪毎日へ緊急に入るのだが、しかし、北尾はそれも打ち消した。噂にすぎぬ、虚偽だといい切ったのである。ただし、吉井家にあてて、燁子の所在確認の電報を打つことだけは、している。

大阪毎日〝空白の二日間〟が、こうして流れた。

伊藤燁子〝紛失〟

一方、大阪朝日新聞は、十月十九日午後、新人会メンバー早坂二郎（外報部）、中川敏夫（社会部）を通して、社会部長・原田譲二がこの〝家出事件〟を事前にキャッチ、一頁大の記事作りを固めた。翌二十日午後、東京島屋旅館をあたってみて、燁子の家出がすでに決行されたことを知る。

その日の朝、伝右衛門は宿を発って京都へ向い、送っていった燁子がそのままま だ帰らぬと、宿の話である。取材陣は動揺した。

ふたりを乗せていった自動車の番号三八四二。これが唯一の手がかり。〝とにかく白蓮夫人の行方の探索に全力をあげることにした〟と、原田はそのときの経過を、のちに『文藝春秋』（昭和三十年十月、臨時増刊号）誌上に述懐している。

記事は、とりあえず翌二十一日朝刊に報じられる予定だった。しかし、ここで水がはいった。宮崎竜介の親友、赤松克麿（当時、友愛会鉱山同盟理事）が大阪朝日を訪ね、原田に面会、説得した。

「もしこの記事が明朝（二十一日）の新聞に出ると、京都に着いたばかりの伝右衛門がすぐ引返して、捜索願とか何とか騒ぎが大きくなり、せっかくここまで運んだのがこわれてしまう。これは掲載をぜひ一日のばしてもらいたい」（同じく『文藝春秋』増刊号）

宮崎側のいい分である。その代り、と持ち出されたのが、〝燁子から伝右衛門あての絶縁状〟を手渡す、ということであった。

特ダネは、一日おくれになる。他社に知れる危険、この上もない。かけひきめいた〝絶縁状の公開〟も気になる。迷いながら、原田は、赤松の〝友をおもう〟誠意に打たれ、条件をのんだ。

大正十年十月二十二日、大阪朝日新聞朝刊は、次のような記事を社会面に掲げた。一面ことごとく埋めつくす派手な扱いである。

『筑紫の女王』伊藤燁子

伝右衛門氏に絶縁状を送り、

東京駅から突然姿を晦ます

愛人宮崎法学士と新生活？

「白蓮燁子夫人は過日来良人伝右衛門氏と相携《たずさ》へて上京、日本橋上槇町島屋旅館に滞在中の所、二十日午前九時三十分東京駅発の特急列車で一足先に帰郷する伝右衛門氏を見送ると共に自分は島屋へも帰らず何所へか姿を隠してしまった」

「過去十年間の間に伝右衛門から与へられた、衣類、調度から身にまとへる一枚の絹物も三個のダイヤモンド入り指輪も二個の真珠入指輪も八つの金指輪もことごとく姿を隠すとともに東京から伊藤家へ送り返した模様である」

「愛人は宮崎滔天《とうてん》氏の息、弁護士法学士宮崎竜介君である。大正八年一月、当時大鐙閣（『解放』の発行所）の社員として宮崎氏は本の刊行の打ち合わせの為別府で初めて白蓮と知り合った」

さらに宮崎竜介談話が紹介されている。

「今更隠しても仕方ありません。燁子との恋愛関係については僕は決して否定しません。三年前別府で知り合って以来僕等の間に自然とある親しみを抱く様になったものです。……僕によって生きて行こうとするならば救っていくのが僕の義務です」

朝刊で〝燁子家出〟を報じたのは、大阪朝日一紙だけ。完全なスクープであった。

その同じ日、二十二日夕刊。各紙はいっせいに足並を揃える。地元福岡の九州日報（現在、西日本新聞に併合）は、

「伊藤燁子夫人が紛失した」〈東京電話〉の大見出し記事を掲げた。

「十数尺に及ぶ一本の巻紙に、伊藤家を去る理由をしたため、与へられた調度と共に送り返した由。……未だ大門も堅く閉ざされて年明けの竣工をまつ福岡市天神町の銅御殿《あかがね》は、今日筑紫

の女王と唱へられる主人を失ってしまった」と。

しかし、〝一本の巻紙〟と記しただけで、まだ書状の内容はつかめぬままである。

大阪朝日は、同夕刊の時点で、ふたたび他社を抜いた。燁子から伝右衛門あての、すなわち女から男にあてての「絶縁状」が、全文公開されたのである。

絶縁状、朝日紙上に▩

私は今あなたの妻として最後の手紙を差上げます。この手紙を差上げると云ふ事はあなたにとつては突然の事であるかもしれませんが、私にとっては当然の結果に外ならないので御座います。

あなたと私との結婚当初から今日迄を回顧して、私は今最善の理性と勇気との命ずる所に従つてこの道を取るに至ったので御座います。

御承知の通り結婚当初からあなたと私との間には、全く愛と理解とを欠いていました。この因習的結婚に私が屈従したのは、私の周囲が私の結婚に対する無理解と、私の弱小との結果とでありました。

併し私は愚かにもこの結婚を有意義ならしめ、出来得る限り愛と力とをこの中に見出し度いと期待し且つそれに努力しやうと決心しました。私が儚《はかな》い期待を抱いて東京から九州へ参りましてから十年になりますが、其の間の私の生活は只遣瀬《やるせ》ない涙で蔽はれてゐました。

私の期待は凡て裏切られ、私の努力は悉く水泡に帰しました。あなたの家庭は私の全く予想しない複雑なものでありました。

今更くどくどしく申上げませんが、あなたに仕えている多くの女性の中には、あなたとの間に単なる主従関係のみが存在するとは思はれないものがありました。あなたの家庭の主婦としての実権を全く他の女に奪はれてゐる事もありました。それもあなたの意志であつた事は勿論です。

私はこの意外な家庭の空気に驚きました。こう云ふ状態では真の愛情や理解が育まれやう筈がありません。私がこれらの点に就いてしばしばもらした不平や反抗に対して、あなたは或は離別するとか或は里方に預けるとか申されるだけで、極めて冷酷な態度を取られた事はよもやお忘れにはなりますまい。

常にあなたの愛はなく妻としての価値を認められない私は、どんなに頼り少い淋しい日を送つてゐたか御承知ない筈はないと存じます。

折々私は、我身の不幸を果敢《はか》なんで死を考へた事もありましたが、出来得る限り苦悩と憂愁とを抑へて今日迄参りました。この不遇な運命を慰めてくれるものは唯、歌と詩とのみでありました。愛なき結婚が生んだ不遇と、この不遇から受けた痛手のため、私の生涯は所詮暗い一生で終るものと諦めたのでありました。

併し幸いにして一人の愛する人を与へられました。私はその愛によつて今復活しようとしてゐるので御座います。

このままではあなたに対し罪ならぬ罪を犯す事になるのを怖れます。最早今日は私の良心の命ずるままに、不自然なる既往の生活を根本的に改造すべき時機に臨みました。

虚偽を去り真実に就く時が参りました。依つて此の手紙により私は金力を以て女性の人格的尊厳を無視するあなたに永久の訣別を告げる事にいたしました。

私は、私の個性の自由の尊貴を守り培ふために、あなたの許を離れます。永い間の御養育下された御配慮に対しまして厚く御礼を申上げます。

二伸　私の宝石類は書留郵便で返送いたします。衣類等は照山支配人への手紙に同封しました目録通り凡てそれぞれ分け与へて下さいまし。私の実印はお送りいたしませんが、もし私の名儀になつてゐるものがありましたら、名儀変更のため何時でも捺印いたします。

十月二十一日
燁　子
伊藤伝右衛門様

女から、男にあててきっぱり縁を切る、そのための絶縁状を、当時天下の公器と目されていた新聞紙上に公開したことは、〝はげしく世にさからう〟行為だった。

世間は瞠目した。

京の宿の伝右衛門

燁子の出奔は、これにより、決定的な事実となる。朝日と競いあう立場にあった大阪毎日は、二十二日夕刊（九面）に小さく、

「白蓮夫人と伊藤氏との別れ話。〝事実だ〟と関係者の一人」との見出しで、燁子のことを次のように触れた。

「二十一日朝、ひそかに京都に向かったままその消息は不明であるが、本問題に関係している某氏の談話では『離婚』は事実であって、ただ時期の問題であり、その理由及び時期はやはり関係者の宮崎某という人から発表されることになっているとのこと……」

誤報にも近い内容の記事である。

——朝日の絶縁状掲載の夕刊を突きつけられたとき、それまで事件の一切が虚偽であると否定してきた北尾鐐之助は、すべてを悟った。燁子があのとき、片瀬ゆきの道筋をたずねた電話が、実はごまかしに過ぎなかったこと、朝日に先を越されたという決定的な事実。

これまですべての筆をストップさせたのは、北尾と燁子間の信頼だけであり、その土台は崩れ去った、社をやめるほかない、と北尾は思う。〃私は、一言もなかった〃と。

しかし、大阪毎日としてはここで巻き返しをはからねばならない。そのためには北尾が要る。彼は起死回生の挙に出た。

京都へ行き、伊藤伝右衛門の口述による「絶縁状を見て燁子に与ふ」の連載を、四回にわたって、大阪毎日、東京日日新聞紙上に、書きつづけるのである。


伊藤伝右衛門は、どう行動したのか。妻燁子と、さいごに別れたのは、〃島屋の玄関であった〃と彼自身は記者たちに語っている。宿の者は、番号三八四二の自動車でたしかに夫妻が同乗、駅へ向かったと話している。それきりで、燁子は杳《よう》として帰ってこないままである、と。

身辺整理の荷物は、おそらく燁子が、隠れ家へ先に送ったにちがいない。身軽な燁子に、伝右衛門は寸毫のうたがいもなく、二十日午前九時三十分東京発の汽車で西下し、途中、京都へ立ち寄った。

京都の祇園縄手に、お茶屋「伊里」がある。

鴨川からふた筋東によった通り、いまの四条畷通りに面し、うなぎの寝床形の奥深い京風の造り。裏手を疎水が流れていた。

贅《ぜい》を凝らしたこの家の女主人は、伝右衛門の愛妾おさと（本名＝野口さと）といった。

ここには、さとの娘で舞妓に出ている里鶴もいる。当時十二歳で、絵姿のようにあどけなく、うつくしい少女である。

伝右衛門が、ほっとくつろぐのは、この、さとの許であったようだ。里鶴には伝右衛門の血は流れていない。しかし溺愛ともいえるいつくしみを注いで、父代りとなっていた。

事件は、二十二日朝刊に報じられたから、伝右衛門は、京の宿ではじめて、身辺の変化を知ったことになる。ちょうどその日、白蓮の兄、柳原義光伯が、おなじ京都に来ていた。

ふたりとも、青天の霹靂《へきれき》のように、この情報に接したにちがいない。柳原伯はただちに伝右衛門に電話をかけ、とりあえずその日中に落ちあって、相談を交している。

信じることのできぬ噂、伝右衛門は、そのように受けとめた。「伊里」には、続々と記者たちが詰めかけていた。一切話す必要はないと、女中を通して面会を突っぱねていた伝右衛門だが、夕刻午後五時、ようやく何人かの記者たちと会うことにした。それも配達されたばかりの大阪朝日夕刊の、燁子による「絶縁状」に目をとおして、はじめて覚悟を定めたようである。

「女から絶縁状をつきつけられて男として指をくわえてゐるわけにもいかぬから何らかの措置に出たいと思ひます」

伝右衛門は、いわばコキュ。妻を寝取られた男の立場に立たされている。胸中の怒りの炎はどのようにか激しかったにちがいない。しかし、語調はゆっくりと、いささかの乱れもなかったようだ。九州日報地元紙の記者は、「みるからにくゎくしゃくたる面持で、おちついて語る」と記している。

このときの伝右衛門の談話は、事件について、彼自身の心情をありのまま伝える唯一のものである。のちに、北尾鐐之助が連載した「燁子に与ふ」は、これは第三者の筆に成るものだけに、随所に彼らしからぬ皮肉のかげがちらついている。伝右衛門は、そのような器用さを、持ちあわせぬ男であった。

率直に彼の人間を感じさせる二十二日夕刻の談話とは、次のようなものである。

「新聞ではじめて知つたわけですが、然し、さやうなことが実際あるべきものとは、私は思はれません。燁子としてもそんな無分別なことを果してしたものかどうか、私には絶対に信じられません。……旅館島屋の玄関で別れて直ぐ駅へかけつけたのですが、別れる際には何らの異常なく、すみやかに別れてきた次第です。

燁子は私の去つたあとで一人ゆつくりと入江子爵や鎌倉の吉井勇邸やその他の処を訪ねることを打合はせることができて、すでに土産も買い求めてゐたので……おそくも今日までには博多へ帰りつく約束をしてゐるのです。

私は今迄の生活のことを考へてみても燁子に不愉快に不満に思はれるはずはないと思ひます。

何不自由なく世間的には歌人とか何とかいはれるまでに勉強もさせ、小使いも月五十円あるいは百円にものぼることすらあつた。あのわがままの女を伊藤家ならこそ養つていくのだと人様の噂になる位だつたのです。

私は田舎者の無教育者で、燁子がたずさわつている文学の世界などは毛頭しりませんから遠慮して何一つ小言を申したこともありません。

尋ねてくる人も無数にあり、宮崎竜介という人もそのひとりであつたでせう。元来私の干渉しないことだから、その男なんどのことは思つてもゐません。その代り燁子も私のやつてゐることを知り得てゐないと思ふ。お互い世界が異つても、謙遜をしていくのが夫婦と云ふことではありませんか」(「九州日報」所載)

世に叛《そむ》く行為

東京府下中野の、字囲三一一番地にある山本安夫宅で〝隠れ家に面やつれ〟した燁子がつきとめられたのは、同じ二十二日の夜である。黒縮緬《ちりめん》の羽織が、その肩からいまにもすべりおちそうな、はかない風情で記者たちと対応する燁子の写真が、二十三日朝刊に報じられている。どのような制裁も受ける覚悟を、燁子は固めていた。〝情人〟と新聞はよんだが、逃避行の相手であるべき竜介の姿が、その時点で燁子の身辺に全く見当らぬことも、並みの情事とはちがっていた。

〝行くべきところへ行く〟と、万朝報の記者に語った燁子の胸中には、当然のことながら、姦通罪へのおそれが渦巻いていた。これは、竜介とて同じ思いである。

有夫の女の姦通は罪であり、相手の男も、夫から訴えられたときは獄に下らねばならない。伝右衛門の去就しだいで、ふたりの運命は決定するようなものだ。

燁子の隠れ家がつきとめられた同夜、万朝報記者の訪問を受けた宮崎竜介は、こんな話をした。

「どうも斯《こ》うなった以上は仕方がない。何も僕が誘拐した訳でも無く、夫ある白蓮さんと通じたでも無し、法上の制裁の無い筈である。併し如何なる制裁も受けて、此上は行く所迄行きます。とにかく恋愛は自由だからネ。そうして万事は山本さんに任してあるから、此上は何事も聞かないで下さい。」

微妙な心の揺れが、短い談話だが、にじみ出ている。

たとえば北原白秋は、明治四十五年、人妻松下俊子と通じて市ヶ谷監獄に入った。

さらに、婦人公論記者波多野秋子とからだで結ばれた五日後に軽井沢山荘で情死した有島武郎は、秋子の夫に〝姦通罪で訴えることを最終手段とした脅迫〟にさらされていたといわれる。もっともこの情死事件がおこるのは、白蓮家出の、二年あとのことであるけれども。

燁子と竜介のあいだに、すでに〝肉のまじわり〟があった事実は、紛れもない。燁子は、そのことを蔽《おお》いかくすことはしなかった。記者たちの前で開き直り、寂しげだが、堂々とした女となっている。

このようなとき、男の心には、何かひるむものがあるのだろうか。竜介の談話には、糊塗する部分が見える。行動を起した側と、頼られる側との、決意の重さは比べようもない。

まして白蓮は、女である。世に叛《そむ》く行為への指弾は、女の一身に注がれて当たり前のときであった。

「絶縁状を読みて、燁子に与ふ」▩

〝事件〟は、世間にどのように受けとめられたか。報道する新聞の記事内容に、反応は大きく左右されたような気がする。

大阪朝日の二十二日付一頁に及ぶ紙面は、燁子を悲劇のヒロインとして詳述した。伝右衛門は、淫蕩な男として印象づけられている。

たとえば伝右衛門の妾おふな(加藤てい)について、翌二十三日夕刊には次のような記事がある。

「博多の花柳界に一、二の名花として聞えた中検の芸妓屋玉川の抱妓ふな子（加藤てい）と呼ぶ二十歳になるのを根引した。……それは伝右衛門の侍女である。此の為めに惜しげもなく大枚四千円を投じた伝右衛門の心は、白蓮夫人の決意を堅めしめた近因でもあらう……」

大阪朝日の二十四日付夕刊は、読者から、五百余通にのぼる投書が舞い込んだことを報じた。新聞だけがそのころ唯ひとつの情報源だったが、この投書数から推して、世間をゆるがす大事件として受けとめられたことがわかる。

この時点では、読者は第一報、二十二日の朝刊記事をみての反応だったと受けとめてよいだろう。

▼燁子の処置は止むを得ぬ＝百十五通。
▼悖徳《はいとく》の行為にして糾弾すべきと反対＝四十三通。
▼中立の立場から厳正な批判を加えたもの＝三十一通。

〝止むを得ない〟と〝賛成〟したなかには、婦人の投書もまじっていた。反対のなかには、まったく婦人からのものは、なかったと、報じている。

燁子の身の上につよく同情した世論であったことがうかがえる。

ところが事件後、二報三報とくわしい内容が伝わるにつれて、読者の反応は微妙に変わった。

同月三十日の大阪朝日はふたたび投書を紹介、次のように変わっている。

▼燁子の行動に対して
　賛成＝四十三通。
　反対＝五十五通。

中立の立場で批判＝二十五通。

いわば、逆転といえるだろう。

この間に、伊藤伝右衛門のいい分が、インタビューとして報じられ、さらに大阪毎日が、まき返しの形で伝右衛門からの「燁子に与ふ」の手記を発表した。

白蓮悲運とのみは片づけられぬものを、読者はするどく感じとったとしか思えない。もっとも、〝反対〟を表明した投稿のうち、約半数が、燁子の結婚に同情を感じていると記している。ほとんどが男性の意見だ。

女たちは、この時点で八分までが〝反対〟に廻った。燁子の果敢な行動が、女が受けた教育からやはり逸脱するものであったことは紛れもない。

新聞に反応するほどの高等教育を受けた女たちほど、自分のなかにおなじしがらみをみつめながら、それ故に、よりきびしい意見をよせたのかもしれない。

立ちおくれた大阪毎日は、事件後四日目に反撃を開始した。鮮明に、伊藤伝右衛門側に立っての論陣である。

まず二十四日付社会面冒頭に、ふたりの女性評論家の意見を掲げた。山田わかがいう。

「あれではあまりにふみつけすぎる。相手の男宮崎某も安芝居に出る壮士役者のやうな口吻で臆面もなく両人の関係を口外し居る如き実に鼻持ちならぬ」

つぎに嘉悦孝子は、

「立派な理性を備えた人と思ふて居りましたのに、一旦他に嫁いだ以上、十年の後かかる行動に出なければならぬようなことは有る筈はないと思ひます。私は絶対認容することができません」

そのあとに、伝右衛門の「絶縁状を読みて燁子に与ふ」の連載がはじまるのである。

「安田は刀で、俺は女の筆で殺された」のトップ見出し。つづけて、次のようにいう。

「燁子！　お前が俺に送つた絶縁状といふものは未だ手にせぬが、若し新聞に出た通りのものであつたら随分思ひ切つて侮辱したものだ、見る人によつたら安田は刀で殺されたが、伊藤は女の筆で殺されたといふだらう。」


この事件のひと月前、安田財閥を一代で築いた安田善次郎が、弁護士を偽称した朝日平吾という男に刺されて死んだ。大正十年九月二十八日のことである。平吾はその場で自殺。国を毒する奸商への一人一殺であることを、内田良平（黒竜会）、北一輝（猶存社）らへの遺書に明らかにしていた。宮中某重大事件、皇太子外遊問題など、政情騒然としていた時期である。

伝右衛門も、その意味では一代による富豪であったことはまちがいない。このたとえは、伝右衛門自身ではなく、明らかに、記者による創作と思われる。

次に掲げる燁子への手紙は、まだ京都「伊里」に滞在中の伝右衛門を訪ねて、北尾鐐之助が約三時間にわたって〝しみじみと〟彼の胸のうちを打ち明けられる、その話からの北尾の筆による手紙である。

伝右衛門は、福岡に帰らぬ前に、いわゆる絶縁状もみない前に、このような手記めいたものを発表したくないと、北尾には語っている。しかし、大阪毎日の事情は、その時期待ちを許さない。やむなく伝右衛門の妹婿伊藤鉄五郎に内諾を得て、いわば伝右衛門に対しては〝事後承諾〟の形で、この手紙は発表された。

夫婦の内面を、まことに赤裸々に明かしたものである。

「燁子、……妻から夫に離縁状を叩きつけたという事も始めてなら、又それが本人の手に渡らない前に堂々と新聞に現れると云ふ事も不思議な事だ。

俺は新聞の記事を読んで一時は可なり昂奮もした。併し落着いて静かに考へると、お前と云ふ一異分子を除き去つた伊藤家が、今後如何に円満に一家団欒《だんらん》の実をあげ得るかと思ふと、俺自身としては将来非常な心易さを感じてゐる。

来年は俺も還暦だ。伊藤家を合資組織にしてお前に対する俺の歿後の財産処分方法迄考へてゐた所であつたが、これはもう要らない事になつた。

俺の一生の中に最も苦しかつた十年を一場の夢と見て、生れ変つたつもりでこれからの凡てを立て直そう。抑《そもそ》もお前との結婚問題が不自然そのものであつた。十年前の記憶を辿るとその時の事がまざまざと浮かんでくる。

当時妻を亡くした俺には、お前より以前に京都の某家と結婚の話があつて殆ど纏《まとま》りかけてゐた。

そこへふとお前の話が持上り、京都の北小路と云ふ余り豊かでない華族に嫁いで、貧しい生活から逃げるやうに柳原家に帰つた、出戻り娘ではあるが貧しさには馴れてゐて、妾腹の子で母は芸者だと云ふ。

上野の精養軒で見合をした時、お前は柳原伯嗣子夫人のふく子さん、吉井勇氏夫人のとく子さんの二人と一緒に来て初めてお前といふ者に会つた。お前はその日見合と云ふ事に気が付かぬらしかつた。

その晩有楽座に来てくれと云ふ事で、そこで初めて柳原伯夫妻に会つた。話は追つて進める事にして九州へ帰つた。

幸袋にまだ着かぬ前に初めの橋渡しであつた得能さんから電報で、話が纏《まとま》つたから直ぐ式を挙げたいと云つて来た。まるで狐を馬に乗せたやうな気がした。それ程お前との結婚を、何でもかんでも押し付け式に纏めようとしたものがあつたのだ。もし断られたら困るという懸念があつたのだ。

結納は取交したが最初は余り都合よく運ばなかつた。当時若松にゐた某等がこの縁談を種に金にしようとして俺の所に暴れ込み、今度の黄金結婚を東京の新聞に書く、困るなら口止料を出せと相当の金額を要求した。

俺は即座に撥ねつけたが、その結果その男が好い加減な材料を東京の某新聞に売つた。其の記事は燁子の身の代金として柳原家に何万円かを贈り其の金は義光伯の貴族院議員選挙費用に使ふのだとかで、伊藤は金で権門を買ふのだなどと書いた。

俺は好い気持がしなかつたので嫌気がさし、破談を申し込んだのだが、仲に這入つた人に宥《なだ》められて結婚式をあげた。

今考へるとあの時俺がもう少し云ひ張つたら十年と云ふ長い間の苦しみをしなかつたであらう。

俺としては柳原家に鐚《びた》一文送つたことはない。この風説は柳原さんには気の毒だと思つてゐる。

結婚式の第一日に、お前から云ふと、一賤民の俺に、不思議に感じた事があつた。

式が終つて自動車で一緒に旅館に引揚げた。するとお前はどうしたのか室の片隅でしくしく泣いてゐる。付添の者が目出たい時に涙は不吉だと云つてお前を諭したがなかなか泣き止まなかつた。

俺は実家を離れる娘心の涙だと思つた。併し当時出戻りとして柳原家では可成り厄介視されてゐたお前だつた。

所でその涙は一賤民の俺が華族出の妻を尊敬せず、自動車に乗る時、お前をいたはらずに、俺が先に乗つた事がお前の自尊心を傷つけ、それが為めの口惜し涙だと分つたので、これは大変な妻を貰つたわいと思つた。

お前は白蓮という名の歌人だ。そしてその雅号も、石炭掘りの妻でこそあれ、伊藤の家の泥田の中にゐても、吾れこそ濁りにそまぬといふ意味で付けたのだと云ふ其の自尊心、俺はこの十年の間をお前のヒステリーと自尊心とでどの位苦しんだことか。

お前が俺の家に来てから最初に起きた大きな出来事は、女中のおさきの問題であつた。女中はいくら多勢ゐてもそう長くゐられるものではない。

一人位は生涯家に居付いてくれる忠実な女中が欲しいと思つてゐた。おさきがそれなのだ。古くから居て実直な女だつたから家庭の一切を任せてゐた。

お前は第一そのおさきが気に入らなかつた。お前は所謂お姫様育ちで主婦としては何の経験も能力も無い事を棚にあげ、おさきが家の中を取りしきるのを見てヒステリーを起し、おさきに対する狂気じみた嫉妬の振舞がつのり、毎日病気と云つては寝てしまひ、食事もせず泣いてばかりゐた。

俺がふだん可愛がつてゐた姉の子供の八郎を妹がよく連れて来て、俺が一緒に抱いて寝るのをお前は平民の子を抱いて寝るのは死ぬより辛い屈辱だと云つて声を立てて泣いた。

俺の家はすつかり暗くなつた。俺はお前が来てからお前の我儘とヒステリーには困りながらもお前の事を爪の先程も悪く吹聴した事はない。

それだのにお前は世間に対して俺を仇敵のように云ひふらしてゐたではないか。

お前のため良かれとこそ願へ、何事にも悪しかれと思つた事はない。自分は貴族の娘だ、尊敬されるのは当然だと考へてゐるが、一平民たる俺は血と汗とで今日の地位をかち得た。

俺は人間と云ふものを知り過ぎている。お前の考への間違つてゐるのを叱つたり、さとしたりすると、お前は虐待すると云つて泣いた。

最初の歌集『踏絵』を出版したいからと云つて俺に頼んだ。俺は出版費として六百円やつた。夫に泣きついてやつと出版した本の内容を今茲《ここ》で云ひ度くない。お前の文名もだんだん知られて来た。夫として、罵《のの》しられながら呪はれながら、尚お前の好きでやる事だ楽しみなのだと、じつと耐へて云ひ度い事をいはないでゐた事も一度や二度ではない。

一体お前は思つてゐる事を残らず俺に云つてしまはない悪いくせがある。俺と云ふ人間を夫としてどころかまるで別の人間にしてゐた。

たとへば電話一つかける時でも「主人」といふ言葉を使はなかつた。俺は成る程品行方正だとは云はない。俺が自分の今迄の不品行であつた事を自覚してゐればこそ、お前が絶えず若い男と交際し、時には世間を憚《はば》かるやうな所業迄も黙つて見てゐた。

今の舟子の事でも、お前からすすめた妾ではないか。よそうと思つたが、おゆうもいないし話相手にとお前がいふからそうしたのだ。

それをお前は金力で女を虐げると云ふ。お前こそ一人の女を犠牲にして虐げ泣かせたのではないか。

お前の趣味性を満足させるだけの話相手もない幸袋の家ではと思つて、博多には友達も多く気が紛れて良からうと、天神町に別荘を新築して、お前が欲しいといふので浄めの室という立派な祭壇も拵へてやつた。世間ではあかがね御殿と云つた。

お前が俺に隠してゐた北小路家のお前の子供についても毎月学費として送つてある筈だ。

お前は虚偽の生活を去つて真実につく時が来たと云ふが、十年間の夫婦生活が全部虚偽のみで送られるものでもあるまい。よく考へて見るがいい。真実嫌だつたら一月で去る事も出来る。

何のために十年の忍従が必要だつたのだ。

お前はさも立派さうに罪ならぬ罪を犯すことを恐れると云つてゐるが、罪を恐れる真実心が果してお前の心にあつたかどうか。

俺はこの結婚を後悔してゐたのだが、縁あればこそ夫婦になつたのだと思ひ直して、お前のひねくれた心を目覚めさせてやりたいと思ひ、もつと無邪気な生き生きとしたお前にさせてやりたいと思つて今日迄努力して来たのだがそれもこれも水の泡となつた。

お前が人の妻としての資格がある女であるかどうか、まあお前の愛人とやらに試して貰つたらいいだらう」


およそ捨てぜりふに近い言葉が、ここかしこに見える。連載は、四回で打ち止めとなつた。三回目に及んだころ、「兄（伝右衛門）の話一切掲載見合せを乞う」という、伊藤鉄五郎からの電報が入ったためである。

この手記が出たことで、伝右衛門は周辺から責められ、かつ、自らも苦悩の淵に立った。まったく、本意とは異なる手記発表の形であった。

実は伝右衛門は、「事件のあと一族を集め、『末代まで一言の弁明も無用』と言い渡し、黙って汚名を甘受した……」と、江頭光氏（現西日本新聞文化部長）はその著『ふてえがってえ・福岡意外史』のなかで述べている。

いまも、伊藤家にはこの〝弁明無用〟の家訓が存在していて、白蓮事件について重い口がほぐれるのを待つ辛抱を、今回の取材のなかで、しばしば実感した。

伝右衛門の実像は、〝燁子に与ふ〟の一文にちりばめられた男の怨みとは、水と油ほども異なるものではないか、そんな思いが胸をかすめる。

「地元福岡日日新聞には、当時名主筆といわれた菊竹六鼓がいました。いくらでも取材は可能な立場にいながら、あえて、記者の身辺の潔癖を説き、私情に立ち入らぬ姿勢を貫いた。明治新聞人の気骨の一端でしょう」（江頭光氏談）

事件を伝える新聞のはげしい攻防のなかで、人間の実像が、男と女の哀れが、かえって見失われていくことを菊竹六鼓はおそらく歎いたにちがいない。

恋の道行き

私の母は、博多で生まれた。いまの福岡市東公園のなかに生家があり、家業は仕出し屋で、一方亭という料亭出入りの仕事をしていたようだ。

母の寝物語りには、微に入り細に入り、博多の街並みが登場した。中国大陸が近く、籠を天秤に吊してやってくる人買いの話、海の中道、お台場、石童丸の物語。

くり返し、毎夜の語りである。母はいつも片肘をつき、自分はまだ仕事着のまま、子どもの寝床のよこに身体を横たえて、そんな話をする。

夜闇のなかでひときわ鮮やかに目に顕《た》つのは、〝白蓮さん〟の逃避行だった。

——炭鉱王伊藤伝右衛門のもとから、白蓮さんは、ある夜逃げ出す。紫のお高祖頭巾《こそ》に顔をつつみ、黒ちりめんの袚布、赤い鼻緒の雪駄を履いて。


恋の道行きにいかにもふさわしい身なりである。事件が起こったときは、母はもう、隣県の熊本市に住む父のもとへ嫁ぎ、一子を設けたころだ。離郷したあとの、心にかかる伝聞として、母は、白蓮の姿を闇のなかに思い描き、幼い私に語りつづけたのだろう。

博多にはもうゆけぬ、親戚に不義理のことばかりして、と歎いたという母の姿は、十歳年上の姉の記憶には残っていても、私にはそのかなしみがまだ見えていない。

母にとって、ふるさとは夢のなかで恋う他ない土地となっていたようだ。

子に語る白蓮は、おそらく母の思いのなかで昇華し、架空にも近いほどに事件の設定が組み直されて、舞台の一幕物のような華やかな変幻をとげてしまったのかもしれない。

いつかはわが身も、この暗やみの外に脱け出たいと、——それを思わぬ女が、どこにいようか。

しかし、がんじがらめに身をしばる軛《くびき》は、動けば動くほど肌にくいこんでしまうのである。

私にとっての〝柳原白蓮事件〟は、このような幼時体験を伴って出発した。人道にそむく気配などまったくなく、むしろ、苦界からの脱出を感じさせた。はっきりいえば、〝男への抵抗〟である。

少女時代から歌を詠《よ》み、白蓮の悲傷に心ゆすぶられていたにちがいない母の反応は、本意に近いものだったと思われる。

大阪朝日紙上に、事件後三日目、難波の水野静子という女性が「社会の男に」と題して、次のような投稿を寄せた。

これは、女の側の、唯一といってもよい〝燁子支持〟の意見だった。

「私は共鳴いたします。時代は女子屈従の偏務的強制を葬りました。……お妾は紳士の飾道具になつてゐますが私からみれば姦通です。ロシアでは夫婦間一方の愛が停止すればそれで夫婦生活は直ちに消滅するそうですが、伝ネムさんの関係は双方とも愛を失つた恋の屍ですもの。今度のことは当然ではございませんか」

いまひとつ、女性評論家のほとんどが、白蓮を非難したなかで、中条（宮本）百合子が〝理解と同情〟の立場に立った。二十四日付読売新聞紙上に、その談話が載っている。すでに売れっ子の作家であった百合子は、洞察するどい〝燁子評〟を、このなかで述べた。

「到頭行くところまで行きついたかと、私は先ずこう思ひました。ただ評判の歌や人の話を通じて、あの白蓮夫人の複雑な家庭の事情を想像していただけですが、たとへ情人があつても無くても、早晩こうなつていくあの方の運命だつたのでせう。

私は白蓮さんの歌を拝見する度ごとにいつも或る小さな不満を感じて居りました。あんなに歌の上で自分の生活を呪つたり悲しんだりしてゐるが、実生活の上ではまだ富の誇りに妥協して二重な望みに生きてゐるのだといふ気が始終いたしました。

そして今度の事件を見ますと、しみじみ女としての理解と同情の念が湧いて参ります。……たとへ家出した妻だとは言へ、「わがままものだ」とか「何にも取柄のない女」だとか、そんな乱暴な言葉を吐いて平気らしい良人との間に、純粋の愛が無かつたのは分りきつたことでせう。

単にそうなつてゆく事がいいとかわるいとかいふ、世間並な批評はこういふ複雑な問題には通用しないでせう。

私はただ人間として非常にお気の毒な境遇にゐた夫人が、こういふ思ひつめた最後の手段に出るまでには、どれ位人知れぬ悩みを重ねてゐたか、けつしてこれは浮つ調子な笑ひ話ではないと思ひます」

多くの女たちの心の奥底には、自分は果せなかった行為への羨望が渦巻いていたにちがいないのだが、それを素直に外へ出せぬ苦しみが建て前の貞操観と結びついていったのだろうし、男よりはさらにはげしい反発となって白蓮批判の側に立った、とも推測される。

男の無念、弁明無用

では、筑豊のヤマの男たちの反応は、どうだったのか。都の風俗を捨て切れず、ついに筑豊になじまぬまま、なじまぬことをむしろ誇りとして逐電した白蓮に対して、あの気性はげしい男たちが、どのように対応したのだろう。

血の雨が降らなかったのが、むしろ、ナゾである。石炭船を運ぶ遠賀川一帯、ヤマで働く男をふくめて、ここはいわば任侠の土地柄だ。

伝右衛門にも身中ふかく、川筋男の気質が浸み入っている。

遠賀川は、筑豊と北九州若松を密接に結び、共通した土壌に男たちが棲む。火野葦平『花と竜』に描かれているあらくれ仁義の気っぷそのままである。

燁子を、男と重ねあわせて、四つにも八つにもたたっ切ってやる。

このようにはやる男たちを、伝右衛門は必死で抑えた。

〝弁明無用〟は、周辺の男たちに示した、その男たちにこそ納得させねばならぬ、つよい姿勢でもあった。

当時は伊藤商店の外で伝右衛門を見かけると、その場で〝仁義を切る〟者がしばしばいた。腕っ節にかけても人並みすぐれた伝右衛門は、そのような男たちに、巨軀を折りまげて丁寧に礼を返すひとだったと、幸袋の町にはそんな語り草が残っている。

血気さかんな男どもを、事なく取りおさえるためには、何らかの大義名分が要《い》る。いったい、弁明無用は、何を意味したのだろうか。

伝右衛門は、あれほどの胸中のうっ憤を北尾記者に打ちあけながら、その記事をストップし、事を明白にすることを避けた。自らも、ひとこともこれについて、以後、釈明していない。

何かが、起こったようである。

白蓮をめぐっては、かなりの手がかりが残されているけれども、伝右衛門についてはめったに語られていない。〝悲劇〟の背景に、悪役めいてちらつく彼の姿は、ほとんどが大阪朝日の記事、あるいは大阪毎日紙上の「手記」による印象であって、印象すらも他人の手に成ったという事実をふまえるならば、実像どころか、かなりの虚像が流布され、いいはやされてきたとも思われる。

伝右衛門をして、周辺の一切の口を封じさせたもの、——それはおそらく、菊の御紋の内側への配慮と伊藤家周辺のひとたちは、受けとめている。何らかの〝圧力〟が、そこにはたらいたのではないかと。

大正天皇生母二位の局は、柳原家の出身であり、白蓮の父である柳原前光の妹にあたる。はじめ、昭憲皇太后の侍女として宮中へよばれたとき、前光は妹の先行きを懸念して連れ戻すことを画策したのだが、叶わなかった。時経ずして明治天皇の側室となり、大正天皇を懐妊。ときの天皇と血縁ふかい白蓮を、不倫の名目で法廷に立たせることは到底できない。むしろ、この事件そのものに、早急に結着をつける立場に、伝右衛門は立たされていた。

——これは、事件の後始末の経過をみるとき、はっきりと推察できることだ。それだけに、ひとりの男の無念も泌みてくる。

うつつの白蓮

昭和二十八年秋。私は熊本日日新聞の記者をしていた。西下してくる文人墨客の同行記を書かされることが多かったころである。

阿蘇へ向かう車中で、佐藤春夫氏から、忘れ得ぬ〃白蓮評〃をきいた。

〃あれは、稀代の不良少女さ。白蓮は、莫連女に通じる〃

〃その色香に、若き日の春夫も迷ったんじゃないですか〃——これは檀一雄氏。

窓の外は、行けども行けども赤びろうどの、枯草の山肌がつづいていた。

佐藤氏が、そのときいった言葉がある。

〃ひとことであらわすならば、あれは、におい立つような女だ〃

におい立つひとを、目の前に、うつつに見る機会を得たのは、それから半年あと、昭和二十九年五月中旬のことである。

もう深夜に近かった。

金泥の襖に囲まれた部屋の床の間にあやめの濃紫が一本。衣ずれと香のにおいがして、白蓮女史がすいと入ってきた。

小柄、なで肩、雪のような白髪。

「伊東さん、しばらくね」

ハスキーな声音である。口調は伝法、江戸下町の言葉がまじる。これは予期せぬことだった。テーブルの上に、ひょいと立て肘。無造作で、しかし、なまめいた仕草にみえた。

白蓮女史と、かつて親交あった伊東盛一氏との対談が設定されていた。事件当時、福岡日日新聞の若手記者であった伊東氏は、このとき、熊本日日新聞論説主幹。私にとっての上司である。

あわただしい白蓮女史の日程だった。

博多経由、夜七時四十五分の列車で熊本入り。宮崎竜介氏といっしょの女史を、まず駅に出迎えた。そのまま、熊本市内、九品寺町の紫垣隆氏宅へ。ここでは、五月十六日開催予定の宮崎民蔵、寅蔵（滔天）兄弟追悼会のための前夜祭が持たれていた。

会が終わり、宿舎松の井旅館で旅装を解いてほっとくつろいだ白蓮女史を別室に迎えたのが夜半。すでに十一時を廻っていた。

このときまで、ふたりの間の経緯など、私は何も知らぬままである。伊東氏から、白蓮とのかかわりを、きかされる機会もなかった。

なつかしげに始まった話をメモしながら、胸がさわいだ。時どき深い沈黙が立ちこめる。それは空白でなく、思いのたけがこもる時間である。いまさら席をはずすこともできぬ立場にいた。白蓮女史は、むしろ私にむかって伊東氏を語る。あでやかな言葉がぽんぽんとび出してくる。

話は深更に及んだ。

――このひとは、そうさね、年をとってあいたくない男のなかの、ひとりだね。

出奔の日から三十余年、〝老い〟など、微塵も感じさせぬ気迫が、嫋々《じょうじょう》としたからだからにじみ出てくる。

夢物語を脱けでて、いま現実の白蓮であるけれども、母が幻に描いたとおり、紫のお高祖頭巾をまぶかくかむり、肩をおとしていく道行きのようなふんいきを持ったひとだと、私は思った。

「あのころ、伊東さんは駆け出しの新聞記者で福岡でこのひとだけが私の家出を知ってたのに、一行も新聞に出ずじまい。

記者根性ヌキのつきあいだったもの。俠気さね。

あのときは、いろんなことあることないこと書かれて、たとえば宝石を汽車の窓から捨てたなどと。でもそんなことって根も葉もないことよ。金目のものはみんな伊藤家に置いて出たもの。身につけていたのはぜんぶ送り返して。きれいさっぱりしたい気性で、まといつくものまるでいやだったしね。」

竜介の父、宮崎滔天のことは、全く知らぬままの脱出行だったと、白蓮女史はいった。周りのひとから、はじめて憂国の志士、滔天のことを教えられたそうである。〝思えば、深い縁だった〟と。

「境遇というのは、ふしぎなものね、まわりからしだいに、よせてくるものがある。そこへ追いつめられたとき、動くほかない。切羽つまるというか、宿運なんでしょうけど。いま考えてみると伊藤家との結婚の当初から相当たたかれて、評判もわるかった。筑紫の女王っていうよび名も、あれははっきりいって揶揄《やゆ》だったと思う。ほんとうは世話女房のほうが、私にはしっくりした。ね、そうでしょ伊東さん。

あの家出は、世評がどんなにつめたくって酷薄でも、それしかなかったのよ。生き方は、それ一つと思い込んで、実行した。

意外だったのは、同じ世代の女性たちがひそかに励ましてくれたこと。不幸への共感っていうか、よくぞやってくれたと。心に秘めるばかりで、離婚など容易にできぬ時代だったせいもある。

片方で女性解放をおもい、現実にはそれができない、圧縮された情熱がとくに激しかったころだった。

いまの女性たちは、りこうに生きてるようね。結婚はもっと、純粋なものでしょうに。愛に結ばれているかどうか。

何となし、結婚そのものが、ぼやけているようだ。夫婦とも、ほかにひかれる者があったとしても、そのまま、結婚をつづけてしまっている。さいしょから平行線じゃあないか。つまらない。

青春は、もっと潔癖なものさ。真剣に生きたいと思うね。

「盛りなるほこりもやがて生終へて土にかへるか春の花片
緋牡丹のさかり過ぎたる危ふさに似ると言へども人うべなはず」

この夜の、一葉の写真が、手許にいまも残っている。写真は年齢を残酷にうつし出している。

しかし、伊東盛一氏とむかいあうときの、ひとりのなまなましい女人を、忘れるわけにはいかない。

大正十（一九二二）年。時代の背景に、焦点をあわせてみる。

白蓮事件が起こったこの年は、女の事件が頻発した。五月一日の日本第二回メーデーに、堺真柄、橋浦春子、のちにゾルゲ事件にかかわる九津見房子など、赤瀾会の女たちが初参加して「婦人に檄す」の山川菊栄文案のビラを撒き、十名が検束されてしまう。

真柄は、堺利彦のひとり娘、このあと、秋の軍隊赤化事件で下獄した。まだ十七歳。国家へのういういしい抵抗は、そのあと彼女の一生をつらぬく。

同年夏七月のまっ盛り。歌人原阿佐緒は、相対性理論の物理学者石原純との間の恋を、新聞に素っ破ぬかれる。

阿佐緒は、男から男へ、転々と悲恋を重ねた女。石原との間も終始受け身のまま、やむなくのめり込んでいった果ての、退《の》っ引《び》きならぬ出来事となった。阿佐緒に対《むか》いあう男は、おそらく一目でとりことなるほどの、美貌である。それでいて、つねに男に裏切られ、見放される運命が、阿佐緒につきまとった。

まだ人の情のあやめも分別つかぬころにほとんど強姦に近い形で敬慕する教師に犯され、子を宿し、自殺未遂をはかったところを女医竹内茂代に救われた経緯がある。それからの奔放な男遍歴は、すべて、この少女期のうらみにはじまったといえるかもしれない。
時代をしのばせる原阿佐緒の、凄絶なうた――。

男やも生けるかぎりの男やも子を生ますのみに女を欲《ほ》りしか
地に少女破れし恋を恨むとき天雲さけて火をも降らしめ

七月三十日、朝日新聞夕刊トップ見出しは、「女流歌人との恋に悶えて石原博士辞職す」東北帝大教授石原純と原阿佐緒の不倫の関係が満天下に明らかとなり、勅任官であった石原博士が東北帝大へ差し出した辞表は、のちに閣議にかけられて八月二日漸く〝恋ゆえの休職〟が決定された。

これまたかつて前例のない事件としての報道であった。

阿佐緒は、〝奸婦《かんぷ》〟として、世間からののしられた。石原によって強引にひき入れられた過程など、新聞は黙殺、〝地位ある〟〝世界的学者〟を、みごとに籠絡した女として、非難は、阿佐緒一身にふり向けられた。

自らも火中にあった白蓮は、どのような気持ちで、この原阿佐緒の恋を受けとめたであろうか。宮崎竜介との間に、それまでの白蓮は、切々と恋うたをおくり、あるいは忍びあう機会を持ちながらも、多分、さいごのハドメを失わぬ理性は持ちつづけていたはずだ。

白蓮ともっとも近い日々を過ごした男たちの証言のなかに、〝潔癖なまでの性〟を、しばしば聞いた。のっぴきならぬ立場へ、白蓮が自らを追いこむ――すなわち、竜介と〃肉のまじわり〃を持つ決意を固めたのは、出奔の二か月前、八月のころと推すことができる。

これは、長子香織の誕生月から逆算しても、八月ま夏の京都における逢いびきの時以外、ふたりの出会いはおよそ不可能だったからだ。

七月末の原阿佐緒の出来事は、おなじく歌をよみ、たとえ師事する結社は異なっても与謝野鉄幹・晶子の新詩社の影響ただならず、阿佐緒の作品に丹念に目を通していたにちがいない白蓮の胸中に、はげしく一歩踏み出す火を点じたであろうことは想像できる。

厨川白村『ラブ・イズ・ベスト』

いまひとつ、白蓮事件と密接にかかわりあう主張が、九月末から十月末にかけて、丁度出奔の前後を押し包む形で、時代の背景に流れ出ていた。

いわゆる「恋愛至上主義」＝ラブ・イズ・ベストと副題に銘打った、厨川白村による「近代の恋愛観」の連載である。

これをとりあげたのが、同じく大阪朝日であったことも、因縁話めいてくる。しかし、白村自身は、よもや同じ紙面で、ラブ・イズ・ベストを地で行く〃女からの縁切り〃が報じられようとは、夢想だにしなかったろう。

「夏のゆふべ、羅馬《ローマ》の郊外カンパニヤの大野のはて、蒼然たる暮色に包まれた野も丘も、すべては静かで寂しかった。……おもへば之が羅馬大帝国の都城のあとだ。……いまは一樹の誇る可きなく、草のみが生ひ茂ってゐる。

皇帝オオガスタスの大業、そんなものが何だ。天に聳える円屋根《キユウポラ》を頂いた大理石造の王宮、そんなものが今何処に在る。

唯だ一つ……八重葎《むぐら》の蔽へるに任せた此さゝやかな櫓のあと……その塔のなかに身を潜め、こよひ男との逢ふ瀬を待ちわびる金髪白面の少女がある。男の来たるを今や遅しと胸轟《とどろ》かしながら息をこらし目を見張って佇んでゐる。

恋人が来れば、つと歩み寄つて二人は忽ち無言にして相抱くであらう。

黄金の戦車、百万の大軍、今は影をも留めて居ない。……しかし男と女との恋、そこには今も昔も変りない永遠性があり恒久性がある。

千載を隔てて猶《なお》滅びざるものは両性の恋だ。……恋のみが至上である」

ブラウニングの詩『廃墟の恋』を紹介したそのあとに、白村は次のように続ける。

「トロイのヘレンの昔からして、こよひ盆踊のはてた夜半、鎮守の森かげに恋を囁く村乙女に至るまで、東西古今を通じて男女の性愛には永久不滅の力が動いてゐる。

霊と肉との最も強烈な要求が、こゝにのみは長《とこし》へに美しい詩として長へに花咲いてゐる。

……

『永久の都城』は羅馬ではなく、恋である。……罪ふかき穢《けが》れた吾等の生活が、浄められ高められ償はれて、無限悠久の力を得るのは女性の愛によつてだ。……」

（大正十年九月三十日付）

情熱にほとばしる文章で、心かきたてる数多の詩を引用しながら白村は、一ヵ月に及ぶ間を書きつづけた。

その真最中に、事件が起こり、燁子の家出をめぐる意見をもとめようと、各新聞、雑誌が、白村を追いかける。これをすべて断り、連載が最終回となった十月末、白村はようやく沈黙を破って、「燁子問題」に言及した。

明確に〝是認〟の主張に立ち、愛なき結婚を打切ることこそ、〝至高の道徳〟にかなうことだと、燁子の行動を支持、人間らしく生きることのモラルからすれば、今回の行動で、伝右衛門もまた幸福になれたのだと。

〝絶縁状を男から突きつけたか、女のほうから叩きつけたか、そんな事は問題ではない〟と白村は断じた。

ラブ・イズ・ベストの一世を風靡した論文と、〝日本のノラの家出〟とも目される二つの記事をよみあわせて、〝自ら双頬に微笑の上るのを禁じ得なかった〟（大阪朝日十月二十五日付）と投稿者のひとりが記している。

白蓮事件の背後には、このような主張が、〝時〟が、どうどうと音たてて流れていたことを忘れまい。

博多、祭り太鼓の夜

伝右衛門、白蓮、竜介の絡みを、取材による実像で追ってみたいと思うようになったのは、明治『野の女』、大正『炎の女』（新評論刊）と題した女性生活史を書くための新聞資料を漁りつづけていたとき、である。

大正十年十月一日付、東京日日新聞に、次のような記載をみつけた。――十月一日といえば、白蓮がすでに身辺の整理をほぼ終えて、ひそかな家出のための上京をその月七日に控えていた、事件目前のときにあたる。

「博多の中券で一二を争ふ全盛を誇つて居つた本中洲玉川中沢元太郎方芸妓ふな子こと加藤てい（二〇）は、銅御殿で有名な筑紫の女王伊藤燁子夫人に、四千円で根引きされ二十九日福岡警察に廃業届けをなした。

ふな子は東京本郷区向ヶ岡町加藤隆太郎の二女で、小学校を卒業すると実父の失敗から日本橋葺屋町の玉中島から左褄を取つて出たが、間もなく尾張町の金三升に住替へ、本年一月博多玉川に六年間二千七百円で住替へたのである。

白蓮夫人に見込まれた動機は、夫伝右衛門と共に、博多楼で一夜会を開いた伝右衛門氏から名指しで招かれた時、ふな子は歌を詠むといふのがスツカリ夫婦の気に入り、大枚四千円で根引きして夫人専属の小間使いに話が進み、今夏見習として別府の別荘で二週間の勤めを為し、いよいよ手打が出来て鑑札返上と共に、三十日から本名の加藤ていとなつて、銅御殿に引取られた」

このおふな、こと加藤ていが、まもなく事件が起こったときには伝右衛門の妾として振舞う姿が、記者たちによって確認されている。

〃舟子さんは終日、旦那さま(伝右衛門)の部屋へ引きこもっていらっしゃいます〃と、使用人たちが語っているのだ。

小間使いどころか、出奔間際の白蓮がたって身請けして〃伝右衛門を慰めるために置いた妾〃が、このおふなであったことは事実である。

女心の機微が見えてくる。おふなははじめ、伝右衛門をきらって、小倉へも逃げた。それを探して連れ戻った白蓮の、心のうちにあるものを知りたい。

やがて白蓮の家出が起こり、直後の二十三日付読売新聞に、北原白秋の別れた妻江口章子が、かつて白蓮のもとを頼っていって、おふな同様に伝右衛門との仲をとりもとうと白蓮にはかられたという記事が見える。

しかし、ここには江口自身の証言がない。いかにもスキャンダルめいた書きぶりである。まもなく、事件半月あとの新聞でふたたび、白蓮の実像を垣間見る記事を見つけた。

西日本新聞資料室のなかで、九州日報を繰っていたとき、京都「伊里」の女あるじ、伝右衛門の妾野口さとの証言が、そこに縷々と記されていた。

九州日報という福岡の地元紙に対して、伝右衛門やおさとが、格別の好意を示した気配は記事のなかに察することができる。警戒心を解いたおさとは、次のように話している。

「ずっと以前、妹おゆうが初めて伊藤さんのお邸に小間使いに行って、丁度一年ほど経つと、旦那にも奥さまにも非常にお気に入っていただき、お妾に直すという話、妹もはじめはいやだといってゐましたが、肝腎の奥さまがそれを御希望で、私もお姉さんのやうに嫁入って出戻らねばならぬ宿運に陥るかもしれぬゆゑ私は犠牲的に旦那の意にしたがふことにしようといって、納得してくれました。

奥さまは感傷のお方ではありましたが、悋気《やきもち》はなさいませんでした。……妹が京都へ帰ってからは、奥さまはさびしさうになり、それから東京や京都へ一人歩きされるやうになったと思ひます。

私が、妹にかはってお妾になったとき、奥さまは少しの怨みもおっしゃらずに、よく犠牲になってくれましたといはれた位です。

竜介さん、あの方なら、一ど訪ねられたことがあります。東京へおともをして、と、決めたこともあります。舟子さんは、はじめ小間使で、私の妹と同じお役をつとめてゐられます。……」

竜介を、「伊里」に泊めたのは、白蓮のはからいであるだろう。かなりのことを、おさとには打ち明けていたと思われる。〃犠牲に〃、ということばは、何を意味するのか。妹おゆうも、姉のおさとも、それから舟子も、伝右衛門をめぐる女のすべてに、まず妻白蓮の息がかかっていたことも、奇妙な話である。

舟子は、事件が起こったあと、新聞記者たちに、〃暗に身代りの人見御供にしようとの心をひらめかされ……私の居ないときは旦那様の面倒を見てくれとも漏らされたことがありました〃と、白蓮の真意をぶちまけている。

〃このまま、お屋敷にとどまるかどうか、多少心の動揺を覚えます〃とも。未だ伝右衛門が、京都で事件のため足どめをくい、記者の目をくらませながら何とか博多へ辿りつく、その前のコメントであり、舟子の胸も千々に乱れていたにちがいない。

一カ月後、福岡の町は銅御殿落成に湧く。青銅のカワラぶき、工費八十万円（当時）をかけ、狩野永徳の名画をふんだんに室内に配して五百坪に及ぶ宏壮な邸宅、名士二百人が相集って祝った。

その翌日、十一月二十七日、〃燁子離別〃〃舟子入籍〃を九州日報は伝えている。妻燁子のために工費惜しまず建てた銅御殿を伝右衛門は主なき祝いで飾らねばならなかった。


白蓮事件の取材に歩きはじめたのは、七月半ば。長法被《はっぴ》の男たちが博多の町に群れて、山笠の入りの夜に当たっていた。

秋になり、さらに晩秋へと旅を重ねた。

筑豊の夕暮れ。幸袋から中間へぬけて、支線の駅に立っていたとき、畑地に這う血のしたたりのような彼岸花をみた。

人間の愛憎を追う旅だけに、鬼気迫る思いがした。阿蘇を越えたときは全山すすきの穂。未知の人から人へ、蜘蛛が細い銀いろの糸を繰り出すように取材はひろがり、はてもない感触におそわれていた。

ようやく、男と女の、物語りをここから書きはじめねばならない。

第二章　花芯

柳原燁子《あきこ》の生母おりょうには、ふたりの男がいた。

女ったらしの伊藤博文と、華族柳原前光《さきみつ》である。

十六歳のおりょうが、ほのかに恋を感じたとすれば、それはやはり近よれば火傷必定の、伊藤に、であったろう。あやういものにほど、女は惹かれ、夢中になる。

おりょうは、姉ゑつとふたり、同じときに柳橋へ売られてきた。病身の母を抱えていた。ゑつが、色やや浅黒く江戸風の美女であったのに比べ、妹のおりょうは、全身ぬけるような色白、異人の血が流れているかとさえ噂され、首筋にはまだうぶ毛がほんのりと渦を巻き、おさなくて、男心をそそる気配があった。

日頃、美形をみなれていて、脂粉の香には、ぐっと息つめているほどの柳橋界わいのひとたちが、この姉妹肩を並べて道行くときばかりは、さすがに目をみはったという。それほどのつややかな芸者姿であったようだ。

おりょうは、芸で身をたてていた。姉ゑつは、さらに妹をしのいで、柳橋一の芸達者で知られていた。男に身をまかせる必要はいささかもなく、気位の高さも評判のうちだった姉妹の、そのおりょうが、柳原前光の手に落ちたのは、明治十六年、秋も終わりのころである。

伊藤を、なぜおりょうは、振ったのか。

当時飛ぶ鳥落とす勢いの伊藤博文が、本気で、柳原前光と、落籍を競ったのだ。触ればかならず女はなびくと自負していた伊藤が、一芸者に袖にされてしまった。

恋する者のするどさで、おりょうは多分、伊藤のこころに、いつもの浮気をみぬいてもいた。それに比べて柳原は、成りあがりの〝新華族〟ではない。京都から江戸へ、天皇に供奉してきた公卿生粋の毛並のよさがある。外務卿をつとめ、女への対応もやさしく洗練されていた。

しかし、そんなことは、枝葉に過ぎない。もっと深い事情が、おりょうにつきまとっていた。けっして伊藤に、心かたむけてはならなかった。姉ゑつから、それはきつく、申し渡されていたことだ。

何よりも、この姉妹の出自《しゅつじ》にかかわってくる。

伊藤博文をふった女

万延元年正月二十二日(一八六〇年二月十三日)、日本からアメリカへ向けて、はじめての、大使節団が横浜を出発した。アメリカ軍艦ポーハタン号に乗りこみ、石炭補給でハワイに立ちより、サンフランシスコへ、さらにパナマ、ワシントン、ニューヨークへと、八十余名が親米の旅を重ねた。正式の名目は、日米通商条約批准書交換のための遣米使節であった。

幕府最初のアメリカ使節団の代表となったのが、外国奉行新見《しんみ》豊前守《ぶぜんのかみ》正興《まさおき》。副使として村垣淡路守《むらがきあわじのかみ》範正《のりまさ》、目付に小栗上野介《おぐりこうづけのすけ》忠順《ただまさ》が同行している。船中に六万余両の大金を積み込んで、九カ月に及ぶ長旅にそなえた。

ポーハタン号出発の三日前には、幕府軍艦咸臨丸《かんりんまる》が、護衛のため勝海舟、中浜万次郎、福沢諭吉らをのせて、浦賀からアメリカへ直航した。日本製の船としては最初の太平洋横断だった。三十七日を費やしてサンフランシスコに到着。この咸臨丸にも九十余名が乗りこんでいたといわれる。

遣米使節団の写真の一葉に、新見豊前守が写っている。眉目秀麗、上背もあり、〝温厚の長者〟然とした外貌である。

この幕臣の一行のなかで、たとえば小栗忠順は慶応四（一八六八）年四月、上州烏川で新政府軍の手にかかり、斬首されて死亡、仙台藩の玉虫左太夫も、新政府軍によって切腹に追いこまれた。

幕臣討伐の急先鋒となったのは、伊藤博文ら長州の若い藩士たちである。

新見豊前守正興は、正妻との間に三人の娘をもうけた。妻は、徳川家祐筆大久保彦左衛門の家系。三人の娘のうち、上は北海道へ嫁ぎ、あとのふたりが、ゑつと、おりょうであった。

幕臣の娘の零落《れいらく》は、そのころとりたてて珍しい話ではない。柳橋芸者に、元幕府の外国奉行の出自のものがいたとしても、ふしぎなことではなかった。

しかし、長州出身の伊藤に、おりょうは多分、心をゆるすわけにはいかなかったろう。

「お姑さん（ゑつ）から、くり返しきかされましたねえ。父上（新見豊前守）は日の出の勢いで横浜から発たれた、帰られるときは、もう横浜に船が着くこともかなわず、木更津へ上陸されたと。くわしいことは何にも知りませんけど、えらいお奉行さんだったそうです。お姑さんは、その血をひいておいでですから、私にもこわいひとでした。礼儀がとてもやかましくて、ね。吉原のなかに長いこと住みついて、やっぱしぞっとするくらい、きれいなおひとでした。

吉原の大門をはいって、ずうっと突き当たったあたり、千束に近いところです。ひろい敷台があって、そこに手をついて、ごめんくださいと声をかけると、ああ、おさだかい、おあがり、と返事があってようやっとあがれるんです。三ッ指ついてのごあいさつしなきゃなんなくて、固っ苦しいたらありゃあしない、いまの時代に、まるでおさむらいの家みたいでしたよ。

あたしの亭主は三年前に七十九歳でなくなりましたけど、飯島房次郎といいました。おとうさん（ゑつの夫）は吉原のたいへんな顔役で、芸能人の総元締みたいなひとだったんです。関西あたりから東京へ芸打ちにくるひとたち、うたい手さんでも役者さんでも、みんな飯島の父をとおさなきゃ公演できなかった。お姑さんは、柳橋の芸妓だったころおとうさんに見染められて、芸が気に入られて、病身の母親とまるごと、ひいてもらったんですねえ。

素っかたぎじゃないけど、どんなにかうれしかったと、お母さんの口癖でしたよ。吉原近在じゃ誰ひとり知らぬひとはいない親分でしたから、柳原の家とつきあうのはこちらの方ではば

かって、まったく音信不通のままだったんです」(ゑつの子息嫁、飯島さださんの話=船橋市在住)

おりょうが、柳原前光から与えられた家は、正妻初子がいる麻布桜田町の本邸から、さほど離れてはいない。おなじ町内のしもたやに、母をひきとり、女中と男衆もつけてもらって住みはじめた。おりょうの母親のめんどうは、さいしょ前光がみていたことになる。

ふたりの蜜月となった明治十六年十一月は、鹿鳴館開館の月にあたっていた。さいしょは、明治帝生誕の日の三日を開館に予定していたのだが、外観、内装ともに、おくれにおくれて、ようやく下旬、十一月二十八日に幕開けとなった。

この夜、前光は、妻初子をともない、二頭立て馬車、正装で、鹿鳴館の大門前にのりつけた。

「紅葉ふみ分け鳴く鹿の声聞く秋の晩に際し、あたかもよし鹿鳴館の開館あり、……正門には大国旗を掲げて弓形の緑門に菊花を点綴し、本館を中心に望んで路を左右に分ち、無数の球燈をその間に掛け連ね……館の正面にはガス火光をもって鹿鳴館の三文字を燃点し、燦然《さんぜん》四辺を照らして白日の如し、真にこれ不夜の仙境なるべし。……」(『郵便報知新聞』十一月三十日付)

開会は午後八時半、たちまち数百の〝車馬〟で園内はごった返したという。玄関をはいり主客応接の礼が終わると、女子は左手の一室にあつまり、男子は五基の台を設けた玉突所のあたりに三々五々と話しながら待つ。やがて奏楽を合図に、楼上のホールで舞踊開始。この間、館外では〝煙火を掲げ柳影花紋空中に舞ひ人をして快と呼び壮と呼ばし〟めたと。

ダンスが佳境にはいった午後十時、楼下右手の立食堂で西洋式ディナーの饗宴《きょうえん》がはじまる。会が終了したのは十二時過ぎ。この夜の客は皇族大臣参議、外国賓客など、五、六百名に及び、夜半一時には、新橋駅頭から横浜方面へ向けて、特別の臨時列車が出発するさわぎであったと、東京日日が伝えている。

自由民権運動抑圧の冬の時代がしばらく溶けて、欧化の夢ただよう束の間のときへ、明治はさしかかっていた。

夜を日についで舞踊会がひらかれ、まぶしい燈火が路上にこぼれおちた。

この世のくるしさとはかかわりもなく華やかに男と女がもつれあう姿を、十九歳の景山英子がその目で確かめたのもこの時期である。景山は、岡山から思想弾圧の余波を受けて傷心のまま上京、たまたま鹿鳴館の前をとおりかかった。

貧富の差のあまりの開きに、胸中のためらいふり捨てて大井憲太郎らの大坂事件に連座（明治十八年十一月）。それからは一瀉千里に社会主義へと傾斜していく。

華麗妍《けん》を競いあう鹿鳴館は、さまざまの思いを女たちの胸に宿した。

おりょうもそのひとり。ただ社会的な意識などひとかけらもなく、欧化の夢に浸された若い身空だ。日蔭の身で洋風束髪を結い、ダンスの稽古もした。いつか、公式の場で踊る夜を、夢見ていたのだろう。

夢をつなぐには、あまりに儚いいのちとも知らぬおりょうである。囲われて二年目の秋、明治十八年十月十五日、女児を生み落とした。前光は、出産が無事すんだしらせを、鹿鳴館夜会の最中に受けとっている。きらめく光と人の渦がまわりを埋めていた故に燁子《あきこ》、と名づけた。

しかし生後七日目に、燁子は、おりょうのもとから無残に引き離されてしまう。まるで生ま木を裂くように。

唯一の愛のあかしを、おりょうは奪われていた。本邸から家来がきて、無表情に丁重に赤児を抱きかかえて去り、何ひとつ、文句をいうことも許されなかった。

正妻初子が、燁子を、自分の次女として、入籍を急いでいたのである。妾が正妻にさからうことは論外のこと。身ふたつになったとき、その子は柳原前光の血を継ぐ子であって、おりょうの子ではなくなっている。

幸せ薄いおりょうは、出産後病気がちになって〝二十歳になるかならず〟で死んだ。のこされた母親は、まだ柳橋にいたゑつのもとへ引きとられ、そのあと、ゑつは、吉原の飯島家へひかされていくことになる。

燁子は、母の顔を知らず、その乳のにおいも知らず、自分は柳原正妻の子と信じこんで、少女期まで過ごしている。

十六歳のとき。それは母おりょうが前光のものとなった時期とおなじだが、嫌いぬいた男に抱きすくめられ、必死であがき、逃れようとしたそのときに、男の口から、はじめて出自の秘密を知らされていた。

「なんだ、妾の子……」

燁子の、さからいつづけた全身の力が、思わず萎えてしまう。

「初めて知る身の上の混乱した気持に、家出をしようか死んでしまおうかと幾度思い余ったことでしょう」(『火の国の恋』)

初子こそ実の母と思ってきた、その初子に、いまさら生母のことを問い糺《ただ》す勇気はなかった。

何ひとつ不足なく、ひたすら花のおごりをたのしんできた燁子だったが、不幸のかげがつきまとうのは、それからである。

のちに燁子は、伊藤家出奔のあと宮崎家のひととなってから、生母の墓を尋ねあるいている。

「そういえば母(燁子)の生前、谷中の墓へおまいりしたことがあります。もうはるかな記憶

になってしまいましたが。たしか、妙……の字がついていたお寺でしたね」(宮崎蕗苳子さんの話)

燁子=白蓮の忘れ形見宮崎蕗苳《ふき》子さんを、東京池袋にある滔天旧居のお宅へたずねたのは、取材のふり出し、一九八一年初夏のことだ。

目白の駅から歩いて十分。西武線の踏み切りで通過する電車を待っていた。土手の上に孔雀草《くじゃくそう》の花が乱れ咲き、原阿佐緒《あさお》の自画像を思い出した。あの絵の背後にいちめんに揺れていたのは、この孔雀草の、黄と黒の花弁だった。

白蓮と阿佐緒、私のなかには、いつもこのふたりが糸をひきあう。

阿佐緒は、女の業をひきよせ、そのなかに埋もれて身を灼きつくした童女のような女。白蓮は、才たけて、むしろ女の業をさか手にとって生きた。そのふたりに、孔雀草はよく似合う花だ。

蕗苳子さんとはじめてお会いする。辛亥革命七十年祭の記念式によばれてご夫妻とも中国へ旅立たれる寸前のあわただしいときだったが、多くの示唆をいただいた。白蓮の面影は、そのままこのひとの上に残っている。白い額、すっと通った鼻梁、切れ長の目、ことごとく白蓮似である。

しかし、生母おりょうの身よりについては、やはりおぼろげな記憶しかない。〝姓は奥津でしたか、墓石でたしかめたことをおぼえています〟と、蕗苳子さんはいった。

宮崎家を辞すとき、もう夕暮れになっていた。頭上に松風をきいた。

三百余坪の広い邸内は自然樹に包まれている。かつて、この邸に群れていたというおびただしい食客、亡命者、志士、浪人たちのざわめきが、吹きおろす風のなかで蘇ってくるようだ。

白蓮は、宮崎滔天がどのような存在であるかをしらず、竜介との恋の縁だけで突然にここへ棲みつき、そしてこの家で、芯のずいから、華族の衣をふり捨てた。

彼女は、どんなにか、はげしく、変貌したのだ。

その過程を知るための旅でもある。わずかな手がかりにぎりしめて、おりょうの墓探しに歩きはじめていた。

すべての人が死に絶えていて、そのなかからおりょうの縁辺を探りあてるには、やはり燁子同様、まず墓からさかさに糸を手繰り、生き証人をみつけるほかない。

奥津家の身より

白蓮は、手短かな自伝ともいえる『火の国の恋』のなかで、探しもとめた生母の墓のありかを、「妙月寺」と記している。

東京の台東区谷中といえば、おびただしい寺の町だ。だが、「妙月寺」に該当する寺はどこにもなかった。

探し歩いて、数日たった。妙とつく寺に、片っ端から電話をして手がかりをもとめていたとき、

十数本目の深夜の電話に、

――それらしいひとの墓があります。

一縷の糸の応答を得た。若々しい住職のお声である。寺の名は「妙圓寺」であるという。

谷中の団子坂交差点を、霊園方面へむかってのぼる。

右手に谷中小学校、そこを過ぎた同じ並びに、白壁の禅寺がある。山門からひと筋ののぼり坂、左右に墓地があり、奥まった万丈で過去帳を見せていただいた。

「明治二十一年十月七日、容顔院妙良日光信女　奥津　二十一歳」

紛れもないおりょうの〝戒名〟と〝物故の日時〟であった。

昨夜の電話の主に、墓へ案内していただいた。

小ぢんまりと手入れ行き届いた古い墓所、供花のあとがある。

――どなたか、おまいりをしていられますか。

――墨田区東向島にお住まいの、奥津昌太郎さんですね。

糸がほぐれた。この寺は、本所法恩寺が、旧本寺となっている。慶長四（一五九九）年の創立。当代住職宇野寿勲氏は二十五世にあたる。明治天皇生母の中山一位局の信仰あつく、柳原家から入った明治天皇側室の愛子《なるこ》も、ともにこの寺へ出入りして、わが子大正天皇の養生を祈っている。おりょうの墓地をここに定めたのは、多分、柳原前光だろう。

奥津昌太郎さんは〝自分はおりょうについても、ゑつについても全く知らない、ゑつの養女とめが私の母に当たるが、母も逝ってしまい、いま語れるとすれば、さださんでしょうね、ゑつの子の嫁で、船橋に健在です〟と教えてくれた。

飯島さださんは、国電船橋駅に近い本町に住んでいた。七十八歳のひとり住居。窪地の家で、十日ほど前の豪雨に床上一メートルの浸水に遭ったばかり。濡れものがまだ乾かぬ家うちにいて、夫飯島房次郎さんの遺影をまさぐるように暮らしていた。

「一度浅草の家へ、白蓮さんがたずねておいでででしたよ。ただ、宮崎の竜介さんは、社会主義者でね、吉原の娼妓たちが、宮崎家にかけこんで、その妓たちを自由廃業させたことがあるんです。だから、こんど宮崎がやってきたら、ぶっ殺してやるといきまく楼主たちもいたものだから、白蓮さんは一度っきりで、もう見えなくなったですねえ。お姑さん（ゑつ）は戦争がおわる前の年なくなりました（昭和十九年、八十歳で歿）。そのお葬式も、白蓮さんには通知しなかったんです」

ゑつは、飯島三之助に落籍されたのちも、奥津姓を名乗った。ひとり息子房次郎が生まれたが、どうしても芸事がきらいで、薬屋になるという。仕方なく、吉原の芸妓のなかでこれはと見込んだ子を養女にもらった。昌太郎氏の母、奥津とめ、である。とめは、踊り、三味線、太鼓などの鳴りもの、小唄、何でもこなした。芸の師匠で、飯島家を実質継いで、房次郎は家を離れた。

「おとうさん（房次郎）は、それはいい男でした。正月なんぞ七分のもじり外套着ていくときは役者みたいといわれました。いっしょにいくときも、夫婦つるんで歩いてるといわれるのがいやだから、あたしゃこっち歩くの、向こう歩いてるおとうさんの方を、ひとが振り返るのね、おりょうさんの血筋ひいてるし、甥っ子でしょう。おのろけみたいで、申しわけないけど、鼻筋なんか、白蓮さんとそっくりでした。

白蓮さんは、戦後それは、変わられました。戦争が終わるまぎわに、香織ちゃんをなくされたから。姉の蕗苳子さんの結婚式のときは、丁度何もなかった食糧難のころで、終戦直後でしたね、この辺りは、漁師町だからヤミで魚を手に入れ、家じゅう湯わかしして、お祝いの鯛の調理をやりました。

身分がちがうなんてことは吹っ飛んでしまって。

あたしは根っからの下町育ち、本所で生まれ育ったんだけど、白蓮さんもちっとも変わりなかった、白内障で目わるくしたときは、昔かたぎだから、手術なんてだいきらいだって、とうとう見えなくなっちまってね、うちが野菜かいこんで、目白の白蓮さんちに運ぶんですよ、

ああ、房ちゃんかい、と、手をにぎって、ぽろっと、泪《なみだ》こぼされたといってましたね」

生母をしのぶ縁戚とのつきあいは、白蓮一代で終わったようである。その後の宮崎家との往来はほとんどない、と、飯島さだださんはいった。

柳原家の本妻初子はなぜ、もぎとるようにおりょうのもとから、燁子をひきはがしたのだろうか。

女の葛藤が、柳原家に渦巻いていた。

前光の妹愛子は、明治維新のころ十四歳。赤坂離宮に住む英照皇太后（孝明天皇の皇后）によばれて、側の用をはたすようになっていた。たまたま御所が火事で焼けたとき、明治天皇と皇后が赤坂離宮に身をよせる。そのとき天皇が愛子を見染めた。御所の造営完成したとき、皇后は愛子をもらいうけ、宮中で、天皇のための側室とした。さわらびのすけ、と愛子はよばれるようになる。

皇后が、天皇のための側室を自ら用意する。このような過程は、のちの白蓮の行為とも酷似している。

愛子には、梅という侍女がいた。〝美貌〟で〝切れ者〟の梅は、柳原家との間にしばしば使いに立つことなどもあり、前光の目に、いち早く、とまった。

前光は、梅を、妹愛子からもらいうけ、本邸に住まわせるようになった。妻妾同居である。

本妻初子の、胸のうちが思いやられる。

もしも、家の外にある妾ならば、本妻の座がおびやかされることはめったにない。おなじ屋根のうちに夫が女を囲うときは、いつ、その妾が、妻の座に居直るかもしれなかった。

北海道開拓長官で薩藩の出である黒田清隆が、本妻に不倫の噂を立てさせて一刀のもとに切り捨て、妾を正妻の座に据えたことは、あまりに有名な話だ。

明治は、上流階級の女たちほど、闇のなかにいたようである。

支配階級の男たちの、ごくあたり前の生活形態として、ひとつ屋根の下に、妻と、妾たちが住む。宮中大奥もそのとおりであった。

明治天皇には、この愛子＝早蕨典侍《さわらびのすけ》のほかに、千種権典侍、園権典侍、高倉典侍などの女官たちがいて、それぞれに皇子皇女を生みつづけた。

子種による権勢のあらそいは、麻のように乱れた。

婦人矯風会が、一夫一婦制を元老院に陳情したのは、明治二十一年三月。

建白書をたずさえた矢島楫子は、この行為が宮中を、明治帝を、糺すと同じ役割であることを覚悟して、白無垢の衣をひそかに着用、ふところに懐剣をしのばせて元老院へ出かけたほどだ。

大正天皇崩御の直後、昭和天皇裕仁によって、即座にくだされた勅令は、「大奥廃止」の令である。

これこそ一時代の終焉を告げる、もっとも果敢な行為であったといえるかもしれない。

さて、柳原前光の家に梅がはいりこんでいらい、本妻初子の存在は稀薄になるばかりであった。家のなかをとりしきるのは、梅の方がはるかに上手だったし、天皇の寵愛をうけている愛子の庇護が、梅にはついて廻った。本妻と妾の座は逆転したかのような日々だった。

何よりも、前光は梅に溺れていた。男の愛が傾くところにいる女、まして本邸に迎え入れられた女である。梅は、初子の足元をおびやかす存在となりかけていた。

しかし、初子にも利点がある。

「柳原の家は、初子でもっていたようなものだ。初子の実家は、宇和島の伊達家で、大変な金持ちだ。公卿が貧乏だから、手許不如意で伊藤伝右衛門と燁子の結婚があったようにいうけど、ありゃァウソだね。お門《かど》ちがいだ。柳原は、ゆたかだったよ。カネに困るようなことは、何もなかった」（北小路功光氏の話）

伝右衛門も「燁子に与う」のなかで語っている。

「俺としては柳原家に鐚《びた》一文送ったことはない。この風説は柳原さんには気の毒だと思っている」

旧伊達藩主宗城は、明治政府で大蔵卿をつとめた。その家の出である初子が、柳原家を支えたという見方はおそらく真実であろう。

（この〝初子〟の話をきかせてくれた北小路功光氏は、京都宇治市に在住。燁子がさいしょに嫁いだ北小路家での、実子である。当時の柳原家の内情を語ることができる、唯一のひとであり、現在八十一歳。宇治川のほとりに住み、いまは文筆の日常。数多の証言をこのひとから得た。のちに詳述）

いまひとつ、初子の利点は、子がいたことだ。長男義光、長女信子というふたりの子が、何よりも本妻の座を支えていた。

梅には、子がいなかった。どうしても子が、できなかった。

そこへ、梅にとって、足もとゆらぐ出来事が持ちあがってくる。

前光が、柳橋の芸者おりょうに血道をあげ、ついに囲う事態にまで至ってしまったことだ。梅のもとへ入り浸る前光ではなくなった。

おりょうのはかない風情は、梅にも、初子にも、ないものだった。まして、権勢をほこる伊藤博文とあらそい、おとした女である。

十六歳のおりょうに、前光はのめりこんだ。

そのおりょうが、子を産んだという噂が、たちまち梅の耳にはいってくる。

寝所にも遠退《の》きがちの前光を、梅は責めに責めながら、ひとつのことを約束させていた。

――あなたが、わきで生ませた子は、私の子としてもらい受けます。

わき、とおりょうを極めつける。宮中きっての美女であった梅にとっては、同じ妾とはいえ、柳橋ごとき遊里の女に、男を奪われてはならぬ。まして、相手は本邸の外の囲われ者に過ぎない。前光とすれば、ねやの睦言《むつごと》の約束である。そんなことより、おりょうのはかなさは子をぶじ生むことすらおぼつかない、その子を育ててくれるというのなら、梅の子にしてもかまわぬ、おりょうの身だいじと、前光は判断をくだしたようだ。

梅は、おりょう懐妊を逆手にとった。

その子を自分がもらい受けて養女にすれば、子がいないという唯一の不利を補うことができる。

梅のこのようなはからいが、本妻の座をねらう目的であったことは容易に想像できる。

しかし初子は、たとえ前光が承知したとはいえ、梅の行為を、けっして許すわけにはいかなかった。

梅が、前光の生母で邸内に居を構えていた安靖院《あんぜいいん》を味方につけ、この画策を練ったことを燁子はのちに〝女中や家来たちから聞かされた話〟として書いているが、そのような動きに、本妻初子はきっぱりと、決着をつけた。

「おりょうの子は、柳原家にもらいうけ、信子の妹として、二女として、籍に入れます」

前光も、反対する理由がなかった。本妻が納得して入籍の手はずをすすめるのである。おりょうの将来をおもえば、これに越したことはないのだ。

燁子が、生後まもなく母親からひきはなされたのは、このような経緯があったためである。

出生のときから、燁子は波乱にさらされた。

そのような宿運がつきまとった女、とさえ思えてくる。

母のおりょうが、伊藤か柳原かの選択をしたときからすでに、幕臣の祖父とそれを滅していった新政府＝薩長への恨みの葛藤が、否応なしに出生前の燁子の身の上に働いていたのである。

おなじような因縁の糸は、燁子の生家柳原家と、のちの出奔先、宮崎家とのあいだにも、存在していた。

柳原家は、藤原北家の血を曳く家柄である。

奈良時代から明治初年まで、藤原氏は約十世紀にわたり、朝廷の高位高官を独占した。いわゆる五摂家（近衛、鷹司、九条、一条、二条）すべて、藤原道長の流れであり、連綿とつづいた権勢は、子女を後宮に入れることで絶えることなく維持されつづけてきた。

柳原前光は、まだ十代のとき、天皇に従って江戸に来て、戊辰戦役では東海道鎮圧の総督をつとめている。維新になって外務権大丞に抜擢されたが、このときまだ、二十歳になるかならずの少壮の身。対清国との交渉が、彼の一身にかかってきたのが、明治三年以降のことだ。

朝鮮・台湾への日本国内の野心を遂げる鍵は、清国の出方如何にかかっていた。このもっとも近い大国に対して明治政府は、英・仏・米ら西洋諸国とのバランスを気にしながら、何とか「上国」に立つ外交を確立しようと苦慮した。

前光は、明治三年六月上海を経て天津へ行き、日清修交通商条約の予備交渉に当たり、翌四年六月には、大蔵卿伊達宗城全権大使に従い、さらに五年二月には公使として、そのあとも六年には副島種臣を支えて、しばしば清国との交渉にかかわっている。伊達大使は宇和島伊達藩の大名。前光の正妻初子がこの家の出。因縁浅からぬとりあわせでもあった。

司馬遼太郎氏は、その著『翔ぶが如く』のなかで、柳原前光について、この対清交渉の場面を活写して、述べている。

「……明治初年以来、かれほど出先の国の大臣から軽侮された外交官もすくないであろう。もっともこれは柳原の責任ではなく、柳原を選んだ当時の日本政府の責任だった。柳原のような二十代のなかばという齢ごろの、しかも国内でも政治の経験を持たない若僧をもって清国との交渉にあたらせたという安易さは、ほとんど奇怪といえるほどのものであった……」

日本政府の態度そのものが、欧米諸国に対してはいかにも脆く屈従的であり、対清への外交方針も二転三転の変化を重ねていた。

前光は、分のわるい外交現場を踏まされたことになる。優柔不断は、たしかに公卿あがりという前光の育ちそのものに由来していただろうが、深い矛盾を抱えたまま、清国首脳と明治政府の間を駆けずり廻った若い外交官前光の姿も浮かびあがる。非才を責めるのみではすまされぬ、明治の懊悩を背負った前光である。

燁子にとって、この若い日の父が、のちの燁子の身の上と深くかかわる所業を果たしてしまうときが、対清交渉の直後にやってくる。

明治十年、政府が、西郷隆盛軍を反乱とみなして鎮圧の挙に出た西南戦争の折、前光は勅使となって、黒田清隆（陸軍中将）とともに鹿児島へ赴いた。

軍艦八隻が、この勅使にしたがった。同年三月八日のことだ。西郷軍はすでに二月下旬、破竹の勢いで北上し、熊本城をとりまいて兵糧攻めにしていた。丁度そのころ、勅使前光は本拠地である鹿児島に海路上陸し、旧藩主島津忠義、久光に、恭順の命令を伝えたのである。

西郷は足元をすくわれた。

県令大山綱良は逮捕、西郷は天皇にさからう戦争の首謀者とみなされて、郷里の支持を失い、大衆の心のうちにあった彼に対する思慕も、しだいにさめはてていく。

戦局は、西郷にとって不利に傾いた。この反乱軍のなかに、実は、宮崎滔天の長兄、宮崎八郎がいたのである。

明治十年四月六日、熊本県八代村で、地元の協同隊をひきいて官軍を迎え討ち、萩原堤で戦死。当時二十六歳の八郎だった。

宮崎竜介の父滔天は、明治三十五年一月末から六月半ばにかけて、『二六新報』に「三十三年の夢」を連載、このなかで、宮崎家のこと、父、母、八郎兄のことを、次のように記している。

宮崎家は、〝銀杏城（熊本城）を距る西北十余里、大道髪の如き長洲《ながす》街道のゆくゆく将に筑後の国境に入らんとする処に一小村落あり、荒尾村（現熊本県荒尾市）と云ふ。民貧なりといへども純朴に、地やせたりといへども形勝を占む〟その寒村の郷士の家であった。

「……父上は余が十一歳の時に此世を去り玉ひたれば、その事の記憶に存するもの少けれども、撃剣の道場を開いて子弟を教導せられしことは、かすかに余が記憶に残れり。

手作の西瓜を馬に着けて、みづから村中の老人、病者を恵み廻はり玉ひしことも記憶せり。時に酒に酔ふて大声を発し大手を拡げて、無作法に歌ひ舞ひ玉ふその面影のいかに恐ろしかりしことも記憶せり。

ことにあからさまに頭脳に印せられて忘れざるは、豪傑になれ大将になれと、月に幾度となく余が頭を撫でて繰返し玉ひしことと、金銭に手を触るるごとに、乞食、非人の所為なりとて酷く叱り玉ひしことなり。

母上も亦よく父上の気を承け玉ふて、心強く、常に戒めて、畳の上に死するは男子何よりの恥辱なりと教へ玉へり。

しかして余が親類縁者や、村中の老爺、老婆等は、皆言を極めて兄様のやうになりなさいと煽りたり。兄様とは、明治初年に自由民権論を主張して四方に漂浪し、十年西郷の乱に与《くみ》して戦死したる長兄八郎の事なり。されば余は、……官軍や官員や、総て官のつく人間は泥棒悪人の類にして、賊軍とか謀反とか云ふことは、大将豪傑の為すべき事と心得居たり……」

のちに、燁子は宮崎家の人となり、八郎の壮烈な反逆の死を悼む言葉の渦中に、何ども立たされる破目になる。

父世代が敵味方にわかれ、まして柳原は、滔天一家が忌みきらった〝官〟と名のつく権威によって、八郎を死地へ陥れる状況を作った張本人だった。

数奇というほかない運命の糸である。

宮崎家と柳原家とは、本来相容れぬ主義のもとにあった。

常人の感覚ならば、燁子の出奔をすんなりと受け入れることなど到底できぬ事情が、宮崎家には渦巻いていたはずである。

宮崎民蔵を中心として弥蔵、寅蔵（滔天）など宮崎兄弟の思想系譜にくわしい上村希美雄氏（熊本市在住）が、「宮崎兄弟伝」（雑誌『暗河』所載）のなかで、白蓮事件当時の滔天の心情を伝えるエピソードを記している。

すなわち、滔天の幼年時代に「井手学校」でつよい影響を与えた内田直次が、孫に当たる谷川雁氏に洩らしたという言葉である。内田は、西南の役の生き残りで反官軍の気骨を秘めた魅力ある青年教師、この内田を慕って滔天は小学校を転々と変えたほど、両者のあいだには深い師弟の関係がずっと持続していた。

「……『滔天はどうでしたか、やっぱりそうとう暴れん坊のほうでしたか』——あるとき雁さんはそう訊いたそうである。そのとき雁さんの祖父はしばらくは何も答えず、ややあって、白蓮事件のときは滔天はガッカリしていた、という話をした。——この老人がもっぱら気にしていたのは、あの寅蔵が天皇家と縁続きの女を息子の嫁にもらうという一事だった、という。白蓮女史は、たしかに、大正天皇のいとこにあたる女性だった。つまり彼（内田直次）は、世の噂の種となった不義の恋とか、階級間の隔てを乗越えた当事者たちの勇気とかいう問題は一切度外視して、ただこの事件が滔天晩年の思想的汚濁になりはしないかという一点を、本気になって思いやっていたのである……」

その滔天は、燁子の絶縁状が載った大阪朝日新聞を見た直後、息子竜介にいったという。

「いいのか、お前、こんなことをして……」

竜介自身が『文藝春秋』（昭和四十二年六月）に「柳原白蓮との半世紀」と題して書いたそのなか

に、滔天の反応を伝える次の一節がある。

「……私の家はもともと子供の私たちに対して自由放任主義でしたから、別に叱られるというようなこともありませんでした。父としてみれば、いささか左がかった息子がどういう態度でこの事件に処していくか、余計な口出しはせずに見ていてやろう、という気持だったのでしょう。

しかし方々から私と燁子を非難する声があがって私たちが苦しんでいたとき、父は一言、私にこんなことをいったことがあります。

『どうしようもなくなったら、お前たち二人で心中してもよい。線香ぐらいは仏前にオレが立ててやる……』

こうして私は燁子を一時父の友人である山本という人の家にあずかってもらい、しばらくして私の家の近所に一軒家を借りて同棲することになりました。自分でも信じられないような日でした。……」

破天荒の宮崎家の度量が、燁子を受け入れたともいえる。孫文の辛亥革命を支えた風雲児滔天だったが、一方その留守をあずかり、赤貧のなかで孫文ら志士たちを食べさせてきた滔天の妻、槌子《つちこ》は、さらにケタ外れの女丈夫であった。

彼女は十二歳のとき、中江兆民が熊本を訪れた際その歓迎会で、前田お槌子の名で演壇に立った。自由民権思想の女性による本格的な演説は、岸田俊子が弱冠十九歳のとき大阪における立憲政党演説会に登壇したのが嚆矢《こうし》であるといわれているが、それは明治十五年四月一日のこと。楫子は、それより五年前、明治十年に、少女の身で、すでに演壇に立っていたことになる。

「丁度、滔天を女にしたような人柄ですね、小天の名家前田家の出ですが、姉の綽子《つなこ》は、漱石の『草枕』のモデルとなったひとです。夫を三人もとりかえて、薙刀《なぎなた》もやる、滔天について中国にもわたるという活動家でした。楫子が育った家庭は、家族関係は乱脈を極めていて、その中で娘になり、滔天とであい、双方激しい情熱のとりこになる。〝血の涙流しながら火の車にのった〟ような女性ですね」（上村希美雄氏談）

『三十三年の夢』に出てくる滔天、楫子の出会い、そのあとの流転についてはいずれ記したい。世にさからう行為にはしった燁子のことを、むしろあたたかく包みこめる姑・楫子に、燁子はめぐまれた。

出奔後の燁子が、生き方のはげしい変貌をしらずしらず遂げたのは、おそらくこの姑の影響があったと思われる。

――燁子は、波乱に富んだ宿運を負って、まだその入り口に立っていた。

育ての母、増山くに

生まれ落ちてたったの七日。麻布の邸へ引き取られた燁子は乳をもとめて、泣いた。初子は、燁子の眉目に、くっきりとおりょうの影をみていた。

夫前光の心を奪ったおりょうに対しては、けっして心おだやかではないのだが、しかし、この赤児のおかげで梅の専横をくじくことができた。にくんではならぬ、だいじな赤児である。

その日のうちに、燁子は品川在の種物屋へ、里子に出されることになった。乳母となる増山くには、丁度女の子を生んだばかり、両の胸乳があふれるほどだった。ふんわりと肥って、背もかなり高い。初子が選びぬいた乳母である。

くには、燁子をあずかったとき、〝それはもうひよわで、育てることができるものやら不安で仕方なかった〟と、親戚の者たちに洩らしている。

わが子に比べると乳をのむ力もよわく、〝大切な子だから〟という柳原家の念押しが、いっそう心にかかっていた。

用意された馬車に、燁子を抱いて乗り、山程積まれた夜具や菓子、土産物とともに品川の村へ入ると、めったに見たこともない馬車へ子どもたちがわっと駆けよってきた。

漁師の子が多い。頭のてっぺんまで汐の香がこびりついている。のちに燁子の子守りをし、いじめっ子となり、親衛隊ともなっていく子どもたちだ。

くには、家付き女房だった。養子である吉五郎との間に、当時ふたりの子をもうけ、そのあとも三人生みつづけている。〝勝気で、男まさり〟、その乳で、燁子と、自分の子と、いまひとり、すぐ近くの小池家の長男彦太郎も育てた。彦太郎は、燁子より半年早い生まれだが、まだ、乳をほしがる年ごろである。

増山家は、種物の卸しをしていた。近在まで売り歩くこともあったようだ。大家族で、くにの両親、兄妹と、くに夫婦と子ども、ひとつ家に住んでいた。

そこへ宝もののように燁子が加わったのだ。

当時の地図を見ると、明治なかごろの増山家の前は、東海道が走っている。明るいうちは旅人の往来も激しく、その向こうに松林、そしてまぶしい海がひろがっていた。

しかし、夜になると人通りは途絶える。鈴ケ森のお仕置き場に近く、追いはぎ名物の寂しい街道に変身する。刑場へ送られる者に家族がつきそってきて、この辺りで別れた。増山家よこには品川の海へ注ぐ小さな川があり、ここにかかる橋を泪橋とよんだ。

海沿いには、松平土佐侯などの武家屋敷も多く、避寒地として利用されていたようである。

「増山くにと柳原家のきっかけは、多分、避寒のためか、あるいは舟遊びにみえて、そこで始まったと思いますね。くにについては全く知らないのですが、白蓮さんの乳兄弟となった小池彦太郎は、ぼくの祖父です。増山くにの娘志げと結婚しました。だから、くには、ぼくの曽祖母にあたります。……」

系図をひき、地図まで示して、燁子の乳のみ子の時代を再現してくれたのは、小池一行氏（宮内省書陵部勤務）である。

――乳母くにの家については、〃品川の立会川ほとりの種物屋〃、とだけ白蓮は記している。宮崎蕗苳子さんに尋ねると、たしか「ふろやをしていたようですね、京浜急行で母と、たずねていったことがあります。近くに神社がありました」と。

増山くにの所在をつきとめる手がかりは、これだけだった。

小池という苗字が、この手がかりからはまったく浮かびあがってこなかった。

風呂屋組合に電話して名簿を調べてもらい、品川の、立会川に近いおふろやさんに次々に連絡をとるうちに、数年前にやめた〃弁天湯〃、当主小池一行氏、近くに神社があるという証言に辿りついた。

京浜急行立会川で下車。鈴ケ森のあたりはいまは高速道路が重なりあう場所に変貌しているが、この街も夕暮れの買物客でごった返していた。海のにおいはなく、視界のとどく限り、埋め立てと運河、住宅と工場が立ち並んでいる。

ただ、泪橋《なみだ》のあとと思われる石橋が、小池家の横に同じようにかかっていて、浜川橋と刻まれていた。諏訪神社の境内に入ると、大銀杏のまわりで子どもたちが遊んでいる。そろそろ灯がともる頃あいである。

「祖父彦太郎は、けんか大将で、白蓮さんにつきそって、護衛していたようです。

実は、自分の家が何ども隠れ家になったと、祖父は打ち明けていましたね。あの事件、伊藤さんとこから逃げ出す事件が起こったときは、彦太郎もげっそりやせてしまって、もうくるかくるかと、待っていたといいました。

この家で燁子さんは、まずふろに入る、銭湯など、とてもはいれない身分だったころです。一番のたのしみは、弁天湯と、ナマの魚、カニ。いっしょに銭湯で知りあった仲間が、この町には大ぜいいたと思いますね」（小池一行氏の話）

燁子の出自とおよそ異質の、あの下町っ子の気配、伝法な江戸弁を思い出していた。この町で、数え七歳までを燁子は過ごしたけれども、そのあとも、唯一身をよせる場所としてここへ立ちよっていたのだ。

くにの歿年は明治四十年だが、そのあとは、彦太郎という幼な馴染みの一家にめぐまれて、ここにくれば何よりも安住の地が、あったのだろう。

〃隠れ場所〃としたのは、多分、伊藤家出奔のときではなく、その前の、〃北小路家から出戻り〃の時期であったと思われる。生《な》さぬ仲の母の初子は、出戻りの燁子が本邸へ出入りすることをさしとめた。麻布笄町の母の隠居所でひっそりと与えられた部屋にこもっていたころ、何ども心に染まぬ縁談を強いられて、うろ覚えに品川のくにの家を訪ねている。

燁子自身、自分がもっともしあわせであったのは、この品川在の、海べの暮らし、魚つりやみみず探しに夢中になって泥んこで遊んだあのときだったと、のちに記しているのだ。

「冬になると、今もおぼろに覚えてゐます。簾にかけた沢山の海苔が庭一杯に干並べてあつて、乾くのを待つて取り入れては、一枚ずつ器用に剝がす、片方ではなまの海苔をとんとんと小さい音をたててきざむのでした。

その庭の片隅に珊瑚樹といふ木、赤い実が鈴なりになつて、その実は私のおままごとになくてはならない材料でした。お献立には海草や目高や、どうかするとおたまじやくしやとんぼの目玉やその羽までが、お焼肴のけしきを添へるのでした。……

海恋し浪の遠音を枕してさめては寂しいくとせの夢」

(「短歌自叙伝」『新小説』大正十年一月)

伊藤家との事件が起こったとき、燁子が身をよせた東京中野の山本家は、報道陣の監視下にさらされていた。それでも竜介と一時期同棲して、二ヵ月目、姉信子に柳原家へ連れ去られたあとの燁子は、京都大徳寺近くの尼寺へ身を隠してしまう。

彦太郎が、食事もノドを通らず燁子の身を案じて待ちかねたのは、このころである。

「律義というか、昔かたぎというか、祖父は民生委員などもしていて、思想的には異ったと思うのですが、白蓮びいきで、竜介さんが選挙に立たれたときは必死で社会党を応援したようですね。この家に滔天さんも見えたことがあります。燁子さんが目が見えなくなってからは、祖父は月に何どか出かけて、ぼくたちは〝目白詣で〟といってましたが、不自由な燁子さんをおふろに入れてあげたり、最期もみとりました。

亡くなったあとはぼんやりとなって、五年おくれて、鬼籍にはいりました」

小池家の奥座敷に、懸軸の白蓮自筆のうたが一首掲げてあった。

恋しさは乳母のおもかげ幼き日の品川の海産土《うぶすな》の宮

品川の海を恋う

柳原の家の、お家騒動にも似た女のたたかいの余波をうけて、燁子はすぐさま里子に出されたのだが、しかし、公卿の家では、これが当たり前のことだったと、のちに白蓮は書いている。

〝不浄ということを非常に嫌うきびしい戒律〟があって、たとえば女が、月のものをたたみの上におとす、その部屋じゅうが即座にたたみがえになった、まして赤児を家のなかで育てることはとてもできぬ道理だった、と。

子どもを、愛くるしいものとみる前に、不浄と片づける。酷薄な親子関係である。明治・大正の三面記事を調べているとしばしばそのような資料に出あうことがある。里子は、元公卿階級のみならず、ひろく大衆の子育てにも普及していた。密通・未婚の子の里子あっせんなどは、ごく当たり前の役所の仕事でもあった。

そのころの子どもは、親にとってはときに、道具であり、労働力であり、意のままに動く服従者であり、子は、いつも親の勝手にふり廻された。燁子もそのひとりだ。

品川から、増山くにが燁子を抱いて、時折り麻布の邸へ連れ帰ることがある。その帰途になると、梅が、沢山の土産を持たせたりした。

――もしかすると、燁子の生母は、お梅さまじゃないかねえ。

そんな噂が、ぱっとひろがるほど、梅はいつまでも燁子に執心した。柳原家での権勢を維持しようとした女心のあわれさが見えてくる。

燁子が、柳原の家へ引き取られたのは、小学校へ行く年ごろになってようやくのことだった。乳母くにとの別れは、生ま身を引き裂かれるような辛さだったろう。

生母おりょうは、燁子三歳のときにこの世のひとではなくなっている。しかし、当時の燁子にとっての母は、くに、しかいない。寝巻の帯を〝かあや〟(くに)の手に結びつけ、七日七夜泣きとおした燁子に、くには粗末な駄菓子を買ってきては食べさせ、なぐさめようとした。

本妻初子は、燁子にことのほかやさしくふるまい、自分になつかせるために一日じゅう燁子の相手をした。梅への配慮もあったかもしれない。しかし初子の愛に包まれて、燁子は、ようやっと、くにのことを忘れた。

麻布南山小学校へ入学したのが、明治二十五年春である。二年間、麻布の本邸から小学校へ通った。この邸の木にのぼると、海が見えた。品川の日々が蘇った。腕白のなかで育ちなれた燁子は、兄の義光に田舎育ちとからかわれながら、するすると木に登って、東京湾の輝きに心を吸われた。

「あの麻布桜田町のあたりは、もうすっかり分譲されまして、家は跡形もなくなりました。母は、せめて、登った木を見たいといって、いっしょに訪ねていったりしましたが、マンションが立ち並んでおりましたね」（宮崎蕗苳子さんの話）

燁子が、この本邸に住んだのはわずか、この二年間だけである。日蔭の出生がつきまとい、初子の愛は、やはりかりそめのものに過ぎなかった。おりょうそのままにあえかに成長していく少女を、手もとには置きたくなかったのか。女のさがは、初子にいつもつよく働いたようだ。

燁子は、まもなく養女へ出された。

——もとはといえば、あなたが、華族女学校へ行きたいといったからよ。すこしでも近い処へおいてやりたかった。

初子はのちに、こう語っているのだが、〝近いはず〟の華族女学校は当時永田町にあり、燁子はそこへ、毎日二里の道を歩いて通うことになる。学校への道のりはけっして〝近く〟はなかった。

しかし、この初子を、燁子は慕いつづけて、その母のいうとおりに北小路家のひととなっている。生《な》さぬ仲の母とは、まだ毛頭知らず。

北小路家養女へ

燁子が、北小路家の養女にもらわれたのは、明治二十七（一八九四）年の春である。

わずか九歳だが、結婚相手がひそかに定められていた。〝何もしらぬ、あどけない人身御供《ごくう》〟の身の上が、燁子自身の上に起こってきていた。

北小路家は小石川にあり、貧しい公卿の生活だが女中ふたりを置いて、格式は昔ながらに保たれていたという。

同年八月に日清戦争が勃発。対清交渉に奔走した父前光は、この秋に歿している。柳原家との唯一の血のつながりを断たれた燁子の、北小路の家での質素きわまりない生活がはじまる。

あたらしい父北小路随光《よりみつ》は、孝明天皇の稚児《ちご》として宮中に入り、十五歳のときまで天皇の寵愛を受け、〝土佐絵の中からぬけ出したような上品で美しい人〟であり、もっぱら御所の話が燁子への寝物語であったようだ。

「祖父（随光）はほれぼれするような美男、祖母は、そうじゃなかった。さぬき（四国）白鳥神社の神主の娘でね。大名とおなじ権限をもつ家柄だが、同時に国学者の家系でもあった。だから国文と漢学の素養が抜群でね、私なんぞ、ちっちゃいころから素読できたえられたものさ。

何しろ、たいした才女がいるっていうんで、当時は見合いなんかしない時代だろ、いきなり結婚して綿帽子とってみたら、じいさんはあっとおどろいたんじゃないかな。

そんな夫婦だけど仲はよかった。貧乏してるくせに女中家来はおく、家事も何もしない。花鳥風月、読書三昧だ。このなかで母（燁子）は、歌の手ほどきを受けた。あれは、五歳のおれをさっさと捨てちまった女だけど、歌よみになれたことをおもえば、北小路の家にきたことも、満更ソンじゃなかったはずだ。……」（北小路功光氏の話）

もともと北小路の家には、燁子の前に、父前光の弟が養子として縁づいていた。ところがその縁組が突然に解消になった。

北小路家に、あとつぎが出現したためである。随光が、女中に手をつけて生ませた子がいて、資武といった。妻ひさ子に発覚して、資武は三河島あたりへ里子に出された。その子が、大きくなって北小路家へ帰ってくる。

前光の弟は、すすんで後継者の立場から身をひいたといわれる。そのかわりに、燁子を養女にすることがきまった。将来は、資武とめあわせることを条件にして。

人形のようにうつくしい燁子が、いずれ自分のものになる。燁子より七歳年上の思春期まっ盛りの少年資武は、燁子をさいしょから呼び捨てにした。

そんな資武を、燁子はきらいぬいていた。しかも、いいなづけであるとはツユ知らず。その視線に〝男〟を感じることもできぬ幼さである。女子師範付属から、華族女学校へ、せっせと通った。小石川の家はまもなく巣鴨へうつるあわただしさだったが、遠い道のりも苦にならなかった。

養父母は、月照る夜になると濡れ縁で琴を弾き、笛を吹き流した。優雅で、激動の世からエアポケットのように取り残された元公卿の日常が、燁子の身に沁みこんでいった。〝におい立つ女〟は、おそらくこのころの残衣であるだろう。

燁子が生理をみたのは、十五歳のとき、〝夏〟と、記している。一人前の女になったことは、結婚が、形をなし現実のものとなる日を暗示していた。

「老いたる二人の限りない愛護の蔭にも、私はふと部屋の中に飛び込んできた小鳥のやうに、おとおととおののきながら、しじゅう何かと戦ってゐなければならなくなりました。……貞操といふものにすら、自分のものなのか但《ただ》しは生れながらに人のものなのかさへわからぬ悲しさがありました。……

その頃からして私は人の愛憎を知り、世の義理人情の力強さにおののき、遂にそれに打ち負けた女となってしまったのです……」

そして、燁子は、次のように断じている。

「長尊者に従ひ義理に従った、正しい道徳の道が、即ち許し難い己れの魂の反逆者であらうとは。その罰の為めに、のちには悔いと呪ひの中に魂のありかさへ疑ふほどの者になつてしまったのですから」（前出『短歌自叙伝』）

これが発表されたのは、大正十年一月号の『新小説』、原稿入稿は、おそらく前年、大正九年の晩秋とみることができる。

宮崎竜介との恋たけなわのころだ。このころ、ふたりは白蓮の『指鬘《しまん》外道』出版の仕事でたびたび東京で出あい、恋をささやきあう仲だった。

「日本橋うらあたりの、たいしてきれいでもないおでん屋」で、竜介は、燁子の個性にひきつけられ「他の女性に対してもつことのなかった気持」にのめりこんでいく。まして燁子は、書くものことごとく竜介への恋をこめ、この一文にも、半年余あとにおこる出奔への予感、魂の伏線が、吐露されている。

〝己れの魂への反逆〟と、世のモラルを痛烈に衝いたことばは、それまでの白蓮にはないものだ。気鋭の新人会リーダー宮崎竜介からのなまなましい思想移入ではないのか。

恋は、男と女のかかわりは、このようにして世にさからい、ひそかな桃の実をふとらせていくのではないだろうか。

十五歳の燁子は、資武の好色の前にさらされていた。年老いた両親の目をぬすんで、折あれば燁子に迫ろうとする資武である。他にひとの気配がないときをねらって、資武は襖《ふすま》をあけて入ってくる。小柄で、ほっそりしたからだに女のにおいが漂いはじめたことを、資武は敏感に察していたのだ。

突然に羽交《はがい》締めにされる、その腕のなかで、燁子はふるえ、もがいた。さからえばさからうほどに、男の情欲がつきあげ、畳の上に押し倒されていた。

おれは、お前と、めおとになる。知らないのか。妾の子を貰ってやるのだぞ。生意気いうな。

燁子は、奈落の底に沈む思いで、資武のことばをきいた。はじめて知る出自に、打ちひしがれていた。

それからは、いつ資武がおそってくるかもしれぬ日がつづいた。自分自身の過去の忌わしさ。本邸の母初子の裏切り。自殺や家出を真剣に考えるようになった。

このような燁子の異変に気づいて、かえって急がれたのが、北小路家への輿《こし》入れだった。真実が知れた以上、隠しておくことは何もない。

親族会議でむりやりに納得させられて、華族女学校を二年で中退、北小路資武と祝言をあげたのが、十六歳のとき。幼な妻の、いかにもさびしい目もとの写真が、残されている。翌明治三十四年四月、一子功光が生まれ、養母ひさ子が、ただちに子を引き取って、育てはじめた。

「まだ子どもみたいな母親だから、育てられるわけがないさ。燁子は文学少女で、わがままで、亭主が気に入らないときている。五歳の私を婚家において、さっさと実家へ戻ってしまった。唯一おぼえているのは、着物をかえているときの燁子。目がさめるような長襦袢の姿を、じっと見ていたような気がするね。中学にいくようになって、私は柳原の家から学習院に通った。別れっ放しの母子をあわせようと、柳原義光夫妻が心をくだいてくれて、あのころはもう、燁子は伊藤家のひとになっていて、やっとお膳立てができて親子対面の感動の場面があったかというと、まるでなかった。さめてた。実につめたかった。

　これが公卿の家の常だ。人情がひん曲っているんだよ。誰かがかわって育てるんだから、親子の情なんか、わくはずがない。

　あのときは、たしか島屋旅館で逢ったと思う。伊藤さんが上京するときは、旅館ぜんぶ貸し切りにしてしまってね、骨董屋なんぞが押しかけていた。『踏絵』がもう出ていたころだ。

　燁子の小づかいが少ないとかいうミミっちい話が、出奔のころに噂されただろ、伝右衛門といっしょの暮らしでは、現金なんか一文もいらないや、ね。ぜんぶツケでいいのさ。車でのりつけて、ものを買って、ツケてくりゃいいんだよ。

あの女、しじゅうボーイフレンドがいたなあ。文士の出入りが華やかで、とりまきも大ぜいいたし、ただ伝右衛門が夫であることにひけ目を感じていて、なかなか紹介できない。伝右衛門もすましてるしね。そのあたりがしっくりこなかった処だろうな。

竜介さんとの間の恋文運びを、息子の私にやらせたこともある。天衣無縫というか、誰でもかんたんに好きになり、ほれこんでしまう女だ、妊娠しちまったから、決心もついたんじゃないか。とにかく、逃げたかった、脱け出したかった、誰でもよかった。あれで、子が出来てなかったら、またも浮気ですんだかもしれないさ。

それが、すまなくなったから、居直ったと、私はそう解釈している。……」

――口調は、白蓮そのまま、〝燁子〟とよび、ときには〝あの女〟とよび捨てる。

京阪宇治線の終点、宇治駅でおりて、朝霧商店街をつきぬけてすぐの右手。宇治川が光り、その川沿いの家に北小路功光氏夫妻が住んでいる。

ことし八十一歳というが、若々しい。

この話を伺った座敷の硝子戸をあけると、そのまま宇治川に面しており、目の前いっぱいに波頭さかまく大川のみどり濃いうねりが、激しい川音とともに迫ってきた。

対岸は、おぼろな夕光のなかにある。「あばれ川の異名があるんですよ」と、しずかなたたずまいの夫人がいわれる。

宇治というやさしい呼称とは、あまりにかけはなれた〝おとこ川〟の印象である。

功光氏は、誰よりも白蓮を慕い、こきおろしながら、自分を捨てた母に、ふかくこだわっている。燁子の所業を、このひとは、奔放なことばのなかで、いたみ、かなしんでいるのではないか。

功光氏の歌集『説庵歌冊』のなかに、母燁子と、父資武にもかかわるいくつかの歌をみつけた。

風ふきとおるような、人生のうたである。

つまづきて／ふり返る道に何もなし／わが来しあとを／うす日さしをり
幼かる淫売抱き／名を問へば／母と同じきあき子と答ふ
父を憎み／家出せし／わが生臭きその同じ手に／今は墓を洗ふ
そこを行く／ものの姿は／にんげんか定かならねど／町角に消ゆ
あま雲の／別れ離れにし／女らの背中を吹くか／この風の音
あどけなく目を閉じ抱かる／聖売女／せんすべもなく風鈴の鳴る

北小路家は、資武と燁子が結ばれたあと、京都鞍馬口へ移り住んだ。家計をきりつめるためでもあったようだ。底冷えのする京の暮らしの不自由などは、燁子にとっては片々とした苦労だったろう。何よりもつらいのは、夫資武との夜。

愛なくして、などという生易しいものではなかった。憎悪のはてのような、男と女のまじわりを、五年も、燁子は、耐えつづけた。

——北小路家を辞して、宇治駅へふたたび戻る道、とっぷりと夜闇にとざされた道を歩いた。宇治八幡へ至る道で、昼間は修学旅行や観光の客で賑う町筋だが、夜更けは、人影もない。見知らぬ町へきて、燁子のかなしみを掘り起こす。

誰もいない駅で、大阪への電車を待った。無数の星が、頭上にひろがっていた。悲傷はわが身に及んでいた。

取材のきっかけともなった燁子のうた、絶唱のうた二首、がよみがえる。

　ゆくにあらず帰るにあらず戻るにあらず生けるかこの身死せるかこの身

　われはここに神はいづくにましますや星のまたたきさびしき夜なり

破婚の身

破婚の燁子は、家に入れてもらえず、四年間を悶々と過ごした。〝出戻りを恥じる〟という体面上の名目も、もちろんあったろう。しかし、本妻初子にとって燁子は、生さぬ仲の娘。父前光はすでにこの世のひとではなかった。

その上、遠縁にあたっていた北小路家との間を、ついに不義理にしてしまった責もある。

そのまま本邸に入れるわけにはいかない。

初子の隠居所が麻布笄《こうがい》町にある。その一室に、半ば禁足同様の形で、燁子はとじこめられた。すぐ近くの入江為守子爵邸には、腹ちがいの姉信子が嫁いでいる。そこへ出かけることも禁じられた。

この姉信子だけが、燁子の心のうちを打ち明けられる唯一のひとだった。母の実子だが、幼いときから兄義光とは異る仕打ちを受けつづけ、しばらくは、宮中の愛子のもとにあずけられたこともある。苦労して育っただけに、北小路家での燁子の地獄の苦しみを、この姉だけが何もかもわかってくれた。

禁足のあいだ、姉がさし入れてくれる文学書を燁子はむさぼり読み、古典のあらかたを読破した。辛酸のあとにきた孤独の時間に、自分をみつめ、世のなかの動きを知った。

丁度、日露戦争まっ最中である。

与謝野鉄幹、晶子ら明星派歌人たちの情熱的な歌が巷にあふれ、『女子文壇』『婦人画報』などの創刊、女子高等教育をめざす学校が、つぎつぎに開校していた。明治三十七年九月、『明星』に発表した晶子の「君死にたまふこと勿れ」の長詩をめぐって、大町桂月の攻撃、さらに大塚楠緒子が『太陽』に書いた「お百度詣で」の反戦詩、〝新刊の雑誌類〟にも夢中で目をとおしていた燁子は、このような激動の思潮に刺戟されつづけた。

資武との、悪夢に似た五年間を忘れるためにも、学問は、燁子にとって何よりの逃避の世界となっていた。

のちの伊藤家でも、おそらくこの習いは、つづいたにちがいない。

のちに伝右衛門は、燁子を評して、もっとも身近の伊藤八郎氏や伝之祐氏に、ひとこと、印象的なことばを吐いている。

燁子は、学問をしすぎた。

さらに、燁子が宮崎家に身をよせたあと、長男を戦火で失い、平和をねがって反戦の全国行脚に廻っていたころの話だ。同行していた金木愛枝さん（世界連邦神奈川婦人の会会長）は次のような白蓮を目撃した。

「地方の宿で、夜ふけになりますとね、白蓮さんは耳の補聴器を外されます。そのあとは、もう、自分ひとりの世界です。ひたすら本をよまれます。誰が話しかけようと、没頭して、勉強されました。何冊もの本の包みを抱えての旅です。あの細いからだで……」

薄幸の時代に身についた習いである。この笄町の隠居所に閉じこもったときは、燁子二十一歳。まだ桜花におうような年齢である。

いくつもの縁談が、初子によって持ちこまれた。結婚など、二どとしまいと思う、それより、学校へ行きたい。十六歳で、学校を中退した燁子にとっては、通学がゆめとなった。

押しつけられた縁談をことわるために、品川の増山くに（乳母）の家を単身ではるばるたずね、身を隠したのが、この頃にあたる。

つねに宿運の赴くままに流されてきた燁子の、はじめての抵抗だった。本邸はあわてふためいた。

まわりに、そのような時代が渦巻いていた。

何を起こすかわからぬ燁子を、これまでのように一室に囲っておくだけではかえってあやういと、継母初子は判断した。

明治四十一年春、東洋英和女学校に入学。二十四歳。ひとよりはずっとおくれて学問の入り口に立ち、はじめて寮生活にはいった。この年三月二十三日、平塚明子と森田草平の、雪の尾花峠心中未遂事件がおこり、世間は大揺れに揺れていた。

「嗚呼新時代の青年、男も学者女も学者、学問の行止りが情死（朝日新聞見出し）

我輩の行動はラブの神聖を発揮する者にして俯仰天地に愧《は》づる所なし、と、揚言せるに至つては沙汰の限りならずや……」

事件を伝える新聞記事を、燁子は一字もあますことなく、読んだ。〃良家の子女にあるまじき行動〃とある。燁子にとっては、まぶしく、遠い世界のできごとに見えた。

しかし、破婚の体験を自分自身の内側に深くひめている身からすれば、〝世にさからう行為〟は紙一重だ。

この東洋英和時代に、燁子の視野はひろがり、のちの、竜介との、吉原娼妓救済の運動にもつながる素地を、このときに得ている。

貧しいひとの味方になりたい、一生その仕事をつづけてもよいと、公卿生活に慣れた燁子がはじめて、ひとのために生きることに気づきはじめていた。

伝右衛門は、まだ、燁子の前にあらわれていない。

第三章　蒼　狼

伊藤伝右衛門の父親は、伝六といい、幕末の筑豊で、目明かしをしていた。十手を預かる身分だが、いつも素寒貧である。それでいて、少しでもうるおうと、惜しげもなくバラまく。飯塚に大目明かしがいて、幸袋《こうぶくろ》に住む伝六はその下っ端だ。しかし、たとえば賭場の見張りなどに何人かの手先を抱えているため、いくらかの食い扶持を用意しなければならない。

伝六は、さまざまのことをした。

副業とはいいながら、筑前福岡藩の末端のご用をつとめる身、いい加減の仕事に手を出すわけにはいかぬ。

伝六が考えついたのは、魚問屋であった。

周辺海をめぐらしたような福岡だが、幸袋には、その海の幸が、めったに届かなかった。途中にけわしい山地があり、三阪峠がある。

何とか魚を運びこみ、安く手広く商う方法はないものか、それには、人力をあてにする他ない。

問屋開業の資金を、伝六は〝頼母子講《たのもしこう》〟で得たと、いわれている。

魚は、海に面した七つの浦から運びはじめた。

宗像郡勝浦、神湊、鐘崎、福間、津屋崎、遠賀郡芦屋、博多。

地図でみると、丁度幸袋を中心に、扇状にほぼ等距離の、海べの村にあたる。

夜半におかへ揚がる魚を竹籠に山盛りして、人が天秤棒でかつぎ、早朝までに幸袋や飯塚へ運びこむ仕掛だ。

「丁度八里（三十二キロ）」伝六の息子、伊藤伝右衛門は、夜どおし魚を運んだ七つの浦からの距離を、そのように記憶した。

鮮魚であった。飛ぶように売れて、伝六の家は、ひとから「問屋」とよばれるようになった。副業が、本業になり、目明かし伝六は、魚問屋に転身した。しかし、家業はそれほど安定したわけではない。玄海灘は荒海だ。シケが続けば、動員した人手に日当は支払いながら、商いは落ち込む。貧乏神が相変わらずついて廻った。

伝六が、生鮮を問われぬ〝地底の石〟にはっきりと目を向けはじめたのは、この魚商売の最中だった。かなり若いころから彼は、この〝燃える石〟に心奪われ、一本のツルハシを手に、近くの山野を歩き廻ってはいたのだ。炭鉱王伝右衛門の事業のきっかけは、父伝六の山歩きに端を発していた。

学問への渇望

伊藤伝右衛門の出生は、一八六〇年、万延元年十一月二十六日。燁子《あきこ》の生母おりょうの父、新見豊前守正興が、アメリカへ使節として旅した、丁度同じ年にあたる。

母親は、浅野儀七の娘、ヨシといった。伝六の正妻である。伝右衛門八歳のとき、ヨシは死んだ。燁子も伝右衛門も、生母との縁はいずれも薄かった。

このころ、明治初年にかけて、九州は干ばつと虫害に襲われつづけた。伝右衛門は幼名を吉五郎とよばれたが、当時のようすを、口述による『伝記』のなかで、次のように話している。

「……数年にわたり干ばつで飢饉が続き、藩や庄屋等から施米も出したが大衆の飢餓を満たすには程遠く、百姓一揆も起った程であった。人々は争って、山野の木の芽や草を取り、わずかの米麦に混ぜて食っていた。

吉五郎も幼い頃、木の芽や草取りをしていた。又その頃の貧しさは、飢饉が過ぎても、朝は白米の粥の上汁を吸って、ひるも又水をたして上汁を吸い、夜になってようやく米を食べた……」

まもなく二重の試練がおそってくる。数え年八歳のとき（慶応三年）、苦労のなかで母親がなくなり、まもなく父伝六も、大病をわずらった。ふたりの子ども、吉五郎と、妹キタは、それぞれ、南良津の親類の家にあずけられる。

一家離散の目にあった吉五郎は、預けられた叔父周平の家で、夜昼かまわず働いた。そこも貧しい〝五反百姓〟の家、食うや食わずの毎日であったようだ。

妹キタは、預けられた先の同じく南良津・永末兵衛門の家でそのまま養女となり、それだけが吉五郎の心の安堵になった。幼い兄は、このころから、一家を支える志を抱くようになる。

伝六の病が、いくらか快方に向かった二年後に、吉五郎は丁稚奉公に出た。生家に近い「丸屋」という店だ。

この「丸屋」については、伊藤八郎氏（伝右衛門の養子、妹キタの実子）が、『わが家の小史』のなかで次のように触れている。

「この『丸屋』は私の小さい頃までその屋号でよばれていて、呉服屋だった記憶がある。現在残っている旧伊藤邸正門の前の家で、その後改築されて大塚氏が住んでいられた」

幸袋の伊藤商店前に、それらしい店の気配を探したが、現在は跡形もない。閑静な住宅が塀を連ねている。数え年十一歳の吉五郎少年が住み込みで働き、貧しさかみしめながら、やがて道ひとつ隔てた宏壮な伝右衛門邸へと志を結実していく過程を、この昼間の露地にしのぶほかない。

「……他の家の子女の様に、正月や盆など晴着一枚さえなく、殆んど、一枚の垢じみた衣一枚で押通し、他の朋輩共は、寺子屋に通って読み書き算盤のけいこに余念なかった時に、……寺子屋に通うことさえ出来なかった。……」（『伝記』）

学問とは無縁のままに、伝右衛門の幼年時代が過ぎてゆき、のちに、燁子との確執が、ここから生まれてくる。伝右衛門とすれば、〝寺小屋にも行けぬ〟塗炭の苦しみをなめた幼時の原体験が、そのまま生きる活力となり、同時に〝一生の悔い〟を心に残したとも思われる。

学問への渇望は、のちになって、学問という皮袋を着た人間への軽侮に、すりかわっていったようである。

今回の取材のなかで、〃伊藤伝右衛門〃と署名のある手紙をみる機会があった。流麗この上ない筆跡だが、いずれも支配人の代筆、と明かされていた。

その文字があまりに達者であるだけに、背後にこもるかなしみも見えてくる。

「……寺子屋に行ける様な時があって、親父が行かんかと言ったが、俺はすかんじゃったから、行かなかった。」

伊藤八郎氏は、晩年の伝右衛門から、この言葉を聞いたという。それは、〃ただ一度〃だけの、己れの学問についてのことだったが、「多少そのことを悔いて居る様にも思えた」と、前記『小史』のなかで、さり気なく触れている。

「抜群の記憶力のひとでした。メモをしなくても、頭のなかにすべて記されていて、判断は、慎重そのものでしたね。よく豪快で、果断といった評価がされているようですが、そんなことでは、あれだけの事業はできなかったはずです。慎重に見通しつづけて、次つぎに手を打つ、実務肌の父です。

学校に行かずとも、毎日が学問だったようです。生活の資を得る日常そのものが。その点、母の燁子の文学の世界は、父には到底理解できぬことだったように思われます」(伊藤八郎氏の話)

伝六の、宵越しのカネを持たず事業に手を出しては失敗をくり返す姿を、伝右衛門は目の前に見て育った。丸屋の丁稚奉公時代に商売の初歩を幼い全身に叩きこんで、病癒えた父のもとへ帰り、幼名吉五郎を捨てて一本立ちとなった。

ただし、十代なかばの伝右衛門は、伝六のいうままに、魚をかつぎ、嘉穂一帯にその荷を売りさばき、同時に、石炭の露天掘りや川船頭に身をやつして過ごしている。

西南の役苦役

一度だけ、伝右衛門は、父にそむいた。

明治十年、西南戦争のとき。満十六歳である。そのときは、筋肉質の、ヤマと川筋できたえた肉体を持ち、はっきりした目鼻立ち、ぬきんでて長身の青年に成長していた。

若松や飯塚の色里には、彼に血道をあげる女たちが何人もいて、屈強の全身に炎が燃えさかるような年ごろである。

カネが欲しかった。大八車をひけば相当の日当になる。西郷反乱軍とそれを迎え討つ明治政府軍が、すぐ間近の山野で戦っているという情報は、幸袋の村にひしひしと流れてくる。

父に無断で、ある夜、八木山峠を越え、博多へ奔った。二月の八木山に、薄雪が積んでいた。

伝右衛門が加わったのは、官軍方である。日当五十銭。このとき軍夫として働いたなかに、のち

郵便はがき

料金受取人払

牛込局承認

6680

差出有効期間
平成28年1月
9日まで

162-8790

東京都新宿区
早稲田鶴巻町五二三番地

（受取人）

株式会社 藤原書店 行

ご購入ありがとうございました。このカードは小社の今後の刊行計画およ
び新刊等のご案内の資料といたします。ご記入のうえ、ご投函ください。

お名前	年齢
ご住所 〒 TEL E-mail	
ご職業（または学校・学年、できるだけくわしくお書き下さい）	
所属グループ・団体名 連絡先	
本書をお買い求めの書店 市区郡町 書店	■新刊案内のご希望 □ある □ない ■図書目録のご希望 □ある □ない ■小社主催の催し物案内のご希望 □ある □ない

読者カード

本書のご感想および今後の出版へのご意見・ご希望など、お書きください。
(小社PR誌『機』に「読者の声」として掲載させて戴く場合もございます。)

書をお求めの動機。広告・書評には新聞・雑誌名もお書き添えください。
頭でみて　□広告　□書評・紹介記事　□その他
社の案内で　(　　)　(　　)　(　　)

購読の新聞・雑誌名

社の出版案内を送って欲しい友人・知人のお名前・ご住所

ご住所　〒

入申込書(小社刊行物のご注文にご利用ください。その際書店名を必ずご記入ください。)

冊	書名　冊
冊	書名　冊

定書店名　住所

都道府県　市区郡町

の玄洋社社長進藤喜平太もいた。日当がたまると、近くの竹藪で車座の賭博開帳。薩軍は一騎当千のさむらいたちだが、官軍はよせあつめの足軽隊が多い。どこから薩摩抜刀隊が切り込んでくるかわからぬ山道を、身は官軍におきながら、心情は西郷ドンに味方して、働いた。

青春の情抑えがたい行動だったろう。

当時の福岡は、明治臨時政府がそのまま移動してきたような状況下にあった。小倉鎮台の乃木希典少佐連隊が、先発隊となって熊本へ。そのあと、二月二十二日——騒然とした博多、軍夫たちのようすを、江頭光氏（西日本新聞文化部長）は次のように活写している。

「野津鎮雄少将翼下の第一旅団が海路、博多沖に着く。対馬小路海岸に上陸すると、同夜は洲崎町、中島町一帯に分散民宿、翌朝あわただしく発進していった。征討将軍・有栖川宮熾仁《たるひと》親王を乗せた軍艦・高雄が入港するのは二十六日。この日はシケで小船が出せず、上陸できない。一旦待って、陸軍中将・山県有朋、海軍中将・川村純義らを従えようやく上陸、本営を橋口町の勝立寺においた。……

博多湾には軍艦・汽船がぞくぞく。おびただしい弾薬、食糧が陸揚げされる。鎮台兵や巡査隊が町にあふれた。やがて県庁に特設された野戦病院に、負傷兵がつぎつぎと送られてくる。

　　薩摩のさむらい、強いやっちゃ
久留米と博多は道十三里

やんちき、どっこい、砲台まで。

そんな掛け声をかけて、大八車の輸送隊が威勢よく往復する……勝立寺から県庁前にかけて、露天に飲食店が出る騒ぎ。兵糧のウメボシ、ラッキョウを積む大八車が、承天寺（いま博多区博多駅前一）から東に約二キロも続いたそうだ。……」（『ふてえがってえ』）

西郷隆盛　九州のえびす
戦さするする金をまく

官軍の手先となった筑豊の鉱夫、船頭、農民たちのあいだで、このような俗謡がうたわれ、みんながこぞって軍夫に出たため、人手不足でつぶれたヤマもあったという。

このとき福岡に上陸した縁で石炭掘りの原始的な様相を観察した明治政府は、三井三菱住友など大財閥資本を動員して明治二十年代、いっせいに筑豊へのりこんでくる。これに先立ち明治十八年には、海軍省が筑豊の良質石炭に目をつけ、民業を許可しないと措置して、地元の猛反対にあい禁止をゆるめる事件もおこった。

宮崎八郎はもとより、玄洋社の平岡浩太郎、進藤喜平太、そして伊藤伝右衛門も、それぞれの思い、立場は異なりながら、いずれも西南の役に身を投じた。

明治十年のこの戦乱は、男たちの〝青春〟を象徴している。たとえ無学の伝右衛門であれ、「いくこたあならん」といった父伝六のいいつけを振り切って、戦火に命をさらした。

女出入りとバクチと喧嘩にもまれた日常とは、別のわが身をみつめたにちがいない。貧困の極みにありながら、幸袋のくらしはやはり、おだやかで単調で、ひとつの桃源郷でもあり得た。伝右衛門は、そこを脱け出てはじめて天下の動静に耳をかたむけ、そのことに命かけて死ぬ男たちもあることに気づく機会を得たのだ。

八木山峠

福岡の町でも、伊藤家のことを知るひとはまれである。公にされた資料は新聞を除けば皆無に近く、銀行史あたりにその片鱗を散見するに過ぎない。取材のいとぐちは、二転三転した。

福岡時代の白蓮と親交あつく伝右衛門像も語れるという坂本静馬氏を頼りたかったのだが、氏は中間市ですでに病没されており、同様に伊藤家と親しかった福岡市内石童川ほとりの松源寺も住職が代替わりとなっている。

久保猪之吉博士夫妻も病没。

まず友人の縁辺を辿ったそのあとに、伊藤家につながる血筋のひとにおあいする手蔓を探していた。たまたまある雑誌に、白蓮を調べていると数行記したことがきっかけで、横浜に住む調一代さんから便りをいただく。調さんの故郷、福岡県浮生郡浮羽町に大生寺という寺があり、そこには伝右衛門が足しげく信心の出入りをしていたという内容である。

その手紙を頼りに、福岡へ出かけた。博多からバスで二時間余。甘木を過ぎて杷木で下車した。水縄の連山がうす紫にかすみ、夜明けダムの標識が立っている。大分日田は、ここからもう間近だ。県境の山にとりまかれた静かな平地の村である。調さんの実家をまず訪ね、母親である田中としえさんに案内していただいて大生禅寺の山門をくぐった。

古刹の風格をたたえた寺。筑紫平野を一望に見おろす山上にある。

伝右衛門や、同じく炭鉱王であった麻生太吉も、深く帰依したという芝原行戒和尚はすでに亡くなられていた。

寿子未亡人から、ゆかりの話をきき、伝右衛門の孫で、いま福岡市内天神町で伊藤ビルを経営されている伊藤伝之祐氏を紹介していただいた。氏の妹さんが、しばらくこの寺に身を寄せていたこともあるという、二重の縁である。

「去る者を追わず、太っ腹の男ばい、と伝右衛門さんのことを、和尚はいうとりましたねえ。あの家出事件のときのことでっしょう。白蓮さんも、この寺にはよういっしょに、お見えになりよったとか。私は、事件当時はまだ十五歳ですけん、なあもわからんとですが、あのころ文学が好きで、白蓮さんのうたにはそれは、心ひかれておりました。

ただ、すぐそばで、こげなうたをよむ女がおるというこつは、男にとって、どのような気持ですかしらん」

伝右衛門とともにあるとき、燁子のうたは奔放をきわめた。

君に会ひ泣くべき時を命にて秋の七度生きてゐしかな

美しう君に背くといふ事もいつか覚えし悲しき誇

寿子夫人は、きりっとした目差しで私をみながらいわれた。

――女も、罪深うて、ことのあやめはつきませんのう。

伊藤伝之祐氏は、伝右衛門の娘シズと、冷泉家から迎えた養子秀三郎との間に、生まれている。直系の孫ということになる。

「シズさんは、こまかときからずうっと伊藤家におんなさったそうです。娘さんです。伝右衛門さんの……」周辺のひとは、おぼろげに言葉をにごす。

伝右衛門は、正妻ハルとの間に子はなかった。

伝之祐氏が生まれたとき、祖父伝右衛門は丁度還暦を迎えていた。

「おじいさんは、子ども心におそろしかったなあ」

昼間の福岡の町、陽が射し入る喫茶店の一隅で伝之祐氏とおあいした。

「ひと目で、人間をみぬかれました。辛酸をなめてきただけに、するどい観察をしていたようです。間の経過は何もいわず、口数少ないひとでしたからね、スパッと批評することがあった。

あれは、頼れる、あれは、きものこまか男だとか。あの事業を築くまでには、相当の出入りもあって、命がけだったようですね、相手はピストルを用意している、祖父は床やにいく。死ぬ覚悟でしょうが、床やが、髯をあたっていて、これはウンがついとるという……。修羅場の連続だったようです。

下請け掘りから鉱区を持つようになって、安田善次郎さんに気に入られて銀行出資が可能になったあたりから、事業は上向きになったようですね」

四季の暑さ寒さ、五感にひびくことはけっして口に出さず、じっと耐える伝右衛門だった。だから、燁子とは全く別世界に棲む。あの結末は当然だったでしょうね、と。

このあと、伝右衛門養子八郎氏、さらに伝右衛門にとって母方の従弟である、桑原源次郎氏の所在がわかり、伝右衛門の愛妾京都「伊里」の女主人野口さとの娘＝里鶴こと野口芳栄さんも京都に健在であることを知った。取材の糸は少しずつほぐれはじめた。

伝右衛門の青春の場、筑豊を廻る旅に出たのは、昨十月末のころである。母のふるさととはいいながら、筑豊は私にとって未知の世界だった。

Kという友人がいた。熊本の旧制五高のとき知りあい、人形を抱いて町の写真館で記念写真を撮った。十代の幼い仕草だった。あるときKの母親というひとから電話をもらった。Kが遺書を置いて筑豊のヤマへ出かけたと。血を売り、病身の母親を支えていたひとり息子のKだった。自殺とは到底思えぬしたたかなKの側面を知っていた。

しかし、私たちの同窓会名簿から、Kの名前は消えたままである。蒸発か、自殺か、青春のにがい記憶が、筑豊へ向かう私のなかにある。

博多から飯塚へ通うバスが、一時間ほどで八木山峠にさしかかる。みごとな紅葉に息をのむうちに、たちまち飯塚の町が目の下に展がった。ココア色に風化したボタ山が遠景に見え隠れする。秋の陽のなかで、セイタカアワダチ草の黄が風になびいていた。

峠にはいつも訣別と、自立の思いがこもる。

伝右衛門にとって、父伝六を助けて〝燃える石〟との本格的なとりくみがはじまったのは、この峠を越えて、若干のカネを軍夫となって稼ぎ、ふたたび幸袋の家へ舞い戻ってからのことだった。

飯塚、幸袋、直方、中間、折尾と辿った。

どこへ行っても、遠賀川のひろい川筋に、いつか戻ってしまう道である。燁子が、いっそ身を投げたいと歎いた川。若者のころの伝右衛門が、村の娘たちの前で棹さばきに男の身上をかけた川。

石炭をはこぶ五平太舟は、最盛時は若松に向けて、六千がひしめいたそうだ。先をあらそう舟のあいだで、喧嘩がおこり、血をよぶさわぎも絶えなかった。

いまは、しずかな川の流れ、秋草がしげる川原である。

父伝六・タヌキ掘り

燃える石＝石炭の歴史は、直方駅裏手の石炭記念館で、詳細の年譜が作られていた。

一四六九（文明元）年に、三池炭鉱のはじまりとして、百姓伝治左衛門が三池郡稲荘村で燃える石を発見、一四七八（文明十）年に、遠賀郡垣生村で五郎太夫というひとが、同じく〝燃える石〟を発見、これが筑豊炭田のはじまりとされている。

日常の、薪やあかりとりに供するくらいの発掘が、かなり長い間つづいて、塩浜用の燃料などにも使用されるようになり、文政年間に至って、漸く、福岡藩が、統制にのり出し、しだいに石炭事業らしきものが定着するようになる。

一八五三（嘉永六）年、ペリー来航以後、石炭を汽船用に使用、この年島津藩では石炭を溶鉱炉にも使った。明治元年（一八六八）には、若松着炭が三十万トン。かなりの石炭が掘り出されていたようだ。

伝六が、ツルハシ片手にたぬき掘りで石炭の露頭を探し廻ったのは、おそらく明治二年以降のことだろう。維新となって、翌二年に石炭仕組法が廃止された。ようやく、誰でも発掘が可能になった。それまでは、福岡藩の独占事業となっていたからである。

明治五年、麻生賀郎が目尾炭鉱の開発に着手、明治七年には安川敬一郎が東谷炭鉱を経営するようになる。明治九年、貝島太助は直方炭鉱に蒸気機関を据えつけて失敗。この明治十年代までは、地元の麻生、安川、貝島三家が競いあって炭鉱開発に地歩を築いた。

そして明治二十年代、三井組が、政府から官営三池炭鉱をもらい受け、鯰田炭鉱が麻生から三菱鉱業の手に渡り、新入炭鉱も三菱鉱業のものとなる。

若松と直方間に、筑豊鉄道が開通したのは、明治二十四年。しかし若松に着く石炭は、鉄道十八万トンに比べ、川船によるもの六十九万トン。鉄道をはるかにしのぐ川筋の力であったことがうかがえる。

伝六の石炭掘りが、軌道にのりはじめたのは、この明治二十年代にようやく、のことだった。伊藤八郎氏は、このころのハイカラな伝六の写真を、幼な心に記憶して育った。

「……私の記憶にある伝六は二枚の写真で、その一枚は和服の羽織袴に山高帽（ダービーハット）をかぶり、靴をはいて右手にステッキを持って、面白いのは首に白いマフラーの様なものを巻いて居る、全身像である。

父（伝右衛門）にきいたら首のマフラーはその頃珍らしかった西洋手拭（現在のタオルだがその頃は輸入品らしい）だそうである。

彼（伝六）は明治三十二年没して居るから、おそらく二十年代のハイカラスタイルであろう。

此の写真は私の子供の頃、西洋館といわれた二階の洋間に大きいのがかけてあって長い間見続けた様に記憶する。

も一つの方は、ちゃんとした背広を着て頭もきれいに七三に分けた半身像のもので、これは多分晩年のものであろうが、服も頭髪の刈り方も身に付いて、なかなか堂々たる紳士を感じる……」（『わが家の小史』）

伝右衛門細心

福岡市東区、香椎の小高い丘の上に、八郎氏と蓮子夫人が住む西洋館があった。深い緑の色で統一されたクラシック風建築、蓮子夫人は燁子の遠縁、冷泉家の出自である。

もう八十歳に近い八郎氏だが、話の中身は明晰をきわめ、いまのうちに伝右衛門、燁子の思い出をふくむ伊藤家小史を書き綴って子孫のために残しておきたいと、とっておきの話を縷々きかせていただき、資料すべておつかいくださいと、やさしい応対に出あった。

伝六の、瀟洒な服装から判断すれば、この明治二十年代は伊藤家の事業も曙光を見出すまでになったころか。

伝右衛門口述の『伝記』は、昭和十九年ごろ、西日本の記者中野紫葉氏に語られたものだという。達者な文章ゆえ「ややほめ過ぎのところもある」と、八郎氏はいい、伝右衛門もそのことをかなり気にしていたと。

「父（伝右衛門）は、三回結婚していましてね。さいしょは、綿帽子のかげにかくれて、約束したはずの妹ではない姉の方が、嫁いできてしまった。もちろん見合いだったそうですが。伝六の方がカンカンに怒って、これは破談だったといいます。

二ど目の妻が、私の養母ハルに当たります。那珂郡春吉村の士族の娘で、この結婚が明治二十一年十月ですね。このときはもう、伊岐須炭坑を採掘していたと伝記にありますから、いくらか、暮らし向きもよくなりかけていたと思われます。士族から嫁を迎えるには、貧困のどん底ではだめだったでしょうしね。そして第三の結婚は、そのあとの、燁子とでした」（八郎氏の話）

伝右衛門の事業の成功は、明治二十六年、安川、松本（同じく安川家二男から松本左司馬家の養子となった潜氏）、伊藤の三者で相田炭鉱を共同開発したときからと、みなされている。日清戦争が翌年勃発、石炭は増産に次ぐ増産の好景気に突入した。たとえば、明治二十四年の全国出炭量が三百万トンであったのに比べ、明治二十七年、開戦の年の全国出炭は、四百二十六万トンにはねあがっている。十年後の日露戦争の前年には、ついに一千万トンを超えた。

伝右衛門は波に乗った。明治三十年代に入ると、父伝六が病を得て、二代目伝右衛門の才覚ですべての事業が運ぶようになる。

安川系の炭鉱が納屋制度を廃止したのは、明治三十一年のことだ。石炭産業の近代化が急がれるかたわらで、底辺に身を置く人夫たちの間では〝納屋の廃止〟は血の雨をよぶほどの出来事だった。

納屋制度は、小規模の露頭掘りで十人程度の坑夫を抱えたころからの、筑豊にはなくてはならぬ慣習。納屋頭がいて、坑夫の賃金割り振り一切を受けもつ。農家が、納屋を提供した。農家とすれば、坑夫の糞尿も肥料になる、その利点だけでも、よろこんで納屋を建てる。何の設備もいらず、ただ雨露をしのぐだけの惨たんとした小屋。坑夫たちはそれぞれに暗い過去をあばかれぬためにひっそり耐えて、数か月働き、また次の納屋へ移る仕組みになっていた。

伝右衛門も明治三十八年牟田炭鉱の経営にのり出したときから、この納屋制度に見切りをつけ、近代化に腐心した。彼自身、父伝六を助けて斜め掘りの排水でもっともつらい坑口九段目をつとめ、納屋に寝泊りした身である。

たとえ納屋は廃止しても、運命共同体的な意識がなければ、危険な地底掘りの仕事は到底できないことを、伝右衛門は十分に承知していた。

〝ただし、ヤマの実権を握ったとき、自分はヤマの遠くに身を置く。仕事はすべて部下にまかせる〟これが伝右衛門の信条だった。

落盤や爆発相次ぐ炭鉱を経営する上で、体験から得た処世術でもあったようだ。実業家伝右衛門の側面は、緻密な世渡りの配慮で固められていた。

日の出の勢いの出世をとげつつあったこのころ、伝右衛門は衆議院議員の肩書きを持ち、嘉穂銀行取締役（明治三十四年）、十七銀行取締役（明治三十七年）を歴任した。

四十歳代をわずかに過ぎたばかり。まだ働きざかりの年齢である。

女遍歴と、孝養と、

伝右衛門の女遍歴が、かなりのものであったろうことは、想像がつく。いまも博多検番あたりで彼の遊びっぷりは伝説にすらなっている。

　どこかにお出かけのときだったでしょうか。芸者さんを何人も連れて、若い妓を膝の上に抱いて、傍若無人のひとを汽車のなかでみかけました。一等車でしたが、それが紛れもなく伊藤さんで、私さえ目をそむけたい気がして、あのころは、もう燁子さんが福岡の天神町別邸にお住いのころでしたからねえ。かなしくなりました。燁子さんの胸のうちはお察しできます。


上品に淡々と、この話をうかがったのは、玄洋社初代社長平岡浩太郎の孫にあたる大藤好子さんからである。久保猪之吉博士の愛弟子大藤敏三氏をようやく訪ねあて、思いがけずそこで、好子夫人とおあいする機会を得ていた。

東京吉祥寺東一丁目にお住いで、雨のなかにくちなしがつよく匂う午後であったことも心に残る。

伝右衛門は、「わしは遊びすぎたけん、もう子はでけんとよ」と、周辺のひとに洩らすことがあった。川ひらたの棹をあやつっていた青年のころ、ハルを妻に迎える以前には、若松に心を許した女があって、ひたすら〝女を抱き〟にひしめく舟を抜き、ケンカ出入りにも身を晒した彼が、ぷっつりと遊びから身を退いた一時期がある。

それは、伝六との石炭掘りに、かすかな希望が見えはじめた明治二十年代。まもなくいっしょになった妻ハルにも、節約をいいつけて、仕事ひと筋の日常を送っている。

ハルとの間には子が生まれぬまま、やがて父伝六が病を得る。さいしょは長崎で入院、ここでラチがあかず、伝右衛門は、父を東京の病院で治すために出京することを決意した。

明治三十年代はじめ、九州は、〝地の果て〟に等しかったころだ。

「直方までは人力車か馬車によったのではなかろうか。（直方―若松間は筑豊工業鉄道による。明治二十四年開通）然かも東京に行くには門司から汽船で横浜に行って居る、……三、四日はかかったのではなかろうか。此の船中、祖父は相当弱って居たにもかかわらず、食事の度に食堂に出ると云ってきかなかった。当時の汽船は大体三千屯級の貨客船で、欧州航路の船便を利用したようにきいて居る、……祖父は洋食が好きで、出る料理を皆たべ様とする、父としては胃がわるいことはわかって居たので肉等消化のよくないものが出ると『あんまりたべん方がようないな』と云ったら『なん、いらんことというな』と手に持ったナイフで父をなぐろうとしたと云う……。この様にして横浜に上陸したが、旅の疲れか、船中のたべすぎか、或いは病状そのものが進行して居たのか、横浜から東京は当時としても短時間の所だったが、東京に移す間もなく死んだ……」(『わが家の小史』)

命すくない父に、伝右衛門がつくした孝養が、目に浮かぶようである。苦境を分けあった父子が、さいごのとき、葡萄酒で乾杯をする。どちらも酒のみではなく、伝六はことに、一滴も口にしない日常であったのに、臨終のとき、葡萄酒を一本あけて周囲の見舞客のグラスを満たし、〝ジャンシャンと手を打ち、間もなくいき絶えた〟と、八郎氏は伝え聞いている。

明治三十二年の冬二月五日伝六は死んだ。まもなく幸袋で盛大な葬い、墓前で放鳥の儀式も行った、とある。

ふたりの女

父をみおくり、跡目を継いだ伝右衛門は、やがて、福岡の町に、女を囲うようになっていた。長崎の士族の娘、つねといった。ふっくらと目の大きな、おっとりとしたつねを伝右衛門が見染めたのは、遊里であったかどうか、定かではない。囲った家が那珂川沿いであることから察すると、やはり中洲か、伝右衛門出入りの千代町水茶屋界わいの出会いか。

武家育ちのつねは、正妻ハルにもけんめいに尽くすことを心がけた。

北九州八幡区の桑原源次郎氏宅をお訪ねしたとき、つねとハル、仲よく並び撮った写真を見せていただいた。子どもたち（八郎氏ら）からは、〃天神のおばしゃん〃と、つねは、よばれていた。住居が、那珂川ほとりからまもなく天神町へ、のちのあかがね御殿となる土地へ移っていたからである。

〃別邸〃と、福岡市内の伊藤邸をよぶのは、これで納得がいく。つねは、ほぼ、ハルと同じ年恰好である。

遊び女とのたわむれが金力でどのようにでも可能だった伝右衛門だが、つねがさむらいの娘であり、その家の凋落に深く同情してのことだったと思われる。

「浮いた気配は感じられず、子連れで、たとえば八郎氏などをともない妾宅へ出かける。つねさんも気をつかいながら本邸へ遊びにくる、といった関係だった」

と、伊藤家周辺のひとたちは、つねとハルの関係を説明してくれる。

伝右衛門は、資産の行方を預ける男子が、何としてでも欲しかったのかもしれない。妹キタの三男金次を、まず養子にしたのが明治三十年。そのときは、博多から芸者を招いて、盛大な披露の宴がもたれた。のちに同じキタの八男にあたる八郎が、また養子に迎えられている。

金次に対して、ハルはときどきつらく当たった。自分の血筋につながる甥を家に入れてかわいがり、〝金次さんは何回かの家出もした〟と、当時幸袋の伊藤商店に同居していた桑原氏は、語っている。

このころ、ハルは心のなかに荒れるものを抱えていたのだろう。伝右衛門がつねを囲ったころに、相当するのかもしれない。

つねは大柄で明るい感じの女だったが、ハルは〝平凡な顔だち、体は小柄、口数も多い方ではなかった〟という。

ハルは、明治四十三年五月に逝った。四十五歳。そのあと、やっと六歳で小学校にはいったばかりの八郎のそばに、養母ハルとまったく同じ気配で、日常の世話をするつねの姿がみられた。幸袋の家の伝右衛門のそばにいて〝母がしたように私にしてくれて居た〟天神のおばしゃんだったという。

ハルは、無口の妻、そして働きものだった。ようやく登り坂の伊藤家に嫁いできたとはいえ、どん底の貧乏を何度も味わった。ヤマの仕事は、起伏激しく、それを支え、耐えてきた。伝右衛門にとっては、糟糠の妻だった。そのハルが、長崎の病院でなくなり、幸袋の家に、妾のつねが、姿をあらわす。

ところが、ある日そのつねが、伊藤家からふっと、身をひく出来事が起こった。

まだ幼い八郎は、養母ハルの死のときは泣かなかった。しかし、つねがいなくなったとき、はじめて大声で泣いた。

〝おばしゃんな？〟と探しまわって、父にもたずねた。伝右衛門は、ポツリといったそうだ。

――おばしゃんな、帰った。

さびしさこみあげた八郎だが、何の事情もわかっていない。

なぜ、つねは、伊藤家から離れたのか。

「つねは、桑原常子、私の伯母にあたります。きれいに身をひきました。例の柳原燁子と伝右衛門との結婚話が起こり、つね伯母は、私にしみじみと打ち明けました。もう、くろうを繰り返しとうない、私がいなくなれば、事はおさまるし、長崎へ帰ろうと思うと。ハルさんとの間に、波風立たなかったというのは、いつわりでしょうね。

どんなにか、日蔭の身の苦しみも味わったんだなと、私は当時学生の身でしたが、つね伯母の胸中を察して、賛成しました」

桑原源次郎氏の膝の上に、家系図がある。

日当たりのいい縁側。小鳥のかげが、時折硝子戸をよぎる。九十三歳。伊藤家の男たちに共通した長身である。

博多から鹿児島本線で北上、折尾の駅で下車して、北八州市八幡区のお宅を訪ねた。

桑原家は、つねの少女時代には零落した貧乏士族だったが、その後、陸軍十二師団長吉村憬や

一九九五年二月二七日第三種郵便物認可　二〇一四年三月一五日発行（毎月一回一五日発行）

月刊
機
2014
3
No. 264

発行所　株式会社 **藤原書店**©
〒一六二―〇〇四一　東京都新宿区早稲田鶴巻町五二三
電話　〇三・五二七二・〇三〇一（代）
FAX　〇三・五二七二・〇四五〇
◎本冊子表示の価格は消費税抜きの価格です。

編集兼発行人
藤原良雄
頒価 100円

〝解体と創成の時代〟に向けて、語り下ろした二年間の最後のメッセージ。

花の億土へ

石牟礼道子

二〇一〇年春、齢八十三を迎えた石牟礼道子さんの今現在の思いを語り下ろしていただき、そのことばを可能な限り、映像も含めた記録に留める企画が始まった。翌年いみじくも石牟礼さんの誕生日である三月一一日に、三陸沖を未曾有の大地震と大津波が襲ったあの東日本大震災を挟んで、足かけ二年にわたり記録の日が続いた。

完成した映画『花の億土へ』（二〇一四年熊本で初公開）は、その語りの一部にすぎない。本書は、二十時間に及ぶ語りのなかの珠玉のことばを編集し、余すところなく収録したものである。　**編集部**

● 三月号 目次 ●

〝解体と創成の時代〟に向けて語り下ろした最後のメッセージ
花の億土へ　石牟礼道子 1

カラー地図による分析で、未来の世界のありようを予見！
不均衡という〝病〟　エマニュエル・トッド＋エルヴェ・ル・ブラーズ 6

「生きる」「育つ」「賭ける」。社会科学を日常へと掘り下げた思想家！
内田義彦とは何者か？　山田鋭夫 10

歴史家コルバンが子どもにやさしく語る初のフランス史！
英雄はいかに作られてきたか　アラン・コルバン 14

本誌好評連載「生きる言葉」、待望の単行本化
名編集長が綴る最高の読書案内 16

〈リレー連載〉今、なぜ後藤新平か102「中央に頼らぬ『自治』の精神」（川勝平太）18　いま「アジア」を観る134「ヨーロッパ語とアジア語？」（菅野裕臣）21　〈連載〉『ル・モンド』紙から世界を読む132「現代のヴィクトル・ユゴー」（加藤晴久）20　女性雑誌を読む71「実業之世界社の内部紛争――『女の世界』25」（尾形明子）22　ちょっとひと休み12「六〇年ぶりの舞台」（山崎陽子）23　帰林閑話227「物価と詩（二）」（一海知義）24　2・4月刊案内／読者の声・書評日誌／刊行案内・書店様へ／告知・出版随想

東北の方がたへの感動

私が思いますのに、この日本列島というのは、いろんな意味で大変まとまっています。ほかの民族が入らないで、日本人同士でまとまって。外国人は多少いらっしゃいますけれども。東北のことが起きてから痛感しましたのは、感動したのは、一つには暴動が起きなかったといわれています。また掠奪も起きなかった。よその国ではこういう場合には掠奪が起きたりしましたでしょう。何一つ残らず、からだ一本残った人が、死んだ人のことを思い出して涙ぐんでおられて、自分が生きているのが申しわけないとかおっしゃる人がたくさんおられます。そして東北の方がたが、農産物も海産物も大都会を養っていてくださっていたんです。それがはじめて私はわかりました。

あの寡黙な、忍耐強いといわれている東北の人たちが、ああいう極限的な災難にあわれて、そしてひとのことを心配しておられる。とても感動しました。日本人というのはこんなにやさしい民族だったのかとも、一方で思いました。それで、なんというか、神様の試しにあっているというか。人類は明らかに絶滅のほうに向いていますから、それを日本人が止めてみせるのかなと思ったりして。そういう思いやりでもって。もっともよい人間として蘇るというか、蘇ってみせるというか、そのお試しにあっているんじゃないかという気がします。人類にたいして、こういうふうに人間は生きなきゃいけないというモデルというか。外国から眺めやすいでしょう。列島の形といい、生活環境といい、恵まれていました。美しい国といわれていました。渡辺京二さんが書いておられますけれど、江戸時代の中期に来た外国人から本当にやさしい、かわいらしい、美しい民族だといわれていた時代があったんです。そこへ帰れるかなと思いますけれど。帰らなきゃいけないです。本当に人類史が終わるときに、お手本として人類史に名前を残すという時機になっているんじゃないかと思います。

東北の人たちのお顔をテレビで拝見すると、じつにいい表情をしておられます。東電側の代表者ののっぺりした表情と比べると。お髭も伸びて、剃ったり剃らなかったりしていらっしゃるような、農民だろうと思いますけれど、とてもいいお顔をしていらっしゃって。口数が少なくて、ひとのことを思いやって、ご自分の愚痴はおっしゃいません。若者たちもテレビに出て歌ったり踊ったりして、タレント志望の若者が増えていますけれど、あれもいままであまりなかった現象です。だけどそういう若者たちの中に、歌えなくなったりする若者とか出てきて、ボランティアに行きたがっている。それで若者たちも捨てたものじゃないな、都会的な若者たちも何か根底的に考えこんでいるんだと思います。そういう若者たちが出てきているのも希望の一つです。

卒塔婆の都市、東京

　放射能の問題もまったく同じで、これから蓄積されていくわけでしょう。結果というのはまだ出ていない。人身御供ということばがあるけれど、どのぐらい人身御供をつくれば、元の美しい国に戻るのか。『古事記』を読めばわかるけれど、この国の人たちは全部詩人、ほとんどの人が詩人、芸術家だったと思います。

　私の母のような、詩人の資質をもった民族だと思うんです。『古事記』を見ると、「豊葦原《とよあしはら》の瑞穂《みずほ》の国」とある。「豊」というのは豊かな、渚の葦が生えて、原っぱになっている、「瑞穂」というのはお米の穂が垂れてる国と。「豊」という字を最初にもってくるというのは、お日様の光も、草の色も、川の色も、海の色も、山の色も美しいという国を上古の日本人は意識していた。

　そういう伝統をもった国が、いまや、人身御供をつくって、文明というか、まさか文明とは思ってないであろうが、この国を発展させようと思っている。経済的にも、文化の姿としても、こういうなんとも味気ない、ボタン一つで便利な、合理的な国を作ろうとしている。

　それで国が水俣病の特措法というのを作った。それを読むと、人身御供を、合理的に作っていこうとする法律です。当然、犠牲者は出るという考え方。

　私たちが育ったころは、無学な父や母や祖父が、まず、人間は信用が第一と。いろいろいったりしたりする前に。私の家が没落して、大借金を抱えて、水俣湾の川口に移ったお正月に、どこからか名前をいわずにお米が一俵送られてきたんです。それでありがたいなと親たちがいう。こんなふうに没落して、こういう家に来て、何か自分たちのしてきたことが、こういう形で返ってきた。ありがたいな、どなたじゃったろうかって、どなたじゃろうと人間は信用が第一と。どなたかが、没落したことをご存知で、お米を一俵送ってくださったのだろう。それは後々語り草にして。「人は一代、名は末代」といっていた。そういう人情がなくなってきた。

そして美しい国だったのに、東京の夜景を見ると、卒塔婆の都市だなと思います。建物が墓石に見える。お墓の石に見える。徳もない、義もない、信用もない。水俣病の運動を起こすときに、本田啓吉先生という高校の先生がおられましたけれども、水俣病の組織をつくることを、「義によって助太刀いたす」とおっしゃった。名言です、「義によって助太刀いたす」って。その「義」とか「徳」というのは、中国から漢字が入ってきたときに日本にも入ってきたんですね。「徳の高い人」とか、いま、徳の高い人って、ことばもわからないですね。

今また、あの福島原発の前の海岸に、汚染水をコンクリートの箱みたいなのに入れて、引っぱってきたって。それに一万トンぐらい汚染水を入れて、棄て所がないから、そうするという方針が出されたことがありましたね。

文明の解体と創成が今生まれつつある

あれは浜岡でしたか、原発を再開してほしいと政府から大臣が行って、一度、OKした市長さんが市民の反対でまた考えなおして返事をしますって、いま騒ぎになっている。それで各地の原発の市長さんたちも、いま一生懸命考えなおしている最中です。市民たちは、政府が制度化しようという仕組みを、見破ろうとしています。見破る力が出てきました。それが頼りです。それで国会の有様も見ていると苛立たしい。

もっと混沌とした状態に陥ると思います。しかし、私はその混沌はむだな混沌じゃないと思う。そのうち見つけだすんじゃないでしょうか。文明が明らかに異質なものになっていくと思います。**一国の文明の解体と創成が、いま生まれつつある瞬間ではないかと思っています。絶滅と創成とが同時に来た。**力関係でどちらに向いていくか。絶滅するにしても、一種、純情可憐な他者のことを思いやる心で結ばれていく部分を抱きながら、絶滅するならいっしょに絶滅してもいいなという気がします。純度の高い徳義みたいなものを抱きながら、心の手を取り合って死ぬことができたら、それもいいかなと。生命の世界も有限ですから。

朝露がお日様の光に輝いて、小さな名も知れない草花に満ちている地球は、なんて美しい星だったろうと思います。ほかにどこか生命のある星があるかもしれませんけれど、ほかの星が栄えてくれればそれでいいなと思って。しかしもったいないなという気がします。

あらゆる毒物について調べてほしい

ところで、この地上でかぞえられうるかぎりの毒物を調べて、何に、どういうふうに使われているかというのを、ぜひ映像でやってください。そしてそれは全部海にいくんだということを。そういうのを統計取るのが上手な人がいる。まずどういう毒物がいま地上に氾濫しているのか、きちんと出して公表しなければだめです。海をたんなる風物としてだけ、叙情的にばかりではとらえられなくなりました。

漠然とみんな感じているけれども統計を取らない。なぜかというと、こわいんだと思います。怖れずに正視することです。地球上は、あるいは地域はどうなっているのか見極めることです。いまこうやって話している間にも毒物は移動しています。口から入るものと、皮膚から入るものと、それから考え方が魂を犯している。みんなが鈍感になったとき、どういうことになるか。いままで鈍感であったのがヒステリックにならざるをえないです、私も含めて。それで

毒死列島身悶えしつつ野辺の花

というとても過激な俳句を作ってしまったんです。

食物連鎖ということばがあります。これは有機水銀にたいして、研究者たちがいわれた。一番小さなプランクトンみたいなものを、アミという小さなエビの種類が食べる。食べたときにはほんのちょっとした毒だったのが、今度はそれをエビが食べて、毒が何十倍かになって増えていく。その次にイワシのようなのが食べて、さらに増える。そして大きい魚を人間が食べて、人間の中に蓄積される。それでいままで通過しないと思われていた胎盤の中にもそれが入っていって、胎児性患者が生まれてしまった。

どういう比重で毒物が増えていくか。その毒物も単純な毒物ではありませんから。私たち素人が考えても、口から入るのと、皮膚から入るのと、空気から入るのと。それは人体ばかりでなくて、植物にも作用すると思う。

（構成・編集部）

（いしむれ・みちこ／作家・詩人）

最新の技術で作成されたカラー地図による分析で、未来の世界のありようを予見する！

不均衡という〝病〟

エマニュエル・トッド
エルヴェ・ル・ブラーズ

危機は伝統的な価値観を強める

――本書の中で、お二人は、収斂はないと言明し、「人類学的・宗教的基底の役割は強まっている」（結論）と言明しています。

ル・ブラーズ　家族構造だけでなく、多くの分野で、収斂はありません。収斂という観念は、ユートピア的観念で、大抵の場合、検証されません。例えば出生率です。フランス国内でも、ヨーロッパ内でも、出生率の収斂はありません。各国社会の発展の論理からして、むしろ分岐の方が優勢になります。収斂というのは、つねに強いられたものなのです。

――本書の結論でお二人は、人類学という学問分野を金融というものに対置し、人類学とは、人間を抽象的なものに還元してしまう「金融の反意語」だと述べています。

トッド　まさにその通りです。私は、経済を管理する人々、ユーロを創設した人々の根本的な誤りは、人間というものについて非常に表面的な見方をしている、とりわけ近代性とはどこか一点への収斂だと考えている、という点だと思います。

フランスの例が示しているのは、フランスというのはきわめて多様な国で、収斂はない、ということです。現在、危機にある最先進諸国で何が起こっているかを理解するための正しい作業仮説とは、最先進国社会は、収斂ではなく分岐の道にあるということを理解することです。極端な言い方をするなら、このフランスを扱う本は、私にとってはいささか、世界中で何が起こっているかを理解しようとするための部分的な下書きなのです。

危機はむしろ伝統的な価値観の凝固を招来するというのは、私が東日本大震災に遭った日本の東北地方を訪れた時に抱いた直観です。日本と東北の人々がこの苦難を、彼らの基本的な助け合いの価値観に依拠して乗り越えようとしているのは、明らかに目につきましたので、私は「なるほど、そうなのか」と呟いたのです。ですからこの本はフランスについての本ですが、その理論的・実践的帰結は、完全に全世界に関わるものだと、私は思います。

それに本書の基本的着想は、日本で東北を訪れた際に抱いたものです。東北は日本でも最も伝統的な地方の一つですが、フランス人からすると非常に近代的でもあるからです。日本では、あらゆるものが近代的です。日本は本当に、近代性というのは各地の文化システムの消滅ではないということを実感できる、理想的な場所です。しかしフランスは、文化的多様性について検討するには理想的な場所です。

▲トッド(1951-)　▲ル・ブラーズ(1943-)

最新の地図作成の方法論

――本書の中で展開した地図作成の方法論は、他の国にも適用できると考えますか。例えば、ドイツや日本などに。

トッド ドイツは、家族システムはかなり同質的で、家族構造の多様性は、ほぼ日本と同じくらいのレベルです。宗教的には、カトリック教とプロテスタント教という非常に強い亀裂があり、プロテスタント教も場所によってタイプが二つあります。それにやはり共産主義の痕跡も残っています。東ドイツの共産主義が、ルター派プロテスタント教の伝統の上に重ね合わさっています。ですから何が出てくるか分かりません。それにフランスよりさらに激しい移住がありました。第二次世界大戦直後の住民移動のせいですが、また最近、東ドイツの若者のかなり大きな部分が、西に吸収されたせいでもあります。

ル・ブラーズ データを集め、首尾一貫したものとするのは、膨大な作業ですが、どこでもやることはできます。私はドイツについて仕事をしたことはありませんが、ドイツには統計について問題があります。ベルギー、イタリア、スペインについては、研究しましたが、パラメーターは同じ地位を占めるわけではありません。教会の役割は、イタリア、スペイン、フランスで全く違います。例えば、スペインでは、教会と国家の対立は存在せず、教会は国家の側に立つわけです。

トッド ル・ブラーズは、市町村レベルの正確なデータを用いる、ひじょうに強力な技法を開発しました。すべてのITプログラムは、彼が開発したものです。それにもちろん、エルヴェも私も、日本のファンですから、議論を重ねる中でしばしば、この方法論を日本の統計データに適用できたらいいね、と話し合っていました。日本は完全に同質的な国ではなく、大きな差異がいくつもあります。

——日本について本を書く計画があるのですか。

ル・ブラーズ　ええ。日本には明治以来、非常に良い統計がありますから。トッドは、日本の家族構造をよく知っていますし、これらの差異について研究した日本の歴史学者の友人がいます。

トッド　もちろん日本について研究することはできます。日本では家族的多様性が大きくないということは、先験的に言えます。東北にはより大きな、不平等主義的な家族システムがあります。しかし北フランスと南フランスの対立のようなものは、全くありません。九州には、女性のステータスがより高いシステムの痕跡があることも分かっています。

しかし、地図を作成してみると、予期しなかったことが見つかります。ですから、現存する日本に関する統計データに取り組むなら、基本的研究ができるでしょうし、もしかしたら、必ずしも完全に人類学的なものでない、これまでとは違ったものが見つかるかも知れません。

経済が実際の生活の全体ではない

——あなた方の本は「フランスは気分が優れない」という文で始まり、「結論」の最初の文は「その深層部において、フランスはそれほど具合が悪くない」です。それはつまり、フランス人が抱いている否定的な自己像を論駁して、フランス人を励まそうということでしょうか。

ル・ブラーズ　もちろんそうです。冒頭の「フランスは気分が優れない」という文は、本書の存在理由の説明です。本書の目的は、現実にはフランスはそれほど具合が悪くないことを、示すことなのですから。

トッド　具合が悪いのは経済ですが、経済が実際の生活の全体であるわけではありません。

ル・ブラーズ　教育はフランスで目覚ましい飛躍を遂げたものです。この三〇年間で、平均して三年から四年、教育年限が伸びました。数字を挙げるなら、一九八二年に、労働者でＣＡＰ（職業適正証）かＢＥＰ（職業学習免状）などの何らかの免状、場合によっては技術バカロレアを持つ者は、三〇％しかいませんでしたが、今では六五％です。

トッド　教育の重要性を軽視しようとする人は、これは本当の教育ではない、とか、今では教育のある者が多すぎるので、経済の中でどう対処したらいいか分からない、とか、学歴のある若者の給与は下がっているので、教育を受けても何にもならない、などと言います。しかし彼らは、教育とはそれ自体が自分に対する褒賞なのだということを、理解していません。つまり、教育を受けた人間は、自分自身についての自覚の一段高いレベルに達するのです。こういったことのおかげで、保健衛生・医療の条件や余命の改善が可能になるのです。

ル・ブラーズ　まさにその通り。ただフランス人は、いま君が言ったものに対して、十分準備されていない。このことの鍵は、七五年前後にあるのだ。危機に対して、フランスは他国よりも強いメリトクラシー〔功績至上主義〕神話を心に抱いた。失業しないためには、勉強しなければならないという神話をね。

OECDのグラフを見ると、フランスでは他の国よりも学業期間の延長があったことが、明瞭に見て取れる。バカロレア取得者が二〇%の時と、七〇%の今とでは、同じ職に就くことはできないということを、理解させる必要があったのだ。社会の中での地位が同じではないのだから。

しかしもう一つ、経営者たち、産業人たちが、そのことを自覚しなかった、ということもある。労働力が熟練度を増したのだから、生産様式も変える必要があったのに、彼らはルーチンに閉じこもっていた。経営者たちに判断ミス、惰性に流されるということがあったわけだ。たしかに、君の言う通り、教育される必要がある。しかしそれはまた具体的な職業生活にインパクトを与える。ところがそのインパクトが予想されず、ほとんど否定されてしまったのだと思う。

――あなた方は、単純化して言うなら、己自身を知れ、と勧めているわけですね。

トッド　己自身を知る、己自身を受入れる、というだけではなく、ということです。現在フランスで幅を利かせているのは、「ドイツ人のようにする必要がある。ドイツ人になる必要がある」という言説です。私たちの主張は、たとえフランス人であることを止めることに賛成票を投じるとしても、フランス人がフランス人であることを止めることは不可能だ、ということなのです。(構成・編集部)

(Emmanuel Todd／歴史人口学・家族人類学)
(Hervé Le Bras／人口統計学・歴史学)
全体構成・聞き手＝**イザベル・フランドロワ**
訳・聞き手＝**石崎晴己**

「生きる」「育つ」「賭ける」……社会科学を日常へと掘り下げた思想家！

内田義彦とは何者か？

山田鋭夫

「生きる」の根源に溯って

内田義彦（一九一三～一九八九年）は戦後日本を代表する経済学者であり、そしてそれ以上に思想家です。しばしば、市民社会の思想家とも呼ばれています。日本社会に自由、平等、人権、民主主義が本当の意味で根づくのを何よりも願ったからでしょう。ただし、同じような考えの思想家は多数いるなかで、ほかならぬ内田義彦の最も内田義彦らしい思考の根源は何かと問われれば、生涯にわたって「生きる」ということの意味を探求し、掘り下げていったところにあるのではないかと思います。市民社会というものを、一人ひとりの人間が日々「生きる」という営みの根源に遡って考えつめていったと言ってもよいでしょう。

生きる

生きる……。もちろんその第一の意味にして大前提であるところのものは、人間が一個の生物として、日々の生命をつなぐことです。「死」と対置された「生」です。内田義彦は五男一女の末っ子として生まれましたが、若くして兄姉全員を次々と結核で失ったばかりでなく、自らもこの病に冒されて青少年期、合計四年以上、療養のため休学しています。長じて還暦を過ぎた頃には、食道癌で生死を分ける大手術を行い、以後、病と闘いながらの晩年でした。

病気だけではありません。内田義彦の青春時代、日本は太平洋戦争へとのめりこみ、そして最終的に敗戦を迎えます。病気に加えて戦争による死の影も迫っていました。そんななかでの「生きる」の模索です。当時のことを内田義彦はこう回顧しています。――「戦争はだんだん身近になって、生きている保証はなくなってくる。そういうこともあって、納得しうる理論、生きているという証《あかし》が欲しい」、と（『内田義彦著作集』第三巻）。

生きる……。ここにいう「生きる」は、もちろん、たんに生命をつなぐことを越

えて、一人の人間としていかに充実した生を送るかということであり、生活と思想の軸心をもつことです。これが第二の意味です。戦争という残虐と不安の時代にあって、「生きている証」「ふんばる拠点」を求めての旅という意味での「生きる」です。いわば「人間として生きる」ことといってもよいでしょう。そしてそれこそが、内田義彦の学問と思想の原点をなすものでした。

　この意味での「生きる」の探求は、「育つ」もの、「育ちゆく」ものとしての人間把握と不可分です。「育つ」のは子供だけでない。大人も老人も、およそ人間存在というものは、年齢と関係なく「育ちゆく」ものだという点に、内田の眼は注がれます。そしてそれがあってこそ、またそれだからこそ、学問や教育も本当の意味で成立するのだということです。この点は内田の人間観の重要なポイントですので、一、二の文章を引いておきましょう。

　「のびのびとして旺盛な『育つもの』を自分のなかに持たなければ本当の学問はできない。そういう『育つもの』の感覚は本来人間に独自なもので、誰にでもあるものだが、そして学問・教育はその人間本性に沿って、それをさらに生かしてゆくはずのものであるべきだが、じっさいには、逆にそれを教育だとか学問だとかが止めている。」

（『学問への散策』）

　「根源的な悩み、あるいは悩みという問題は、残念ながらというかありがたいことにというか、永久に尽きないだろう。絶えず悩みが出てきて、それがあるがゆえにそれを取り除こうと努力をかたむけるなかで、人間に育っていく――。未来永劫といっていいと思いますが、そういう不思議な解決をせざるをえない存在が人間という特殊な生物で、その人間的存在に固有のものとして、そして不可欠なものとして科学もある。」

（『改訂新版 形の発見』）

　このように、内田義彦の人間論はおのずと学問論や教育論へとつながっていきます。「生きる」「育つ」は「学ぶ」と切っても切り離せないものなのです。人間として生きること、育ちゆくことは、即、学ぶことなのです。学ぶとは「学問をする」とも言えます。

ただし「学問」といっても、コチコチに身構えて受け取らないでください。内田のいう学問とは、自らの「生きる」と切れたところで専門知識を覚えるとか、専門的な学者になるとかいったことでなく、何よりもまず、大小さまざまな身辺の問題（「悩み」）を解くための方法や知恵を修得するということであり、それは育ちゆくものとしての人間が誰しも本来的に持っている――持とうと望んでいる――ものなのです。もっと言うならば、何かに役立つためにということとはおよそ関係なく、「人間の生きるという行為の本質的な一部分」（『内田義彦著作集』第七巻）として「学ぶ」ということはあるのです。それが内田のいう「学問」です。そういう意味において、社会のなかで人間らしく生きていくためには、一人ひとりの人間が学問的思考を上手に身につけることが必要だということです。

賭ける

人間だれしも学問的思考が必要だ。内田義彦はそう言います。もう少し話を進めてみましょう。人間が生きるということは、社会から孤立して生きることでもなく、また社会のなかに埋没して生きることでもありません。社会のなかにあって、社会とともに生き、しかも社会という全体のたんなる部品でなく、一人の個人として自分らしく、自分の納得のいく形で社会に加わって生きてゆきたいというのが人間です。少なくとも近代人はそれを希求して近代社会をつくりあげた。そのはずです。つまり社会に「参加」しつつも、そこに埋没することなく自らの「役割」を自覚的に分担しようと願っているのが、私たち現代人です。近現代の分業社会の一員であるということは、自らの役割を分担することによって社会に参加することなのです。

ここに「参加」とは、内田義彦が好んで何度も語っているように、たんに会合や宴会に「顔を出しておけばいいんだろう」といった無責任な顔出し型参加ではなくて、英語でいう take part (in)、つまり各自が「ある特定の部署（仕事）を責任をもって果たす」ことを意味します。近現代の分業社会は、責任をもって自分の仕事を果たすという、大変にきびしい姿勢を私たちに求めていますし、その責任が達成されるとき私たちは大きな喜びを感じもします。参加（分担）とは、このように一人ひとりが責任と決断を受けもつこと抜きにはありえません。

そして――いよいよ内田的な人間＝学問論の本領に近づいていきますが――「一人一人が決断と責任をもって共同の仕事に参加するという行為の継続のなかでこそ、一人一人のなかに社会科学的認識のそもそもの端緒ができる」（『社会認識の歩み』）のだと内田義彦は言います。人びとが昔ながらの伝統的な共同体のうちに埋没し惰性で暮らしているのであれば、「決断と責任」をもって行動する必要もなかったでしょう。しかし近代人はそれを拒否したのであり、こうして近代社会とともに「社会科学」という学問も生まれてきました。つまり、もはや伝統やしきたりに頼ることができず、各自が決断と責任を自ら負う存在になって、はじめて学問（とりわけ社会科学）が必要となったのです。人類の歴史においても、そして何よりも現代に生きる私たち一人ひとりにおいても。

決断とは賭けです。そして「賭ける」という行為を通じて、はじめて世界の客観的認識が生まれる。一人ひとりが「賭ける」人間になることによって、はじめて社会の客観的認識が芽生える。つまり、社会科学の出発点となり、学問の出発点となる。繰り返しますが、社会科学の歴史においても、個人の内面的成長においても、なのです。このあたり、内田義彦のいちばん内田義彦らしいところなので、直接に語ってもらいましょう。

「決断、賭けということがあって、はじめて事物を意識的かつ正確に認識するということが、自分の問題になってきます。（…）」

（後略）

（やまだ・としお／経済学）

内田義彦の世界　*1913-1989*

［生命・芸術そして学問］

〈プロローグ〉 **内田義彦「生きる」を問い深めて** 山田鋭夫

I　今、なぜ内田義彦か

1 **今、なぜ内田義彦か〈座談会〉** 中村桂子＋三砂ちづる＋山田鋭夫＋内田純一

2 **今、内田義彦を読む** 片山善博　花崎皋平　山﨑怜　竹内洋　海勢頭豊　山田登世子　稲賀繁美　田中秀臣　松島泰勝　宇野重規　小野寺研太

II　内田義彦を語る

1 **内田義彦と私** 野間宏　山本安英　木下順二　杉原四郎　竹内敏晴　江藤文夫　天野祐吉　住谷一彦　一海知義　中村桂子　山田真　都築勉 ほか

2 **内田義彦を語る夕べ** 川喜田愛郎　長幸男　吉澤芳樹　山之内靖　有馬文雄　田添京二　福島新吾　福田歓一　唄孝一　石田雄　内田宣子 ほか

III　内田義彦が語る

内田義彦の生誕【内田義彦はいかにして内田義彦になったか】

〝神話〟の克服へ／読むこと　きくこと／読んでわかるということ／資本主義に独自なダイナミズム ほか

〈エピローグ〉 **内田義彦の書斎【遺されたものに想う】** 内田純一

〈付〉 主要作品解説／年譜／著作一覧

編集協力＝山田鋭夫・内田純一

A5判　三三六頁　**三二〇〇円**

歴史家コルバンが子どもにやさしく語る初のフランス史！

英雄はいかに作られてきたか

アラン・コルバン

英雄・偉人は時代によって変わる

フランス国民の偉大な物語が練り上げられ、フランス史の一連の英雄たちが形成されたのは、十九世紀のことである。この時代を代表する三人の主要な歴史家であるオーギュスタン・ティエリー、ジュール・ミシュレ、エルネスト・ラヴィスをつうじて、この作業は少しずつ実行され、学童向けの教科書のなかに採り入れられた。こうして二十世紀最中に至るまで——私は個人的によく覚えている——生徒たちは、クローヴィスからド・ゴールに連なるフランス史の英雄たちがどのような人物だったかを、学んだのだった。第二次世界大戦後に行なわれた世論調査が示すところによれば、一連の英雄像は社会全体に深く浸透していた。

ところがこの半世紀の間に、勝利を言祝ぐ文化が衰退するのに伴い、英雄の概念そのものが大きく変化した。こうして有名な将軍、青年たちの夢想を刺激した冒険家、とりわけ植民者は、もはや強い賛嘆の的ではなくなった。もっと悪いことに、かつて称賛されながら、その後偉人のリストから抹消された者までいる。

社会に流布する価値観が変わり、それが新たな偉人の誕生をもたらした。たとえば憐憫の情はもともとカトリックの伝統に深く根ざしているものだが、今日ではそれがとても強まって、新たなタイプの男女の英雄たちが考慮されるようになった。世論調査によれば、第二次世界大戦後に貧しい人々の救済に尽くしたピエール神父〔フランスの聖職者〕や、マザー・テレサ〔インドのキリスト教宣教師〕が偉人の仲間入りを果たしている。

植民地化に関連することはすべて評判が落ちたせいで、フランス人ではないが、ネルソン・マンデラ〔南アフリカの人権運動家、大統領〕やマーティン・ルーサー・キング〔アメリカの牧師、公民権運動家〕といった人が、英雄の列に加わった。それと同時に、騎士の典型であるバヤールや、一九一八年当時連合軍の総司令官だったフォッシュ元帥は忘れ去られた。この種の英雄はもはや生徒たちから称賛されることはなくなったのである。

国民の偉大な物語をめぐる論争

七月王政期に形成され、第三共和政期——日本の明治時代と同時期——に完成した国民の偉大な物語が、まるごと疑問視されるようになった。なかにはその物語をきびしく批判する者までいる。こうして近年、論争が巻き起こった。ある者たちは、生徒の脳裏からクローヴィス、シャルルマーニュ、ジャンヌ・ダルク、ルイ十四世、あるいはガンベッタまでが忘れ去られる危険があると嘆き、学校で国民の偉大な物語を再び学ぶべきだと主張する。またある者たちは、かつて教えられていたそのような歴史があまりに国民的だと指摘し、何よりもまず奴隷制や植民地主義のおぞましさ、女性の立場の苦しさ、同性愛嫌悪の弊害を強調すべきだと言う。幸いなことに当面、学校でも政府でも、責任者たちがこの二つの見方をなんとか調整しようと努めている。

▲A・コルバン（1936-　）

タイトルだけ見れば、私が「国民の偉大な物語」への回帰を支持している、と考える読者もいるかもしれない。しかし、本書の意図はまったく異なる。**一定の時代に英雄がどのように創られ、場合によってはその英雄がどのように貶められたか**——それを検討するのが目的だった。ある者は一時期英雄視され、その後忘却された（バヤール）。生前のある時期に英雄とみなされたペタン〔第一次世界大戦の功労者〕は、その後罵倒されることになった〔第二次世界大戦中は対独協力者にして反ユダヤ主義者〕。いずれにしても、本書は読者の関心を引き、フランスでさまざまな考察を促した。

先に指摘したように、日本の明治と、フランスで国民の偉大な物語が構築されたのは同時期のことである。現在のフランスがそうであるように、こうしたことは日本でも論争を誘発したのだろうか。

（後略　構成・編集部）

（Alain Corbin／歴史家）

本誌好評連載「生きる言葉」、待望の単行本化。

名編集長が綴る最高の読書案内

本誌二〇〇七年四月号から昨年十月号まで七四回にわたって連載された、粕谷一希氏の「生きる言葉」を、このたび小社では単行本として刊行する。『中央公論』を始め総合雑誌の名編集長として名高い粕谷氏だが、書物を愛し、古書店にも足繁く通ったその自己形成には、戦前・戦後の文学が深く浸透している。

果てまで来た。私は少しも悲しまぬ。あばよ、私は別れる。別れを告げる人は、確かにゐる。

ランボオ『地獄の季節』小林秀雄訳

——詩人的資質と批評家的資質がせめぎ合っているといわれた小林秀雄の文体は、このアルチュール・ランボオの翻訳によって極点にまできた。／小林秀雄の世界は功罪共に論じられようが、昭和の初期に、近代日本語の文体が完成したという意味で、日本語の感性の極限が小林スクールにあることは、今日でも認められなければなるまい。

しかし、文学と対峙する粕谷氏の知性は、常に哲学・社会科学を含む人文の総合的な素養に裏打ちされている。それこそが総合雑誌を支えたジャーナリストとして優れた視角の表れであろう。

私は「史記」を個別的な考証の対象としたり、古代史研究の資料として置きたくはなかった。史記的世界を眼前に据え、その世界のざわめきで、私の精神を試みたかったのである。

武田泰淳『司馬遷——史記の世界』

——現代人が古典の前に立ったとき、いかに軽いものであるか。人類の古典が語る〝歴史意識〟の奥の深さを身を以て実感したのであろう。／こうした態度を見据えるとき、われわれは大学での学問研究、外国研究がいかに〝精神の格闘〟を置きざりにしているかを思い知らされる。

そうした粕谷氏のジャーナリズムは、まだ文壇・論壇との分裂、メディアとアカデミズムとの分裂が進行していなかった明治期に淵源している。

▲粕谷一希（1930‐ ）

死して不朽の見込あらばいつでも死ぬべし、生きて大業の見込あらばいつにても生くべし

徳富猪一郎『吉田松陰』

――ここに掲げた『吉田松陰』をはじめ『近世日本国民史』（全百巻）などの歴史書は、もっとも価値ある史書として今日でも生命力をもっている。ジャーナリズムと歴史、言論と思想の問題を考えてゆく上で、蘇峰の徹底的再検討が必要のように思う。歴史はアカデミズムだけのものではない。

深い歴史認識を備えたジャーナリストとして、粕谷氏は戦前から戦後にいたる日本近現代史をどう見るのか。

特に友と敵との実存的な区別に対しては、技術的な特別の知見や技術的な専門知識の細目は、権限付託のある技術的専門家によって、決定的瞬間に解決されるに違いなく、それらは投票権者の大衆が扱いきれる問題ではない。

カール・シュミット『憲法理論』

――ナチスも日本の軍国主義も勝者の裁判で片づくものではない。文明が野蛮を裁くことができないように、左右の全体主義がわれわれ現代人の内部に潜んでいることが問題なのである。／H・アーレントが全体主義を批判したように、我々は抑制的でなければならない。しかし、同時に現代人が友敵理論に正面から向き合うことなしに、抑制することもできない。

〝リベラル〟ということの歴史的な含意が見失われている今、文学、史学、思想・歴史認識にわたって、古今の名著の精髄を掬い取る粕谷氏の随想を収めた本書は、現代の我々が、書物を通じて、歴史に学び、同時代を考えるうえでの、最高の水先案内となっている。

（構成・編集部）

リレー連載 今、なぜ後藤新平か 102

中央に頼らぬ「自治」の精神

川勝平太

李登輝・台湾総統との会談で

『台湾――四百年の歴史と展望』（中公新書）という名著がある。著者は伊藤潔であるが、本名は劉明修、台湾・宜蘭県出身のれっきとした台湾人で、台湾愛国者であり、東京大学で博士論文「台湾統治と阿片問題」をものした立派な学者であった（今は故人）。面識はなかったが、拙著『文明の海洋史観』に感動したとの連絡があり、「李登輝総統（当時）に紹介したい」と言われ、すべての手配を、劉さんがなさり、台湾に同行した。

李登輝総統と総統室で一時間ほど密度の濃い歓談をした。席上、私は「大陸アジア（中国）」とは異なる「海洋アジア（日本・台湾・東南アジア）」の歴史を踏まえた「西太平洋津々浦々連合構想」を話した。李総統は高い関心を示されたが、力説されたのは、後藤新平の台湾への貢献であった。「蔣介石の像の代わりに、後藤新平の像を建てたい」と言われ、返す言葉に躊躇した。というのも、会見は中国流で「コの形」に座り、中央正面に総統と私が並んで語らい、両脇には国民党政府の幹部が縦列に居並んで聞いていたからである。私の懸念を払拭するように、総統は言われた――「彼らには日本語はわからないので、心配ありません！」

後藤新平の台湾への貢献

後藤新平が政治家としての力量を最初に発揮したのは台湾であった。彼は以後、初代満鉄総裁、逓相兼鉄道院総裁、内相、外相、東京市長、内相兼帝都復興院総裁、少年団総裁、拓殖大学学長、東京放送局初代総裁などを歴任した。その原点が、児玉源太郎が台湾総督として赴任する際、抜擢されて台湾民政局長（のち民政長官）となったときである。

台湾は、日清戦争後、日本の植民地になった。樺山資紀、桂太郎、乃木希典の初期三代総督は、台湾の住民を「土《ど》匪《ひ》」「匪《ひ》徒《と》」と呼んで制圧しようとしたが、困難をきわめた。引き継いだ児玉は第四代総督の八年間（一八九八～一九〇六）に陸相、内相、文相、参謀本部次長、満州軍総参謀長などを兼務したため、「留守総督」といわれた。

　丸八年以上にわたり、台湾を実質的に統治したのは後藤新平その人である。その統治法は「生物学的植民地経営」として知られる。医者の経験を生かし、台湾という「病人」を科学的に分析し、土地・戸籍・慣習など現地の徹底調査、治療法「治台三策」を定め、新渡戸稲造などの逸材を招き、財政を独立させ、インフラを整備し、台湾銀行を設立し、製糖業を振興し、本国日本に対して輸出超過になるまで経済を発展させた。台湾は後藤新平の統治で自治自立できる存在にまでなった。

▲台湾時代（前列左より2人目が後藤）

「富士の国」の自治をめざして

後藤新平は勲一等伯爵になり位人臣を極めたが、自ら栄達を望むような野卑なところはまったくなかった。後藤新平の「自治三訣」にいう――

　人のお世話にならぬよう
　人のお世話をするよう
　そしてむくいを求めぬよう

また、ボーイスカウトへの遺言――

　金を残して死ぬ者は下
　仕事を残して死ぬ者は中
　人を残して死ぬ者は上

後藤新平の人生哲学は生涯一貫している。今の日本に求められているのは、ビジョンと実行力を備えた後藤新平のような大政治家であろう。だが、それにもまして、世のため人のために尽くす後藤新平のごとき倫理規範、器量、品格における最高の人ではないか。静岡県を知事として預かる私は後藤新平の「自治三訣」の精神を引き継ぎ「公人三則」を定め、実行している――

　来る者は拒まず
　助力は惜しまず
　見返りは求めず

台湾の自治の基盤を整え、輝かしい仕事をした後藤新平の遥か後塵を拝し、小県ながらも、東京に頼らない「富士の国（静岡県）」の自立をめざしての姿勢である。

（かわかつ・へいた／静岡県知事）

Le Monde

■連載・『ル・モンド』紙から世界を読む　132

現代のヴィクトル・ユゴー

加藤晴久

「これほど崇敬の対象になった人物はめったにいない。生存中に、これほど自国民にもてはやされ、その作品がすべて成功をおさめ、その才能が国境を越えて広く認められ、ひとつの芸術ジャンルを体現する責任を担わされた人物はめったにいない。その口元とあごの白いひげを見ていると、栄光の頂点にあった時期、その名を冠したパリ十六区のアベニューに建てられた晩年のヴィクトル・ユゴー像を連想させられる。」

「六〇〇人のジャーナリストの前で引退を表明し全国民に衝撃をあたえてから五カ月後、宮崎駿は第十一作目かつ最後の長編『風立ちぬ』（フランスでは一月二二日封切）について語った。

まず作品の歴史的背景を解説した。一九二〇年代と三〇年代。深刻な経済不況、軍国主義のくびきのもとアジア侵略の戦争に突き進む日本。そしてすぐに今の時局と関連づけた。東シナ海、南シナ海周辺諸国におけるナショナリズムのエスカレーション。軍事力拡大競争。金融危機の影響。安倍晋三首相の派手なイデオロギー的言動と場当たり的な経済政策。『当時といまの状況は恐ろしくなるほど共通点があります。あらたな破局が訪れる条件がすこしずつそろいつつあるかのようです』と彼は言う。」

「宮崎によれば、意図してそうしたわけではない。『風立ちぬ』の製作は五年以上前に始まった。しかし今回も彼は時代を先取りした。彼が『レ・ミゼラブル』の作者と共有しているのはまさにこの天賦の才である。時代の地底にひそむ激動の兆しを感じとり、諸国を横断する流れを大河的作品によって啓示する才能である。」

スタジオ・ジブリを訪れた『ル・モンド』の記者が書いた「ミヤザキの最後の預言」と題する長大なインタビュー記事の冒頭部分を訳出した（ウィークリー『M』、一月十八日付）。

フランスで大人気なのは知っていたが、あの国民作家ユゴーになぞらえられるほどだとは！　文化勲章はどうなっているのか。「いや、そんなものは」とすでに辞退なさっておられるのかもしれないが。

（かとう・はるひさ／東京大学名誉教授）

リレー連載　いま「アジア」を観る　134

ヨーロッパ語とアジア語？

菅野裕臣

日本は東アジア世界の共通語シナ語を世界の共通語ヨーロッパ語に切り替えることによって近代化を成し遂げた。政治力学の手段としてだけでなくいわゆる文化の言語としても、ヨーロッパ語が世界を支配している。中国がいくら孔子を前面に出そうとも、あらゆる科学の基礎を築いたギリシャ語以来のヨーロッパ語の地位に揺らぎは生じないだろう。

しかしヨーロッパ語とアジア語の対立というものがあたかも言語を基礎とするコミュニケーションの世界に対応して存在するわけではないことは近代言語学の教える常識である。ギリシャ・ラテン及びそれらの翻訳により発展してきたヨーロッパ諸国語が形式はそれぞれ若干異なりはすれ実は内容においてほぼ同一性をとっくに達成していたことにより、EUは言語的にはすでに共同体を形成していた。さらにフィンランドやハンガリーの非インド・ヨーロッパ語族の言語でさえ、近代的概念の造語（特に接頭辞付け、接尾辞付けによる）とシンタクス（構文）においてはヨーロッパ諸語を踏襲していると言ってよい。

アジアで近代化を真っ先に達成した日本語はシナ語形態素（ここには接頭辞も接尾辞もない）に依拠したため、いわゆる近代的な語彙の翻訳にてこずり、ヨーロッパ語との乖離が生じたが、シンタクスはほぼヨーロッパ化に近づいた。とはいえ関係代名詞を持たない日本語の悩みは先人たちの苦労に満ちた経験が教えている。シナ語は造語は勿論、同じく関係詞のない単純なそのシンタクスがヨーロッパ語からの厳密な翻訳に耐えないものであることは複雑な哲学のシナ語訳を見れば明らかである。

いわゆる近代化の価値はさておき、アジアの諸言語がどのくらいヨーロッパ語による思想のひだを写し取る能力を持つかを、厳密な翻訳論を持たない日本では特に、言語の方からもっと詳細に研究されてよい。

（かんの・ひろおみ／朝鮮言語学）

連載　女性雑誌を読む　71

実業之世界社の内部紛争
——『女の世界』25

尾形明子

『女の世界』の魅力は、その猥雑さにあった。一九一六（大正五）年五月号の「編集だより」では「『女の世界』には芸娼妓の記事があるから家庭に入れられないと被仰る方もありますが『女の世界』の思想は芸妓、娼妓が少しも卑しむべきものでないといふのですから、皆さんもどうぞもつと深く此の問題をお考へになられん事を切にお勧め致します。間違つた思想を持つて居る事は其人にとつて大変不幸だと思ひます」と居直っている。

その一方で、貧困と飢餓、貧富の差がますます広がる社会への筆鋒鋭い評論が毎号掲載される。それらが混然一体、『女の世界』の面白さになった。

前年五月に豊多摩刑務所に収監された実業之世界社社長・野依秀一（市）が、細かな指示を与えたとは思われない。編集の中心は安成二郎と青柳有美だったが、二巻一〇号（大正五年九月）の奥付から主筆・青柳有美の名前が外れる。社長の金子幸吉が二十九歳の若さで急逝し、『実業之世界』が忙しくなったためか。三巻六号には「女の世界主筆」と肩書があり、毎号複数の原稿を書いていたが、四巻六号（大正七年六月）以降、執筆者から青柳の名が消える。

金子の没後社長代理は武井文夫になる。武井についてはよくわからないが、あまりにも社会主義的傾向の誌面に危惧を感じ、「実業」を重んじることで野依の留守を守ろうとしたようだ。

武井と安成二郎らとの路線対立が浮上し、青柳は武井の側についた。実業之世界社の内部紛争は、社会主義者たちを巻き込み、裏切り者としての青柳へのバッシングが強まり、一九一九（大正八）年、安成二郎、青柳有美ともに社を退いた。五巻一一号から六巻一〇号まで、編集兼発行者は井上実雄となる。彼の名前は執筆者陣にはない。

安成二郎は『読売新聞』に転職し婦人欄を担当したが、『女の世界』にも毎号複数の原稿を書いている。青柳はその後、宝塚音楽学校嘱託となって生徒監兼修身を担当した。

（おがた・あきこ／近代日本文学研究家）

連載　ちょっとひと休み⑫

六〇年ぶりの舞台

山崎陽子

昨年の秋、創立二〇周年を迎えた児童劇団「大きな夢」のミュージカルに出演しないかと言われ仰天した。

ミュージカルを通して情操教育をと願う主宰者（青砥洋氏）の熱い思いが実を結び、十数人から始まった劇団は、いまや全国各地に展開して団員は七〇〇人をこえている。ふとしたご縁で出会ってから、その意気に感じ、劇団のために童話や絵本をミュージカル化してきたが、どの作品も長年、大事に演じ続け育てて下さっている。子どもだからといって決して甘やかすことなく、厳しさと愛に満ちた稽古場の張り詰めた空気の清々しさには、いつも感動する。しかし、自分が参加するとなれば話は別だ。

一五年前に書いたミュージカル『緑の村の物語』は五年ごとに再演されているが、二〇周年だからぜひと勧められても、腰痛に悩まされている昨今、かなりレベルの高い子供たちに混じって演じる勇気はなく、固辞したが、その役が老女で、腰の曲がり具合も、シワたるみもそのままで結構だといわれ、ついその気になった。とはいえ六〇年ぶりの舞台である。セリフは覚えられないし、恥ずかしいし……しかし、周囲の熱意につつまれ、少しずつ演じる喜びが甦ってきた。皆の憧れだったチェロの先生は今や年老いて、記憶を失っている。これが私の役である。教え子でチェロの名手を夢見た少年は、事故で右腕が不自由になり自暴自棄に陥って村に帰ってくるが、村の子どもたちとの触れ合いによって音楽を愛する心を取り戻していく。「音楽は心のご馳走よ」という恩師の言葉を、かつての少年は忘れなかった。弓を手に「私が右手になる」と言って膝によじのぼる幼女に助けられ、男は先生との思い出の曲を弾く。先生の胸に遠い昔が甦ってくる……。

新国立劇場での六公演が終了した日、頂いた共演者からの寄せ書きに感動した。その中にこんなコメントがあった。「先生は、スゴイなあと思いました。一回目の稽古の時から役になりきっていたから」。実は演技ではなく、ホントに腰痛で腰が曲がっていたのだが、せっかくの賛辞、有難く、そっと胸におさめることにした。

（やまざき・ようこ／童話作家）

連載　帰林閑話 227

物価と詩（一）

一海知義

「唐詩は酒、宋詩は茶」といわれるが、詩も宋代になると、日常茶飯の事をよくうたうようになる。

とりわけ南宋の詩人陸游《りくゆう》は、一万首の詩をのこし、晩年には身辺の瑣事を好んで詩材にしたので、日常茶飯の事を詠じた作品がすくなくない。

物価、物の値段を読み込んだ詩も、その一例である。

たとえば、

百銭　木屐《ぼくげき》を買う　（「屐を買う」）

といい、また、

千銭　短篷《たんぼう》を買う　（「十月三日、舟を湖中に泛《うか》べての作」）

とうたう。

「屐」は、下駄。「篷」は、とま（屋根小屋）つきの舟。両詩は同年（七十歳）の作であり、当時、下駄の値段は法外に高かったらしい。

さて、同じ百銭で買えるのは、つぎのようなものだった。

百銭　新たに緑の蓑衣《さい》を買う　（「蔬圃《そほ》絶句」七首之二、五十七歳）

百銭　菅蓆《かんせき》を買う　（「冬夜」、六十七歳）

百銭　薪蒸《しんじょう》を買う　（「歳暮雑感」四首之二、七十七歳）

「蓑衣」は、みの。「蔬圃」は、野菜畑。「菅蓆」は、すげで編んだむしろ。「薪蒸」は、たきぎである。

また別の詩では、

杖頭　幸いに有り　百許《ばか》りの銭　（「探梅」、六十八歳）

という。たまたま、杖にくくりつけて持ち歩いていた小遣いが百銭ほど、というのだろう。さらに別の詩に、

百銭の濁酒　渾家《こんか》酔う　（「上章して緑を納め云々」、七十九歳）

百銭のどぶろくがあれば、家中みんなで酔える、とうたう。しかし、

百銭　弁ぜず　旗亭の酔い　（「新春、事に感ず」、七十七歳）

ともいい、料亭で飲むには、百銭では足りなかったようだ。

では、百銭の十倍である千銭では、小舟の他《ほか》何が買えたか。

（いっかい・ともよし／神戸大学名誉教授）

二月新刊

草の根の力で未来を創造する

震災考　2011.3–2014.2

赤坂憲雄

「方位は定まった。将来に向けて、広範な記憶の場を組織することにしよう。途方に暮れているわけにはいかない。見届けること。記憶すること。記録に留めること。すべてを次代へと語り継ぐために、希望を紡ぐために。」復興構想会議委員、「ふくしま会議」代表理事、福島県立博物館館長、遠野文化研究センター所長等を担いつつ、変転する状況の中「自治と自立」の道を模索した三年間の足跡。

四六上製　三八四頁　二八〇〇円

日本古代史の碩学が、東アジアとの共生をとなえる

「大和魂《やまとごころ》」の再発見

日本と東アジアの共生

上田正昭

「才を本としてこそ、大和魂の世に用ひらるる方も、強う侍らめ。」（『源氏物語』）

「「大和魂」という用語は、私の調べたかぎりでは『源氏物語』が初見である。いうところの「大和魂」とは戦争中さかんに喧伝されたような日本精神などではない。「日本人の教養や判断力」を紫式部は「大和魂」とよんだのである。」（本文より）

四六上製　三六八頁　二八〇〇円

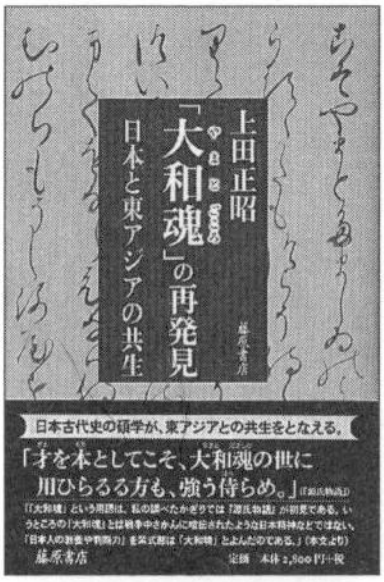

いのちとは、出会いにおいて散る火花のことだ

セレクション 竹内敏晴の「からだと思想」（全4巻）

3「出会う」ことと「生きる」こと

寄稿＝鷲田清一（哲学者）

真にことばを摑んだ瞬間の鮮烈な経験を記したロングセラー『ことばが劈かれるとき』著者として、「からだ」から「生きる」ことを考え抜いた稀有の哲学者の精選集！

［月報］庄司康生・三井悦子・長田みどり・森洋子

四六変上製　三六八頁　三三〇〇円

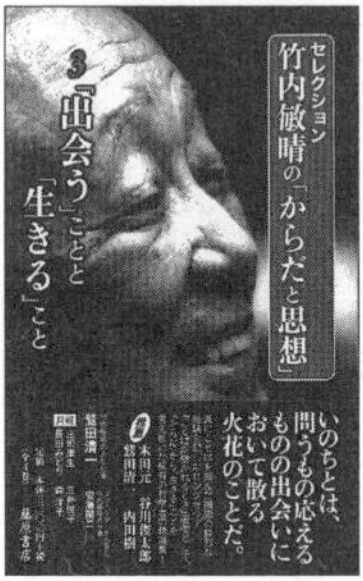

『苦海浄土』三部作の核心

神々の村〈新版〉

『苦海浄土』第二部

石牟礼道子

第一部『苦海浄土』、第三部『天の魚』に続き、四十年の歳月を経て完成。

渡辺京二氏『第二部』はいっそう深い世界へ降りてゆく。それはもはや裁判とも告発とも関係のない基層の民俗世界、作者自身の言葉を借りれば『時の流れの表に出て、しかとは自分を主張したことがないゆえに、探し出されたこともない精神の秘境』である」（本書解説より）

四六判　四〇八頁　一八〇〇円

読者の声

大田堯自撰集成2ちがう・かかわる・かわる■

▼上記書籍第一巻にひきつづき入手。この暗雲たちこめる教育情勢の中、絶対にゆずってはならない、売ってはならない人間の心、精神、魂の原点を、改めて認識・確認、――そのことの大切さをかみしめたしだいである。

（香川　**西東一夫**　77歳）

葭の渚■

▼ドキュメント風の読み物が大好きです。又社会派の作品としてすばらしいです。

（大阪　会社役員　**西脇正臣**　70歳）

▼熊日に二〇一一年に連載されて、読んだ。水俣市の出身で昭和三十二年当時、一時交流があって興味があった。『石牟礼道子全集』完結に寄せて」を作家の池澤夏樹さんが寄稿されていた。それは近代日本文学では、地方出身の作家は誰もが中央を目指す。そういう全体の流れで石牟礼道子は自分の生地ばかりを書いている。稀有の作家だと知らされた。

（熊本　**山田昌義**　79歳）

▼「苦海浄土」とセットで多くの人に読んでもらいたい。文庫本にすれば求めやすい価格になるのでしょうが。

（神奈川　住職　**髙橋芳照**　70歳）

▼熊日新聞に連載されて、とてもすばらしかったので購入しました。

（熊本　勤務薬剤師　**福島和子**　81歳）

岡田英弘著作集3日本とは何か■

▼岡田史学の特徴はその簡潔な表現と大胆且つ緻密な結論の導き方にあります。どの頁を繰って読み始めても常に新しい事が教えられ、刺激的です。天才が歴史を書くと斯くも立体的且つ動的な世界になるのかと圧倒されるのです。高校生の時に習った世界史は退屈な授業の最たるものでした。岡田史学の手にかかると、退屈さなど吹き飛び、知的興奮の世界に誘われてしまうのです。世界史の捉え方、見方が一変します。第Ⅲ巻『日本とは何か』を通じて、長年疑問の一つとしていた日本語の成り立ちに答を得ることができました。漢文で書いたものを土着の倭人の言葉に置き換える方法に拠って日本語の開発を始めたとする岡田史学の切れ味はどうでしょうか。日本語は人工的につくられた言語であり、あらゆる国語は人工的なものであることが歴史の法則とも指摘されています。どんな歴史学者も、国語学者も此まで明解な論述をすることは不可能でした。人工的につくられたことを証する具体例として『万葉集』に見る国語開発の変遷を記してあるのですが、此亦わかりやすく、私にとってはスリリングな記述展開でした。全篇が目から鱗の世界でアリマス。

（福岡　不動産賃貸業　**城戸洋**　66歳）

▼色々なところからとって来ているので、内容が重複していることが多いが、それにしても斬新な見方、史観だと思う。

通史しか知らない専門家外の私にとっては目の開かれる見解だ。

（兵庫　公務員　**岡本哲弥**　55歳）

価値の帝国■

▼おもしろく読みました。

（秋田　団体職員　**工藤政樹**　59歳）

大田堯自撰集成1生きることは学ぶこと■

▼このたびの自撰集四巻は生まれるべくして生まれたご労作と思います。大田堯さんと生活綴方は一九四八年から教壇に立った私の指針でありました。

小中学校を退職した後も、短大教職課程の非常勤講師や教育サークルの仲間と学び合ったりする中で指針は大きい力になりました。「生きることは学ぶこと」はヒトの成長発達の大原則です。それは大田さんの述べておいでであるアートです。

　全四巻を多くの方々に読んで頂きたいと思います。

（高知　**竹内功**）

▼講演会等を聞いたこともあり常に関心をもっていた。
（福井　公務員　**直正修一**）

▼久しぶりに感動しています。本当にいいですね。講演会にも行きました。九十歳を超えてのかくしゃくした姿を見ながら、いつまでもお元気でと願っています。いい人は本当にいいんですが――世の中は自分の想っている理想とはずいぶんくいちがっているけれども、しっかりしなければいけないと思っています。
（広島　**益原孝典**　68歳）

除染は、できる。■

▼除染活動にそのまま活用できる内容で、とても勉強になりました。
（茨城　ＮＰＯ法人役員　**熊谷正行**　65歳）

岡田英弘著作集2 **世界史とは何か■**

▼おぼろげながら世界史というものへの理解を得た気がしています。
実に大胆剛直。

（千葉　無職　**谷本光生**　73歳）

桑原史成写真集　水俣事件■

▼心、痛い、人として母として……同じ日本人として。弱い所、小さな所、に負、マイナスが、ウソと一緒におしよせてくる。母として心痛い。
　今の世の中を見ている様だ。ここ（長野）でも、日本のこう害について勉強はする、サラリと流す、テストのため、何を知ることが子ども達にとって大切なのでしょうか、ギモンを感じています。母として心痛い、どういうふうに伝えたらいいのか？

　もう一度、〝この本・写真集〟を読み見……感じなおします。

（長野　主婦　**百瀬綾**　45歳）

ロング・マルシュ　長く歩く■

▼四国の遍路道をひたすら歩きながら、この本がよみがえって来た。シルクロード一万二千キロに比べれば四国遍路は千四百キロだが、「歩く」ことに違いはない。
　頭を空っぽにして目標や利益や収支決算などを無視して歩く――。大事なのは目的ではなく「道」であり、歩くことは、とりもなおさず「自分を見つめること」に尽きる――という、著者の言葉の重さをかみしめながら歩を重ねている。「ただひとりわれと向き合う遍路道生き続けるべき理由（わけ）を探して」

（千葉　**園田昭夫**　71歳）

岡田英弘著作集1 **歴史とは何か■**

▼新春に実家からの帰省後、たまたまインターネットで日下さんと岡田さんの奥さんの対談での紹介を目にし、即購入しました。（かみさんを説得して）
　ご縁があって購読できたことに感謝します。

　今回のようにいい企画を、今後も楽しみに心待ちにしています。先生やご関係者の慧眼に感じ入りながら、失礼致します。最期に〝祓祭文〟とはどういう意味でしょうか。文字に暗い為、ご教示いただければ幸いです。

（大阪　会社員　**澤田浩**　38歳）

卑弥呼コード　**龍宮神黙示録■**

▼時間と空間がいっそう身近に、なりました。
　卑弥呼が九条に
　倭及奴がヤマトに
（大阪　生協役員　**徳田幸博**　71歳）

峡に忍ぶ■

▼橡の前身馬酔木時代の大いなる先輩にあたる方の生涯がたおやかに美しく強靭に在り、後輩の一人として誇らしくなりました。大切な一冊になりました。
（大阪　主婦　**渡辺一絵**　72歳）

京都環境学■

▼関西定例研究会前に紹介が機関誌にあった。県図書館に無かったので、都心へ出て発注・購入、裏の奥付見たら昔、懐しい早稲田鶴巻町とある。加えて、案内者の渡辺弘之先生、講義中にお宮さんと寺の相違は？問われて、寺は入場料を取る、お宮さんは、全国どこへ行っても、テラ銭を取らぬ、と冗談を云われたことがあったが、京都のお寺さん達お茶屋の常連とか。庭の鑑賞に観光に行くのでなく、環境を説いているとは思ってもみなかった。それも、早稲田の先生方、京都くんだりまで……と思った次第。在学時代、ワセダに農業経済学の講座があったのだろうか。学報にＰＲされたらと愚見まで。そうそう、今春、理事長退任される上田先生の『森と神と日本人』に目を通しています。

（兵庫　環境保全活動　**川村道哉**　77歳）

言葉果つるところ／苦海浄土■

▼「大国を治むるは小鮮を烹るが如し」（政治には小魚を煮るような丁寧さが必要）という言葉がございます。最近の政治家は、テレビに出てくる人の言葉も聞いていますと、乱暴で粗野で品性下劣です。聞くに堪えない。石原慎太郎に始まり、猪瀬前都知事、橋下大阪市長、安倍総理大臣は、高圧的な品性下劣な言葉の羅列です。時に吐き気すら感じます。

鶴見和子対話まんだら『言葉果つるところ』石牟礼道子の巻を読ませていただきました。久しぶりに心洗われました。美しい言葉は、美しい心から紡ぎだされるという感に打たれました。

石牟礼道子さんが語られています。「いまの日本に決定的になくなっちゃったのは、上品さ、優雅さです。」鶴見和子さんがそうしたものをお持ちだというお話がございました。

また、鶴見さんが柳田國男氏のお話として紹介されています。「外国からいろんな学者が来ます。だけど日本には二つの違う種類の人間がいるんですよ。一つは四角い言葉を使う人種、もう一つは丸い言葉を使う人種です。外国の学者は四角い言葉を使う人にだけ話を聞いて帰るから、日本のことはさっぱりわからない。だからあなたは日本社会のことを知りたいなら、丸い言葉を使う人の話をお聞きなさい」と話しました。

石牟礼さんの『苦海浄土』は丸い言葉を磨きに磨いて書かれた、戦後の日本を代表する最高の作品と私は思います。

（東京　**成瀬功**　73歳）

※みなさまのご感想・お便りをお待ちしています。お気軽に小社「読者の声」係まで、お送り下さい。掲載の方には粗品を進呈いたします。

書評日誌（一・二二〜二・一三）

（書）書評　（紹）紹介　（記）関連記事
（TV）紹介、インタビュー

一・二二　（記）朝日新聞埼玉版「大田堯自撰集成」（「子ども　思い通りに育たぬ」／「元日本教育学会長　大田堯」／「持っている力大人は信じよう」／池田拓哉）

一・二三　（記）熊本日日新聞「花の億土へ」（映画）（「文明社会の行方など語る」／「石牟礼さんの映画上映へ　熊本市で」／浪床敬子）

（書）信濃毎日新聞（夕刊）「水俣事件」（「水俣撮り続け半世紀」／「桑原さんが集大成の写真集」）

一・二三　（書）東奥日報「水俣事件」（「水俣半世紀撮影　集大成の写真集」）

（書）産経新聞大阪版「水俣事件」（「メディア&アート」／「患者の苦しみ代弁」／『水俣』悲劇の記録半世紀」）

一・二四　（記）週刊読書人「新渡戸稲造」（「学術　思想」／草原克豪）

一・二五　(書)中外日報「京都環境学」(「中外図書室」／「神仏の教えが通底する京の神社と水俣の現場」)
一・二七　(書)産経新聞東京版「水俣事件」(「桑原史成さん　活動の集大成」)
(書)神社新報「和歌と日本語」(「読書」／阿部めぐみ)
一月号　(書)文藝春秋「最後の転落」(「わたしのベスト3」／野口悠紀雄)
(記)g2(石牟礼道子)(「石牟礼道子からの「手紙」」／高山文彦)
(紹)NARASIA Q「日本語と日本思想」(「まだまだある、近代をめぐる一〇冊」)
(紹)NARASIA Q「モノが語る日本対外交易史」(「東方の文化と風俗に驚く八冊」／井上章一)
二・三　(紹)公明新聞「日本経済は復活するか」
二・八　(記)朝日新聞(夕刊)「苦海浄土」(「忘れられない一頁」／田中優子)
二・九　(紹)山梨日日新聞「稀代のジャーナリスト・徳富蘇峰」(「BOOK出版」／「稀代の言論人を再評価」)
(紹)下野新聞「稀代のジャーナリスト・徳富蘇峰」(「新刊」)
(紹)宮崎日日新聞「稀代のジャーナリスト・徳富蘇峰」(「新刊ガイド」)
(紹)河北新報「セレクション竹内敏晴の『からだと思想』」
(記)下野新聞「日本を襲ったスペイン・インフルエンザ」(「県立図書館お薦め　ホンの教則本」／「インフルエンザと感染症」／「ウィルスの正体に迫る　『制圧』へどう闘うのか」)
二・一〇　(紹)公明新聞「稀代のジャーナリスト・徳富蘇峰」(「読書」)
二・一一　(紹)東奥日報「稀代のジャーナリスト・徳富蘇峰」(「新刊紹介」)
二・一三　(記)毎日新聞(石牟礼道子)(「くらしナビ・ライフスタイル」／「エイボン『復興支援賞』を新設、表彰」／山崎友記子)
二・一六　(書)毎日新聞「警察調書」(「今週の本棚」／「模倣を端緒に書く意味を問う」／富山太佳夫)
(書)毎日新聞「葭の渚」(「今週の本棚」／「楽園と近代の間に湧き出す豊饒なる言葉」／池澤夏樹)
(紹)大分合同新聞「稀代のジャーナリスト・徳富蘇峰」(「New 新刊」)
(紹)信濃毎日新聞「稀代のジャーナリスト・徳富蘇峰」(「新刊」)
(紹)静岡新聞「稀代のジャーナリスト・徳富蘇峰」(「ブックエンド」)
(紹)河北新報「稀代のジャーナリスト・徳富蘇峰」(「読書」)
二・二二　(記)西日本新聞「花の億土へ」(映画)(「石牟礼さん実録映画に」／「水俣病描いた作家」／「インタビュー二年」／向井大豪)
二・二三　(記)読売新聞「花の億土へ」(映画)(「石牟礼さんの映画上映　熊本　インタビューなど約二時間」)
(書)朝日新聞「渋沢栄一の国民外交」(「米・中・韓との関係改善に腐心」／片桐庸夫)
(書)熊本日日新聞「坂本直充詩集　光り海」(「読書」／「水俣とは」問う言葉の力」／田端洋昭)
(書)東京中日新聞「葭の渚」(「読む人」／「美しい水俣が育てた生命」／色川大吉)

四月新刊

＊タイトルは仮題

国家の自立と、国家からの自立

環

学芸総合誌・季刊
【歴史・環境・文明】
Vol.57
'14春号

〔特集〕今、「国家」を問う

〈座談会〉小倉和夫＋宮脇淳子＋小倉紀蔵＋倉山満

〈寄稿〉P・ブルデュー／宮脇淳子／宇野重規／榊原英資／佐瀬昌盛／田中克彦／西宮紘／松島泰勝／岩下明裕／木村知義／西垣通／立岩真也／苅谷剛彦／伊勢﨑賢治／鎌田慧／増田寛也／井上亮／速水融

〈小特集・日本近世・近代の国家観〉熊沢蕃山／工藤平助／林子平／渡辺崋山／高野長英／横井小楠／佐久間象山／勝海舟／山鹿素行／吉田松陰／渋沢栄一／井上毅／内村鑑三／徳富蘇峰／南方熊楠

追悼　辻井喬／堤清二さん

秋山晃男／石川逸子／岩橋邦枝／大石芳野／岡田孝子／尾形明子／加賀乙彦／黒古一夫／坂本忠雄／瀬戸内寂聴／財部鳥子／中西進／中村桂子／福島泰樹／福原義春／松本健一／三浦雅士／道浦母都子／武者小路公秀ほか

〈インタビュー〉「水俣の今」　緒方正人

〈寄稿〉『苦海浄土』誕生の地、壊さる」　浪床敬子

〈座談会〉「ユーロ危機と欧州統合のゆくえ」　B・アマーブル他

〈書物の時空〉芳賀徹／森崎和江／上田敏／上田正昭／新保祐司／高頭麻子

〈連載〉川勝平太＋芳賀徹／石牟礼道子／金子兜太／玉野井麻利子／石井洋二郎／山田登世子／小倉紀蔵／三砂ちづる／新保祐司／河津聖恵／能澤壽彦

オルタナティブな経済発展モデルを提唱

グリーンディール

自由主義的生産性至上主義の危機とエコロジストの解答

アラン・リピエッツ

井上泰夫訳

レギュラシオン理論を代表する理論家が、現在のグローバルな危機（金融危機とエコロジーの危機）は、一九八〇年頃から続いてきた発展モデル――自由主義的生産性至上主義の危機であると分析、オルタナティブで人類と地球にとって持続可能な発展モデル「グリーンディール」を提唱。

『資本論』の悶えを照射！

マルクスとハムレット

新しく『資本論』を読む

鈴木一策

マルクスと格闘すること半世紀。名著『資本論』の中に、キリスト教文明をはみ出したケルトの世界を発見し、シェイクスピアの全作品を自家薬籠中のものにしていたマルクスと、シェイクスピアが描いた『ハムレット』の世界に共通点を見出した野心的力作！

レギュラシオン理論で、アジアを見る。

転換期のアジア資本主義

責任編集＝植村博恭・宇仁宏幸・磯谷明徳・山田鋭夫

植民地から解放、経済成長をへて誕生した「資本主義アジア」。グローバル経済の波によって激変の時代を迎えるアジアの現在、そして未来は。

教育を問い直してきた思索と行動の軌跡

大田堯自撰集成（全4巻）

3　生きて――教育研究者の軌跡

推薦＝谷川俊太郎／中村桂子／まついのりこ／山根基世

既成の教育観を常に問い直しながら、「生命」と「学習」という二つの鍵に辿り着いた思索と行動の軌跡。

月報＝曽貧・星寛治・吉田達也・桐山京子・安藤聡彦・北田耕也・狩野浩二

3月の新刊

タイトルは仮題、定価は予価。

内田義彦の世界 *1913-1989* *
生命・芸術そして学問
編集協力＝山田鋭夫・内田純一
A5判 三三六頁 三二〇〇円

花の億土へ *
石牟礼道子
B6変上製 二四〇頁 一六〇〇円

生きる言葉 *
名編集者の書棚から
粕谷一希
四六変上製 一八四頁 一六〇〇円

不均衡という病 *
フランスの変容 1980-2010
トッド＋ル・ブラーズ 石崎晴己訳
四六上製 全カラー四四〇頁 三六〇〇円

英雄はいかに作られてきたか *
フランスの歴史から見る
A・コルバン
小倉孝誠監訳 梅澤礼・小池美穂訳
四六変上製 二五六頁 二二〇〇円

グリーンディール *
自由主義的生産性至上主義の危機とエコロジストの解答
A・リピエッツ 井上泰夫訳

マルクスとハムレット *
新しく『資本論』を読む
鈴木一策

転換期のアジア資本主義 *
［責任編集］植村博恭・宇仁宏幸・磯谷明徳・山田鋭夫

4月刊予定

『環』 歴史・環境・文明 57 14・春号 *
〈特集 今、「国家」を問う〉
小倉和夫＋宮脇淳子＋小倉紀蔵＋倉山満／ブルデュー／宇野重規／苅谷剛彦ほか

好評既刊書

大田堯自撰集成（全4巻）
3 **生きて**――教育研究者の軌跡 *

セレクション
竹内敏晴の「からだと思想」（全4巻）
3 **「出会う」ことと「生きる」こと** *
寄稿＝鷲田清一
四六変上製 三六八頁 三三〇〇円

震災考 2011.3～2014.2 *
赤坂憲雄
四六上製 三八四頁 二八〇〇円

「大和魂（やまとごころ）」の再発見 *
日本と東アジアの共生
上田正昭
四六上製 三六八頁 二八〇〇円

新版 **神々の村** *
『苦海浄土』第二部
石牟礼道子
四六判 四〇八頁 一八〇〇円

『環』 歴史・環境・文明 56 14・冬号
〈特集 医療大革命〉
葛西龍樹＋高岡英夫＋夏井睦＋三砂ちづる／金澤一郎／信友浩一／川嶋みどり／上田敏／藤田紘一郎／山崎泰広 ほか
菊大判 四五六頁 三六〇〇円

葭《よし》の渚 石牟礼道子自伝
石牟礼道子
四六上製 四〇〇頁 二二〇〇円

大田堯自撰集成（全4巻）
2 **ちがう・かかわる・かわる**
――基本的人権と教育
四六変上製 五〇四頁 二八〇〇円

岡田英弘著作集（全8巻）
3 **日本とは何か**
月報＝菅野裕臣／日下公人／西尾幹二／T・ムンフツェツェグ
四六上製 五六〇頁 四八〇〇円

稀代のジャーナリスト
徳富蘇峰 *1863-1957* 生誕一五〇年記念
杉原志啓・富岡幸一郎編
A5判 三二八頁 三六〇〇円

民間交流のパイオニア
渋沢栄一の国民外交
片桐庸夫
A5上製 四一六頁 四六〇〇円

*の商品は今号に紹介記事を掲載しております。併せてご覧戴ければ幸いです。

書店様へ

▼配本直後から好調な動きを続けております**石牟礼道子『葭の渚 石牟礼道子自伝』**が、**大反響忽ち3刷!** 2/16(日)『毎日』「今週の本棚」欄で池澤夏樹さんが「生きるということはかくも豊饒な営みであるかと嘆ずるばかり」と絶賛。2/23(日)『東京・中日』で色川大吉さんが「その独創性において、歴史に残る」と絶賛書評! 2月に復刊しました『**神々の村〈新版〉**』、今月3月刊でご案内の『**花の億土へ**』とともに大きくご展開下さい。▼**片桐庸夫『民間交流のパイオニア 渋沢栄一の国民外交』**、2/23(日)『朝日』書評欄で渡辺靖さんが絶賛、3/2(日)『日経』で寺西重郎さんが絶賛紹介! 歴史の棚だけでなく、外交や国際関係、社会企業関連など複数箇所でのご展開を。▼3/2(日)『毎日』書評欄で、**『叢書「アナール 1929-2010」歴史の対象と方法 III 1958-1968』**を本村凌二さんが絶賛書評! ▼昨年4月に刊行した元・水俣病資料館長坂本直充さんの処女詩集**『光り海』**が**第35回熊日出版文化賞**を受賞されました。貴店にありますか? （営業部）

坂本直充さん熊日出版文化賞

坂本直充詩集『光り海』が第35回熊日出版文化賞を受賞、二月二七日午前、熊本市のホテル日航熊本で贈呈式が行われました。

受賞者スピーチで坂本さんは「人とは何かを考えながら、水俣のことを伝えるために書き続けていきたい」と語りました。

（『熊本日日新聞』二月二七日付）

「参った」。これが読後の感想であり、その後にどう言えばいいのか、なかなか言葉が浮かんでこない。（……）それはおそらく、本物の「言葉の力」を前にしての無力感から来ているように思われてならない。田端洋昭氏

（『熊本日日新聞』二月二三日付）

石牟礼道子さんエイボン女性大賞

photo by Oishi Yoshino

石牟礼道子さんが、様々な分野で活躍する女性を顕彰する「二〇一三　エイボン女性年度賞」の大賞に選ばれました。

同賞は、化粧品メーカーのエイボン・プロダクツ（東京）が、女性の社会的活躍を応援することを目的に一九七九年に創設。これまでに婦人運動家の故市川房枝さんら一六五人が選ばれている。

石牟礼さんは、水俣病を鎮魂の文学として描き出した代表作『苦海浄土――わが水俣病』を刊行するなど、長年にわたって執筆活動を続けていることなどが評価された。（『熊本日日新聞』二月一日付）

●〈藤原書店ブッククラブ〉ご案内●

▼会員特典は、①本誌『機』を発行の都度ご送付／②（小社への直接注文に限り）小社商品購入時に10％のポイント還元／③送料のサービス。その他小社催しへのご優待等。詳細は小社営業部まで問い合せ下さい。

▼年会費二〇〇〇円。ご希望の方は、入会ご希望の旨をお書き添えの上、左記口座番号までご送金下さい。

振替・00160-4-17013　藤原書店

出版随想

▼早や春三月。今年は何か気ぜわしくじっくり梅を観賞する時も持てない。朝の散歩がなかなか出きない。齢六五を迎えた。初期高齢者？なのになぜか忙しい。「忙しいという字は、心を忘れると書くのよ」と教えてくれた人も居たが、肝に銘じたい。

▼石牟礼さんの自伝の動きが好調である。自伝といっても、『苦海浄土』誕生の頃までなので、正確には前半生である。本当は、現在までお書き願いたかったが、やはり今も「水俣（病）事件」の裁判闘争が進行中であるし、それ以降を書くとどうしても当事者名を続々と書かざるを得ない。そして、以降は、『苦海浄土』の第二部、第三部にも書いている……とか色んな理由から、この辺りでご自身の書下しは終わりとなった。しかし、最終配本となった『全集』別巻で、『苦海浄土』以降の石牟礼さんの生涯は、「評伝年譜」として伴走者渡辺京二氏にお書きいただいた（約一二〇〇枚）。感謝の言葉もない。

▼今、昨秋東京で試写をした映画「花の億土へ」が、熊本のＤＥＮＫＩＫＡＮという由緒ある映画館で上映されている。なかなか好評のようだ。ほっと胸をなで下ろしている。東日本大震災を挟む二年間に、撮影された石牟礼道子のラストメッセージである。「今、地球上では、解体と創成が同時に行われている」との言葉に、正直ドキッとした。新しい時代の幕開けには、旧い時代のものは解体されなければならない。必然である。旧い時代の解体を嘆き悲しむのか、新しい時代の創成を歓迎するのか。われわれが、どちらに重きを置くか、今一人一人が問われている課題だろう。（亮）

台湾総督小林躋造などを輩出している。源次郎氏はもともと伝右衛門の母方の従兄弟、十歳のときから幸袋伊藤商店に同居した。

夫人秀子さんが桑原家の出であり、色白豊頬のこのひとの上に、つねの面影をさぐることができる。

別世界の燁子

燁子と伝右衛門の結婚は、明治四十四年三月に挙式となった。ハルの死後、十か月目。

つねという女がありながら、伝右衛門はなぜ、正妻を迎えることを急いだのだろうか。

やはり燁子がたぐいまれな美女であり、出戻りの難点はあるが家柄は旧公卿、さらに、この見合いの話を伊藤家に持ちこんだのが高田正久という三井鉱山の実力者であったから、であろう。

つねは〝天神町の家で伝右衛門との別れを決意〟した。女ごころのなかには、燁子の存在を、到底かなわぬ相手とするよみも、あったかもしれぬ。長年住みなれた天神町の家をあとにするつねは、伝右衛門に、五十二歳の男の分別を見ていた。

そのころ、明治四十三年頃の伝右衛門は、筑豊石炭鉱業組合常議員、新手炭鉱社長、日本赤十字社福岡支部評議員という肩書きをあらたに加え、嘉穂郡立技芸女学校設立の全資金を負担している。

福岡ではじめての外車フィアットを購入して日の出の勢いの実業家であり、名誉職は目白押しの状況だった。妻をなくした直後に、〝二十余りの縁談〟が身辺に起こった。これは伝右衛門自身が新聞記者たちに語っている。

そのなかで、新妻の条件に、〝華族〟という身分をみつめ、心傾いていったとしても、奇異なことではない。まして仕事の縁が絡むとすれば、一蹴するわけにもいかぬところだ。

尽くしてくれた日蔭の女を、自ら捨てるような酷薄さは、伝右衛門には、なかった。

しかし、つね自身の意向で別れ話が持ちあがったとき、それをあえてひきとめることもしなかった。そして、つねに、一生暮らしてゆけるほどの手当てを、用意している。

身辺整理して、燁子との結婚にのぞむ。

伝右衛門の揺れる心情が、女には微妙にわかったはずである。

したがって燁子が伊藤家へきたときは、伝右衛門の身のまわりには、女っ気など一切なかったといえる。その前に、つねは迷わず、長崎へ、帰ってしまっていた。〝きれいな別れ〟であったと、桑原源次郎氏の証言である。

燁子は上野精養軒ではじめて、伝右衛門に紹介されている。九州の訛が出るのをおそれてか、無口で、愛想のない男という印象を受けた。端々の粗雑な動作が、坑夫から叩きあげた過去をしのばせた。

柳原家で肩身せまい立場にいるよりは、まだ見ぬ九州の土地で、自由に生きてみるのも一策のような気がする。

巨万の富をもつ男とならば、自分が理想としている学校や社会事業の仕事も、かなりできるのかもしれない。すでに、技芸中心の女子の学校が、伊藤の力で出発しているときいた。

……後妻にいくのは淋しいと思いましたが、自分も再婚の身ですから、そんな贅沢なことはいっておられません。……伊藤が女学校を建てているということが、ひどく私の興味をひきました。……たとえ無学でも、妻として自分ができる限り補ってあげよう。その代り夫の財産を人のため世のため役立つことに使わしてもらおう、という考えが、新しくわいてきました。

二十七歳の燁子は、どうせ平坦な道を歩くことはできぬ未来を予感していた。かえって伝右衛門のほうが、逡巡したようだ。返事を待つこともなく、福岡へ帰ってしまっている。見合いの席で感じた燁子の気性のはげしさは、ハルにも、つねにも体験したことのないものだった。ひとを見る目には自信があるのだが、はかない風情の美しさにも惹かれていた。

（飾りもんと思えばよかろうが……。二十五も年下なら子どもと同じ、人形でよか）

結婚式は、東京日比谷大神宮で、二百余名の客をよび、盛大に行われた。媒酌人入江為守、信子。母の隠居所に燁子がとじこめられていたとき世話してくれた姉夫妻である。

式のあと、大量の荷物を汽車で先発させ、ふたりは奈良、京都へ旅した。京で、伝右衛門の芸者遊びがはじまり、燁子は早くも別世界にすむ夜を過ごした。生活、出自、あまりに異なる男女が、心にそれぞれの思惑を持ちながら、九州へ向かう旅である。一等車のなかで伝右衛門は傍若無人にふるまい、さかんに飲み食いする。燁子は、口も利けぬほど疲労の極みにいた。

「伊藤には、子がいないときかされていた」と、燁子はのちに語っている。妻ハルを一年前になくし、その間には子がめぐまれなかったと。これは事実そのままだ。

しかし、伊藤家には、二人の養子と一人の実子（シズ）がいた。

幸袋へ着く前、直方を汽車が過ぎたあたりで、燁子は、伝右衛門の養子八郎と、対面した。このときのようすを、伊藤八郎氏は次のように記している。

「明治四十四年三月、当時私は小学校一年の終り頃である。継母（燁子）が父につれられて幸袋に初めて来た日のことを少し記憶している。

私は誰かにつれられて多分直方まで迎へに行った。久留米絣の着物に小倉の袴——これは当時男の子の礼服であった。……父が、これが八郎と云った様だったが、継母は口の中で『そう』とか云う様なつぶやきだけで表情もくずさず何も声もかけてくれなかった。

私も無愛想な顔でじっと新らしい継母となる人の顔を見て居た様である。当時は小竹から幸袋までの短い支線にも一、二、三等と客車があって今考えると、その小さな一等車の中の父と継母と私の何か切ない場面を私なりに思い出すと云うより創造《（ママ）》出来る。

沢山の人がついて居たが、今の私にはこの三人の外は全く思い出せない。

幸袋に着いて小さな駅舎を出た時の一コマを忘れない。父が先に立って出たが駅前は人でうづまって居た。出迎へる人でなく、珍らしいものを見るための人である。六歳の子供にもそれはよくわかった。

父がステッキを強くではないが左右に振りドイテドイテと云い乍ら進み継母は無表情な顔でそのあとを歩き私はその又あとをついて行ったが私達一家が見世物にされて居ると感じて大変いやな気持だったことを覚えている。

私は多分顔を真赤にして恥かしがって居たと思う。それから何日後か或いは可成後のことか銀行支店裏の空地で大きなテントを張って披露宴があったが前の勲章祝の時の様に心がうきうきしなかったことも心のどこかに残っている。……」(『わが家の小史』)

燁子の心のうちは、波立っていた。財産相続人の金次が、明治大学に在学中。シズは小学六年である。八郎に、ほほえむこともできなかった新妻は、おそらく、自分が突然に母となる身とは、予想もしていなかったにちがいない。

幸袋の伊藤家は、商店・事務所を兼ねていたから、大勢の使用人がいた。言葉もちがい、慣習もちがう。せめて夫の財力で、思うままに社会事業をしてみたいと後半の人生を描いていた燁子としては、目論見も大きく狂いはじめていた。

祝宴は三日に及んでいる。燁子の着物の裾模様を見せるために、ときどき席を立って立ち姿をみせろと、伝右衛門が要求したりした。

高貴の身の女を人形のように飾りたて多くのひとの目にさらす——伝右衛門の、男としての感覚からすれば何の違和感もないことだった。むしろ、地域の人たちに披露することが、燁子のため、と信じていた。

しかし、燁子は屈辱を感じつづけたようである。むしろ、地域に染まぬことが、燁子にとっては意地となった。

まもなく伊藤商店の改築がはじまっている。

それまでの伊藤家は、〝道路側も格子で、夏になるとこれを取りはずして道側にバンコを置いてゴザをしき〟、そこで近隣の人たちといっしょの夕涼みをたのしんだ。

ところが、改築後の伊藤商店は丈高い塀をめぐらしてしまった。東側の空地も買収して広壮な邸宅の体裁をととのえたが、地域に対しては、一線を引く存在となった。おそらく燁子の意向を、大幅に受けいれた改築であったと思われる。

燁子は、伊藤家にきてひたすら忍従の生活に甘んじたようにいわれているが、けっしてそうではない。かなり積極的に、伊藤家のなかで、家風の改革を試みた気配がある。燁子の性格からすれば、これは当然の成りゆきだった。

伊藤家周辺を取材してみて、燁子の実像がはっきりと浮かびあがってくる。〝女中頭おさきにいじめぬかれて〟、さいしょから四面楚歌の状況があったと、燁子自身も後年ひとに語り、そのことが伝右衛門との間に溝を作りつづけたと信じられているが、伊藤家では、むしろ、燁子旋風が吹きあれた明治四十四年後半であったようだ。

まず、言葉が改められた。

「家族間の呼方はそれ迄と一変させられた。『おとっちゃん』『おっかしゃん』は、『おとうさん』『おかあさん』に『あんちゃん』『あねしゃん』は『にいさん』『ねえさん』に……言葉づかいは使用人に対しては大変きびしかった。父母はじめ家族のことは『お上《か》み』で、使用人は『お下《しも》』と云ふ様にきびしく仕付けられ、女中は父母が寝室に入ると正座して襖を閉め『おやすみあそばせ』と額を畳につく位に下げて云って居た」

八郎氏は、右のように記している。そのことが、友だちに知れぬよう、わが家だけが友だちの家とちがう家庭生活になったことがはずかしくて、〝そのような場面を見られぬよう〟気をつかったりした。

筑豊のヤマ育ちの気風をきらって、公卿のことばづかいを持ち込んだ燁子に対して、使用人はしだいに心が遠ざかる。

そのころ伊藤商店には、経営に手腕をふるっていた赤間嘉之吉（のち国会議員）支配人がいた。女中たちが、伝右衛門や燁子の前で〝赤間さん〟とよぶことを、燁子はぴしりと叱る。〝赤間は旦那様の使用人ですよ〟といい〝赤間〟と呼びすてにするように強いたりした。

四面楚歌にしていったのは、むしろ、燁子のほうであったのかもしれない。

身心病む男

当時、伊藤家に、ふたりの少女がいた。ひとりは、伝右衛門の実子シズと、いまひとりは、伝六の妾ゆきの子である初枝。このふたりを、燁子は、自分の母校である東洋英和女学校へ入学させている。初枝の場合は、それまで通っていた直方の女学校をやめての〝転校〟だった。

このふたりに、燁子は、かなりの愛情を注いだ。のちに、宮崎竜介との出奔のきっかけともなる燁子原作『指鬘外道《しまんげどう》』の本読み風景をうつした一葉の写真があるが、このとき初枝も同席していて、竜介と燁子の間に座を占めている。

東京に学ばせたことも、ただ名門の女学校という体裁だけではなく、女ゆえにぜひとも最先端の文化を享受させたいと、自らの過去にてらしたねがいだったと思われる。

「……将来大きな望みをかけてあった、初枝さん、静子さん、この両嬢……卒業後これにめあわすに鉄五郎、秀三郎の両氏を迎えられたが、この二組の夫婦さえ白蓮さんの真の味方で無かった、これは白蓮さんにとって大きな見込み違いであり、痛手であった。……」(『白蓮さんを偲びて』)

桑原源次郎氏は、このように記している。燁子が幸袋へ嫁いできた年に、桑原氏は早稲田に入学、それまでずっと伊藤家の家族同様であっただけに、燁子の孤立もありのまま目に映ったという。だが、その桑原氏が、幸袋の家で、伝右衛門、燁子に、はじめて挨拶したときは、「新婚直後の御機嫌の良い御二方」と、明記している。

伝右衛門は、燁子のいうことを、できる限り受け入れていたと、推察できる。さいしょから、燁子に対して針の筵が用意されていたとは到底思えない伊藤家のふんいきである。

むしろ、伝右衛門は、燁子によって、ふり回され、苦しんだのではないか。

彼は、粗野であっても、心根はやさしかった。何とか燁子の意にそうように努力したことが、たとえば店の改築、家じゅうの言葉づかいや慣習の変化にあらわれた。

伊藤八郎氏とおあいしたとき、さいしょにうかがった言葉がある。

「いまとなれば、白蓮事件は、冷静に受けとめることができます。私の家内は、燁子と縁つづきでもあり、父と母のことは、双方の立場に立って考えることができるようになりました。ただ、忘れることができないのは、あの結婚のあと、父が、胃潰瘍を病みましたことです。おそらく、母とのことが、心の大きな負担となっていたと思われます。……」

しずかな口調で話されたが、取材の私にとっては鮮烈な事実である。

先入感としてあった伝右衛門像は、証言のなかで次々にこわれていく。出自あまりにかけ離れた新妻を、いたわり、なやみ、身心病むほどに気をつかった男の姿が、浮かびあがる。

姦淫する自由

明治四十四年十一月、伝右衛門は結婚後半年を経た頃である。久留米を中心に陸軍大演習が実施されることになり、明治天皇の行幸が行われた。

伝右衛門は〝フロックコートにシルクハット、胸には勲章〟の正装で、久留米の町の目抜き通りで、幼い八郎氏を連れて天皇の馬車を待っていた。そのとき、近くの見も知らぬ家に突然伝右衛門が入っていき、上がり框におかれていたみかんを食べ、その土間にみかんを吐き出してしまう。当然その家の主人が怒り、しきりにあやまる父をみて、小学二年の八郎氏は、ひどくかなしかったという。

夜、久留米の宿に一泊、麻生太吉氏といっしょの部屋に寝て、伝右衛門所有の鉱区での訴訟問題が話題になったことを八郎氏は記憶していて、次のように記す。

「……父が胃潰瘍で天神町の別邸で療養して居たのはその翌年の春か夏であったろう。前記の鉱区訴訟問題で苦悩して居たのではないだろうか。更に私の勝手な想像を加えると継母と結婚して一年前後の頃に当る。継母は継母なりに全く異質の地域と家庭に一人で嫁して大変な苦心があったであろうし、父は父として外見的には華やかな結婚をしたものの、継母と家庭、又家庭をとりまく周囲との間で大変な心労をしたのであろう。

顔に出すものはいなかったであろうが、周囲の人々は一人として此の結婚を内心祝福しては居なかったと思う。若い頃の父は表面にやさしさを出す様な処はなかったが、内心はナイーブな処があって、このことでも心労して居たことと思う。

……どれ位の期間療養したかも覚えて居ないが可成長く福岡の家に寝て居た様である。父は食物はよくたべたが酒はほとんど呑まなかったから、訴訟問題と再婚による家庭生活のストレスが原因の様に今は確信をもって言える。……」

伝右衛門は、長崎に去ったつねとの甘美な思い出が残る天神町の家で、明治から大正への境の年を病み臥る身となっている。

男の胸に去来するのは、天井の木目に、襖に、たたみに沁みついた、別れた女の気配であったろう。しかし、ひとこともグチはいえぬ立場にある。燁子との結納金二万円とさわがれて、脅迫沙汰なども起こったとき、伝右衛門は世間に対してはっきりと公言していた。

「九州の炭掘でも無教育の男でも、炭掘には炭掘だけの人格がある積りです。金で買った結婚などといはれては柳原家に対する大侮辱であり、この伝ねむの男が廃ります」

（大阪朝日新聞、大正七年四月十六日付「筑紫の女王」文中再録）

後戻りはできぬふたりである。燁子も、この胸中はおなじであったにちがいない。身辺に、せめて自分が育ったと同じ、柳原家や北小路家の慣習を持ちこんでみても、家の造りを変えてみても、女中頭の権勢を削いで配置替えをしてもらってみても、さびしさは癒えるわけではなかった。

〝周辺の人々は一人として此の結婚を内心祝福しては居なかった〟伊藤家の空気を、誰よりも敏感に、花嫁自身が感じとっていたはずである。

燁子が、短歌の世界に深く傾斜しはじめるのは、このころから、である。それまでは、手すさびのうたに過ぎなかった。うたはたしなみであり、教養のひとつとしてとらえていた。師佐佐木信綱の心も惹かず、上流の女たちが門前市を作ったという竹柏園歌会の、おびただしい歌作のなかの目立たぬうたを詠んでいたに過ぎない。

燁子は、短歌のなかで、気ままに恋し、姦淫する自由をもとめた。

伝右衛門との生活は、その不倫を、自由を想定する、またとないアンチ・テーゼとなった。はじめて燁子は、翔びはじめる。伝右衛門を踏み石として、悲劇の女を描きはじめる。

舞台に不足はなかった。燁子はおそらく、さびしさの底にいて、充実していた。

歌集『踏絵』

燁子が、短歌で頭角をあらわしたのは、明治末から大正二年にかけてのころ。『心の花』に、たたきつけるように激しい作品を、発表しはじめた。

歌作りは、もともと北小路家の養父に手ほどきを受けていた。それは、ふるい和歌の道に類したものだった。北小路の家から、破婚となって逃げ帰ったのが、明治三十八年である。丁度、明星派全盛の時代。出戻りの身を、柳原の継母の隠居所にとじこめられて、夢中で読み漁った文学書のなかに、鳳晶子の『みだれ髪』(明治三十四年八月刊)などがあり、燁子は、ひそかに歌を作りはじめていた。

しかし、当時晶子の作風は、〝人の道にそむくもの〟とみなされていて到底師事することは許されない。東洋英和に通うようになった燁子が、姉入江信子に連れられて入門したのは、佐佐木信綱のもとである。

信綱は、明治における和歌革新の旗手をつとめ、落合直文、與謝野鉄幹らと並んで、人間の心情をあるがままにうたいあげる〝短歌〟を確立した。だが作風は穏健で新旧折衷の立場にたち、東大で万葉集を講じている名声もあって、いまの文京区西片町にあった佐佐木邸の前は、竹柏園歌会につどう上流婦人の姿が群れなしていたという。

『心の花』は、その竹柏園の機関誌である。『明星』が自然主義の波に押されて終刊に追いこまれたのが明治四十一年。しかしこの年に『スバル』が出て、なおけんらんとした浪漫派の流れが大正へとなだれ込む。

竹柏園にも、たとえば……

北の海余市の林檎
見めこそはよからずといわめ
余市の林檎
山風は
枯木立吹き　枯野吹き　海に走れり
船出すな今日

このような作品をよむ石榑千亦《いしくれちまた》らがいた。

燁子に、白蓮となのることをすすめたのは、佐佐木信綱自身であったといわれる。福岡から送られてくる燁子の歌稿は、なまなましい日常のあらわれをそのままうたいあげていた。実名で発表するには、あまりかと思われる。白蓮の雅号を用いてはどうか、と信綱は配慮した。

柳原白蓮第一歌集『踏絵』が出たのは、大正四年三月五日のことだ。装幀・口絵を、竹久夢二がうけもち、十字架にはりつけになったキリストと、その手前に憂いをたたえた女、背景に街並がひろがるトビラ絵で、巻頭を飾っている。

一頁二首組みの豪華本。三百十九首を収めた力作である。與謝野晶子の『みだれ髪』以後の作品と比べれば、『踏絵』の白蓮のほうが、はるかにあでやかで、憂愁のかげも深い。この処女歌集一冊に、白蓮は人生のすべてをこめた気配すらある。処女作というのは、おしなべて、そのようなものかもしれないのだが。

幻の恋

この本の冒頭に、佐佐木信綱が、五ページにわたって、切々と『踏絵』の主、柳原白蓮を紹介した。次のように——。

白蓮は藤原氏の女なり。「王政ふたたびかへりて十八」の秋ひむがしの都に生れ、今は遠く筑紫の果にあり。「緋房の籠の美しき鳥」に似たる宿世にとらはれつつ、「朝化粧五月となれば」東紅の青き光をなつかしむ身の、思ひ余りては、「あやまちになりし軀」の呼吸する日日のろはしく、わが魂をかへさむかたやいずこと、「星のまたたき寂しき夜」に神をも志《し》のびつ。或は、観世音寺の暗きみあかしのもとに「普門品よむ声」にぬかづき、或は、「四国めぐりの船」のもてくる言伝に悲しぶ。半生漸く過ぎてかへりみる一生の「白き道」に咲き出でし心の花、花としいはばなほあだにぞすぎむ。

げにやこの踏絵一巻は、作者が「魂の緒の精をうけ」てなれしものなり。而して「試めさるる日の来しごと」くに火の前にたてりとは、この一巻をいだける作者のこころなり。

古来女歌人おほし。しかしこれを作者にたぐへつべきを求めむか、建礼門院右京太夫をはじめ、平安朝才女の作は、感傷のひびき或は似たれども、作者に見るが如き情の強さと力となし。この点に於いては、むしろ狭野茅上娘子をもて代表としつべき万葉集の女歌人に似たらむ。

さはれ、その夢と悩みと憂愁と沈思とのこもりてなりしこの三百余首を貫ける、深刻にかつ沈痛なる歌風の個性にいたりては、まさしく作者の独創といふべく、この点に於いて、作者はまたく明治大正の女歌人にして、またあくまでも白蓮その人なり。

ここに於いてか、紫のゆかりふかき身をもて西国にあなる藤原氏の一女を、わが踏絵の作者白蓮として見ることは、吾等の喜びとするところなり。

ねがはくはこの一巻永く天地の間に留まり、作者がわれと吾に与へむ「物語ぶみ」となりて、とこしへに生きむことを。

大正四年一月

佐佐木信綱

『踏絵』は、白蓮を第一線の歌よみの座へ、いっきに押しあげる役割を果たした。まぼろしか、うつつか、推しはかればたしかに現実と符合する世界を、幻のように、歌に托した白蓮である。

誰か似る鳴けようたへとあやさるる緋房の籠の美しき鳥

よるべなき吾が心をばあざむきて今日もさながら暮しけるはや

寂しさのありのすさびに唯ひとり狂乱を舞ふ冷たき部屋に

わがために泣きます人の世にあらば死なむと思ふ今の今いま

或時は王者の床も許さじとまきしかひなのこの冷たさよ

この『踏絵』出版のために、伝右衛門は〝六百円〟の費用を負担した。当時としては巨額のものだった。

その伝右衛門とのあいだの、男と女のかかわりを、燁子は克明に、うたにしていた。文字をよむこともなく、歌ごころの一片ももちあわせぬ夫だからこそ、歌集は、こともなく世に出たといえる。

縦横にことばを駆使する才気にめぐまれた白蓮は、虚々実々のベールのなかで、目の前の事象をうたいつづけた。

短歌は、それが可能な世界である。たとえば、斎藤茂吉五十三歳のとき、年若い弟子永井ふさ子に、綿々と恋うたをおくるが、——アララギに出すとすると西洋のマドンナか何かにかこつけて、ごまかしましょうか、と打ちあけて、次の二首を並べている。

きさらぎの二日の月のふりさけて悲しき眉を思う何故

ヴェネチアに吾の見たりし聖き眉おもふも悲しいまの現に　（『寒雲』）

茂吉が、マドンナに仕立てた恋びとに照明をあからさまに当てているのに比べて、白蓮の場合は逆転する。恋の相手となる対象はさまざまに四散して、うたい手である白蓮自身の姿だけが、鮮明に浮かびあがる。

この手法は、與謝野晶子の場合も共通している。もっとも晶子は、夫鉄幹を慕いつづけ、対象を四散させる必要はいささかもなかったのだが。

おんな歌に共通する技法を、白蓮はすでに掌中にしていた。だからこそ奔放に、人間の愛憎をうたうこともできた。

しかし、夫伝右衛門に対して、燁子のこころはいたみつづけていたはずである。

おゆう身代り

燁子が、京都から小間使いとして、おゆうをよびよせたのは、丁度この歌集出版の前後と思われる。

いま、京都四条畷通にひとり住居の野口芳栄さんが、伝右衛門を見知ったのが数え十歳のとき。それは、芳栄さんの母親おさと（野口さと=伊里の女将）のもとへ、伝右衛門がしばしば通うようになったときである。おさとの妹おゆうは、その三年前に、幸袋の家へ奉公に出た。現在満七十四歳の芳栄さんの年から逆算していけば、ほぼ大正四年あたりに、さかのぼることができる。

このころの伊藤家の内情を知る唯一のひと桑原源次郎氏は、『白蓮さんを偲びて』のなかで、次のように記している。

「白蓮さんの家出に対して……白蓮さんの手記に書いてあったと聞く、十ヶ年にわたって遂に心からの味方を得られなかったその第一が夫からの愛情で、とあったそうだが、私をしていわしめるなれば、それは白蓮さんに大きな責任があった。というのが京都の……野口おゆうさんと里子さんを、白蓮さんがすすめられて伊藤家に呼び寄せ、自分が夫に充分つくし得ない夜のつとめを公然と……任かせて仕舞ってあった。……今一つ挙げたいのは、白蓮さんをして、こんな破目に落し入れたものは何であったか。それは……短歌そのものではなかったかと思ふ。白蓮さんの自記に『私は飾りものか』とか『主人は味方かと思っていたのに』とあるも、主人よりも何よりも歌作りが一番可愛かったもので、『悲しき妻の座』とも言われているが、実はそれが自慢であり、身上であり、詩作上の一枚看板ではなかったかと思う。

白蓮さんの詩友としては九大耳鼻科の久保猪之吉先生や同夫人よりえさん、それに福岡鉱山監督局長野田勇氏夫人もえ子さんその他であって、九条武子夫人とも盛んに文通されていた。

従って白蓮さんは、之らの交友に重きを置かれ、夫との交わりや家事は二の次のものであったと思われる」

おゆうは、そのころまだ、はたち前のういういしさだった。

燁子の身のまわりの世話をする、そのために幸袋の伊藤商店へきた。出入りの運転手某の世話だったという。

地元出身の女中では、燁子が気に入らなかった。京の女の立居振舞いのおゆうを、燁子は溺愛している。鞍馬山の北小路家でのわが身を、おもい出していたのかもしれない。

そのおゆうが、正式に伝右衛門の妾となったのは、一年たったころだった。それも〝奥さまに、たってと、のぞまれて〟、おゆうは承知している。――姉さんの苦労をみていて、少しでも助けになるならと思ったと、姉にいったそうだ。

姉のおさとは、そのころ京都で、男と別れてひとりの女児を育てていた。のちに舞妓里菊となる野口芳栄さんのことである。

燁子は、すすんで伝右衛門とおゆうの間をとりもった。――同じ寝所で、夫が女を抱くこともあったと、のちに周辺のひとに燁子がもらしているが、当時の伊藤家のようすから察すると、おゆうしか、あてはまる女がいない。

外での女遊びはいつでもできたはずの伝右衛門が、わざわざ家のなかで、燁子以外の女を抱くとなれば、それは燁子公認のおゆう、ということになる。

むしろ、そのような状況を設定したのは、燁子自身ではなかったろうか。

おゆうは、はじめ、伝右衛門に何の関心も持たぬ娘であった。しかし、からだの関係ができてから、本気で伝右衛門を慕うようになった。

そのおゆうを、燁子がことのほかだいじにしたということは、どのように屈折した女ごころのゆえか。

燁子は、おなじ家のなかに、おゆうを置いた。濡れ場のすぐ近くに身をおくことも、むしろ燁子によって、はかられたことだったのではないか。

悲劇は、すすんで仕立てられ、構築されていった気配がある。

文学の上に描きだした自らの生き方は、そのうらづけが何としてでも必要だった。燁子にとって、多分、短歌は、文学は、至上のものであり、そのイメージが、現実の生活を逆に規定していったとも考えられる。

伝右衛門との夜のまじわりを絶つことは、まず第一の条件であったろう。

では、燁子は、何をしていたのか。

ただ清潔に身を持して悲しみに耐え、聖処女のように生きていたのだろうか。

否、といいたい。奔放に、恋をした女でなければ、あの歌群は生まれてこないような気がする。

取材のなかで、この思いが、私をとらえつづけた。

筑豊、九州、京都への旅を、何どか重ねたあとに、十一月も末の雨の日、大藤敏三氏を、東京吉祥寺のお宅に訪ねたときのことだ。

氏は日本医科大学名誉教授。歌人で、森鷗外の研究者でもあり、いまは好子夫人（平岡浩太郎氏孫）としずかな学究の日を過ごしていられる。実は、福岡時代の白蓮と親交あった九大久保猪之吉博士夫妻のことを知りたくて、探し求めたはてに、愛弟子大藤氏のお名前が浮かんできた。

久保博士はすでに故人だが、耳鼻咽喉科の世界的権威として知られ、瀟洒な外貌、しかも歌よみであり、よりえ夫人と燁子とは、ことのほか心打ちとけていた仲である。

大藤氏は、ためらいながら、ふしぎな話をされた。

「弟子の身で、何もいえないのですが……、久保先生のお宅が、仏壇のローソクの火を猫がたおしたことが原因で、全焼したときがありましてね。私はすぐに、焼跡にかけつけたのです。その折、半分黒こげになった手紙の束を発見しました。

相当に部厚い束で、久保先生の紛れもない筆跡、それも白蓮さんからの手紙にこたえたものです。ほどけば、ボロボロになってしまいそうな紙ですから、大切に保存してありますが……

公表は、できないのです。

ただ、その書簡、久保先生の文面から察しますと、日ごろ切々とした白蓮さんからの手紙がよせられていて、それに対して先生の香りのある筆で、淡々と抑えた返事が記されておりましてね。

ただ、その間の心のやりとりは、たしかにうかがえるような気が、いたします。

宮崎さんとのことが起こって、白蓮さんが身辺を整理されたときにひとまとめにお返しになられた書簡ではないでしょうか。」

控えめに話される大藤氏だが、メモをとりながら、私の胸はしきりにさわいだ。

外は、沛然と篠つく雨だ。

ゼラニウムの花を愛したというより江夫人と久保博士が、自宅庭先でより添い、咲き乱れる花のあたりに一匹の猫がたわむれている、おだやかな写真を見せていただいた。

白蓮の、あえかな姿が、その上に重なる。

親友の夫に、ひそかにふみを書きおくる。魔性のうつくしさを帯びた、奔放な女。……

第四章　浮舟

燁子には、生ま身の性へのはげしい悶《もだ》えが、身中にうづまいていたようである。たとえば彼女自身の性のあかしともなる、次のような文章がある。

「……やるべない全身をすっかり投げ出してしまふにふさわしい広い、豊かな、屈強な胸、真赤な血液を、どくり、どくりと煮《に》やしてゐる心臓のおと！

こぼれおちそうな力をたたえたもろ腕。

アクアマリンのような瞳、濡れたまつげ、山ぶどうのようにうちふるえてゐる乳房、乳房！すべて両者の感覚系統が、百パーセントの満喫をかんじる恋愛こそ、讃《ほ》むべき哉《かな》。

プラトニックラブの仮面は、もうよほど以前に剝がれてゐる筈ですのに、彼と彼女は、さらに彼らをとりまく人たちは、まだまだ恋愛の、精神的方面のみに重きをおいて、さらにさらに重要な、物的方面、感覚的方面を見のがしてゐはしないでせうか。

彼は、すでにゆるされた彼女の前には、何ひとつ恥づるところなく感覚本能を捧げるべきでせう！彼女も、同じやうに、掻靴の念《おもい》を捨てて、彼にいだかれてゆかなければならないでせう……」（『恋愛論』）

のちに、宮崎竜介と結ばれたあとの、大胆な筆である。これこそ、燁子のなかに埋もれていた思いであったろうし、伝右衛門とくらした日日が、この下敷きとなっていることは容易に想像できる。

……わるい病気を、あのひとに伝染《うつ》されたことがあったの。医者にも通った。これほどの屈辱はなかった。

伝右衛門が、遊里に入り浸ることが多く、夜の要求は、気位高い燁子を、責めさいなむ。そのなかで病をうつされたことは、夫婦のあいだを決定的に引き裂いたようである。

おゆうを、夜のつとめの身代りに立てることは、そのためにも必要なことだった。

枕を三つ並べて寝る。燁子が自ら招きよせた地獄である。はじめは人形のように、燁子のためにとふるまっていたおゆうが、やがて本気で伝右衛門に抱かれていく姿を、燁子は平然と眺めることができたのだろうか。

崖の上に立つ

このあたりの夫婦のあいだの赤裸々なひめごとを、燁子は、大阪毎日記者の北尾鐐之助に、何もかも打ち明けていた。

百人の男の心破りなばこの悲しみも忘れはてむか
吾なくばわが世もあらじ人もあらじまして身を焼く思ひもあらじ
妬《ねた》みせで海なす胸に広々と人の恋をもよしとたたへぬ

多くの〝男のこころを破る〟ことは、美貌で才女の燁子にとっては、たやすいことだ。それこそ妻の目の前で、若い女を愛撫する夫への、何よりの仕返しとなる。

燁子は、福岡時代十年のあいだに、はじめはかりそめの恋をして、しだいに恋を仕掛け、たのしむ、魔性の女となっていった気配がある。

このことは、北尾への手紙のなかでも告白している。さまざまの男と出あい、交わした文、きわどいいきさつまで、北尾には明かしていた。北尾夫妻は、福岡市内のあかがね御殿別邸のすぐ傍に住んでいて、燁子は幸袋の本邸から福岡の町へ出てくると、すぐに立ち寄ることを習慣にしていた。

燁子をとりまく男たちのなかで、北尾だけは、情事を話せる、相談できる、別格の存在であり、のちの出奔事件のとき、大阪毎日の面目を北尾が一身に背負って強気に出るのも、この日頃の関係から推せば当然の自信だったといえる。

宮崎竜介との恋愛にしても、さいしょのうちは、これまでの多くの場合と同じ、北尾に、その〝たわむれにも似た〟経過を、さらりと報告していた燁子である。

あるとき燁子が「自分には何故から、いろいろな噂の影や、誘惑の手がつきまとふのでせう」と尋ねたのに対して、「あなたが良人をののしるからだ。あれではあなたは誘惑を求めようとしてゐるやうなものだ、あなたはもつと、ご主人のよいところを探して、吹聴するやうにしなくては……」と書き送ったのに対して、燁子氏から来た手紙の返事を、北尾は、『婦人公論』（大正十一年二月）誌上で公開している。

「……昨日は寝ながら、しみじみと、あなたのお言葉を考へました。そして、そこによこたわる自分を冷たい目でもって眺める。何という執念深い女であらう。あなたならずとも憎まずにはおられない。

私も最初からこんな女ではなかった。少くもここに来た十年前の私は、こんな女ではなかった。その当座も、さまざまな人の嘲罵の的にはなったけれど、初《うい》々しい優しい女心を包んでゐた事は、よその花嫁とあまり変りはありませんでした。

もっとも、その前、二十一になるまでに、あはただしう経た世の中への最初の踏みそこなひ、それは主に皆目上の人びとのなした悪意もないあやまちとは云へ、私としては実に涙の洗礼を受けました。

それから諦らめといへば諦らめだが、今より浄《きよ》い、しほらしい心で嫁いだ私は、あの人を真実愛してやらうと思ってゐました。そして、そこから私の生活の意義ある生涯を送りたいものと、真実、その心持はかあいさうなほど純なものでした。

その心には、年も身分も、ただしは教育の有無など問題ではなかったのです。

私はその足りないものが、私の生涯助けて行く自分の意義ある生活ともなれるのだとまで思ひつめてゐました。

丁度私は善良な伝道師が、神の道を伝へる心持のやうに荒れたる野を耕す考へでした。そこになまいきな不純な心もあったかもしれぬが、その報酬として、第一に愛を求めた。それは当然自分は愛さるべきものとして何の疑ひも持ってゐなかった。神の目から見たら、その心がまづ第一に憎むべきものであったかもしれぬ。

私はどんなに失望しましたらう。その当然愛さるべきものと、何物よりも愛せらるべきものと定めてゐたのは、大変な間違ひであったと知った時の私のおどろきやう。恨みの果ては死を思ったのも、その時でした。『あなたがもっとえらければ……』そのお言葉をきいたとき、私は寒気立ちました。ほんに私はあの時……されば今頃は……。

世の中の人びとがよくまちがった目で私を見るやうに、私の常の行ひは、すべて常軌にはづれてゐる。それで漸くはじめて、私の身も心もおたがいに平均を保ってゐることができるのです。

この頃、夫が私にやさしくなったのもそのため、私がここに昔よりも住みよくなったのもそのため。これぱかりは昔の聖者の教へにもない、まして、女学校なぞで教へられた行ひと全く異ってゐます。

今の私は、神や仏の教へにしたがい恵みに育つ神の子でもありませぬ。

私は悪魔の涙に濡れてゐます。

たまたまの浮名のかげにも、同じ自分といふ一人の女、愛さるべしとおもひし人には仇のやうな恨みをもち、何の交渉もないはずの人からは、たとへ、その日その日の出来心にもせよ、純な情の言葉を聞く、その時、私は、もっとも危い崖の上に立つものです。

此の世、少くも自分の生れた場所において、人に誇るに足る程の血、同じ血を持ってゐる人びと、そのいとしさにも亦泣かされます。その時、その恐ろしい崖の上に、わずかに踏み止まる私！

あなたがみても憎からう、私は知ってゐます。その、こんな女に対する憎しみ、罵りの御心を。それでも、私は、私の心をあなたに訴へて、同情の涙を注いで下さいとは言はぬ。なぜならばあなたはあまりに善良な方、私は悪魔の涙にぬれて生きてゐる女ですもの。……」

福岡に嫁いできて、十年、と回顧している文面から察すれば、宮崎竜介との恋は、すでに起っている最中であり、しだいに、退《の》っ引きならぬ状況へ、自分を追いこみつつあった時期かもしれない。

千々に乱れるものを、抑えかねた筆のはこびである。

〝浮き名〟を流し、あやうい〝崖の上〟に立つ自分をみつめ、〝悪魔の涙にぬれる女〟と、自らをいためつける言葉を、くり返している。

このころ、仕事のあいまのお茶代りに、と称して、燁子は日に二、三枚、あるいは五、六枚も、つづけて書きとめた葉書を、北尾の許へ送ってきている。自分をさらして、いくらかの心の安堵を得ようとしていたのか。

〃崖の上〃にふみとどまることのできぬあやうさを、自分のなかに直感していた燁子であったようだ。

筑紫の女王、絹のハンカチ▨

宮崎竜介と伊藤燁子のふたりを結びよせたものは、大正七年春の大阪朝日新聞、『筑紫の女王・燁子』と題した十回に及ぶ大型連載だった。

この連載は、ある事件を契機として企画された。

白蓮の名は、『踏絵』発刊（大正四年）によって、中央歌壇にかなり知られてはいた。しかし、あくまでも文学の世界、歌よみの間でのことである。

大正六年暮から翌七年の春にかけて、筑豊疑獄事件が起こる。——中央からの出先機関であった福岡鉱務署長、野田勇の上に、各炭鉱主からの贈収賄が行われたとする嫌疑がかかり、検察が調査にのり出した。

もちろん、伊藤伝右衛門も召喚された。

野田署長は、大正七年三月八日、〃悲痛な告別の辞を残して〃、検事局に拘引の身柄となった。

夫人もえ子は、燁子にとって、久保猪之吉夫人よりえと同じように、親友の間柄である。そのもえ子にも、取り調べがはじまった。

〈大阪朝日、大正七年四月一日付夕刊、福岡電報〉

「野田鉱務署長夫人百江子は、三十一日岡谷検事の取り調べに引き続き、吉村予審判事の取り調べを受け、同日午後五時過ぎ帰邸したり。

百江子夫人は、各炭鉱家より野田氏に対し、呉服券またはその他の物品を贈りし場合には、かならず之に対し、相当の返礼をなせることを日誌に控へ居る由にして、今回の召喚は主として、伊藤伝右衛門氏夫人あき子より中元見舞として三百圓の呉服券を贈れるに対して、返礼として、五、六十圓の物品を贈りしに就き、単に両夫人間の社交的儀式にとどまるか、あるいは之に託して伊藤氏と野田氏の間に不正の関係を結べるに非ざるかを、証人としてただされし由にして、あき子夫人の召喚を見るに至るやも計られずと……」

燁子は、ためらわず、法廷の証言に立っている。いつも手離さぬ絹のハンカチを持ち、嫋々とした姿で証言するその姿を、マスコミが見逃すはずがなかった。

はじめて、公けの場にあらわれた燁子をとらえて、大阪朝日の、派手やかな連載が、直後にはじまる。四月七日付の開始。

歌人白蓮の評判は、これによっていっきにたかまり、「筑紫の女王」の虚々実々のはなやかな風説が、世をかけぬけた。

……あれは、持ちあげたようで、結局は揶揄《やゆ》されたんだね。いいエサになったものさ。

白蓮さんから、のちにこの言葉を、私は直接きいている。さびしげな口ぶりだった。

燁子の生活を微細にしらべあげ、こころにぐさりとくるものを、この連載は容赦なく満天下にさらしつづけたのである。

「強記なる読者の脳底には、今から七年前に突如として伝へられた、誰も思ひ設けぬ不思議な花便りが、まだ微かに残つてゐる筈である。伝ねむさんと燁子姫、釣りあはぬ縁と呪はれたそれも早や七年前の語り草となった……」

「殉教者の如くに清く美しく君死なばや白百合の床。ああ、君死なばや白百合の床？　誰にか読める？　何をか読める？」

「人伝へていふ〃良人伝右衛門氏に対しては貴族的の本性をあらはに見せて之をいとい避けんとすること甚しけれど一般に対しては極めて平民的に又やさしく温和なり〃と」

「彼女もまた多情多恨のひと、恋をうたうことすでに幾十百首、頑屈な儒家などその歌の一つ一つを見せたなら、彼女すでに空しといって、摺鉢のやうな目をむこう。燁子はかうした道学者に対して、冷やかに枯木の如き偽りは人の道としいふべきやなほ」

「燁子は常に自分の部屋に鍵をかけている。そして伝右衛門氏が夜中、すずろ心のとめがたくノックすると、燁子は厳しくこれを咎《とが》める。〃誰ぞ〃〃伝右衛門なり、伝右衛門にて候〃ガッシリとした声がドアを通してきこえると、彼女は忽《たちま》ち美しい眉をひそめて答へもしない。

さる昵懇《じっこん》の人は、燁子が伝右衛門氏に嫁して七年、後底の夜を共にするなしと。いふ事も答ふることもわが外の世界に住みて今日も暮しつ」

「彼は彼女を永久に解する知識と感情とを欠き、彼女は彼を許す雅量と温情とを永久に欠く。ふしぎな縁でなくてなんであらう」

「ではあるが、彼女は伝右衛門氏が不倶戴天の仇敵といふ訳ではない。……人は言へり。〃伝右衛門さんが病気のときは奥様はじっとその枕許について、良人のご苦悩を慰めるため、大石内蔵之助、栗山大膳、その他の小説の内できはめて理解しやすいものをえらび求め、一緒にこれをお読みになるさうです〃緋桃咲く夕べは恋し吾が夫《つま》も吾を妖婦と罵しれる子も」

「またいふ〃伝右衛門さんはどうにかして燁子さんの意を迎へやうと、伝右衛門さんの智恵で出来るだけのことはしていられるのですけれども、金殿玉楼何かあらん庭園の美何かあらん、燁子さんにはかへってそれがうるさいのだそうです〃」

「夫人の身の上に不祥な疑ひの雲がかかったことがある。某博士との交りあまりにも親密なりと。美を妬む流言か否か。夫君これを耳にして天地もために崩るるかの如くおどろき、彼の女に哀訴して社交を節せんことを乞ふ。燁子憂悶して、斯くてなほ御疑のはれぬ日の吾の身いとしきもの狂ほしさ、神にして許し給ふや時の間のその束の間の盲《めし》ひし心……これ、その疑ひを裏書きするものにあらずして、而して切なる悔悟の辞ならずんば、伊藤家のために幸なり」

「――いくたりの浮かれ男の胆《きも》を取る魔女ともならん美しさあれ、げに彼女の歌集の大半は恋歌を以て満たされている。……いたづらに恋を恋する人といふか。汝は人妻ならずや。さても伝ねむさんの胸の広さよ。……」

ゴシップ種が埋められた連載だが、かなりの取材のあとが背後にうかがわれる。

奔放な恋のうたを世のなかに発表した大正四年の『踏絵』出版のときから、燁子には、世間に身をさらす覚悟が根づいていた。

伝右衛門もまた、〝常軌を外れた〟世界に棲んでいる。

おゆうが病を得て京に去ったあと、その姉のおさとと、あらたに関係を持つようになっていた。おさとの証言（九州日報所載）によれば、伝右衛門の妾になってくれと懇願したのは、燁子奥さまだった、ということになる。

夫婦のかかわりは、底知れぬ闇のなかだ。

京都の「伊里」料亭におさとを囲い、そこを唯一の休息の場にしていた伝右衛門である。さらに、大分県別府にある伊藤家別荘にも、しばしば芸妓を連れて出かけたりする。

燁子は、心のうちではげしく嫉妬し、屈辱を感じていた。愛してもいない男の行為だが、それが自分の夫であり、自分の身体で慰め得ぬ性の吐け口であることに、怒りを感じた。しかも、女をとりもつはからいは、自分自身で果たしている。

矛盾である。その矛盾が、作歌のバネになった。

桑原源次郎氏が、取材の私に話してくれたことがある。

「白蓮さんは、性的に潔癖でした。どんなに恋うたを詠んでいても、身を崩されることはなかった。私は丁度青年のころで、しかも同じ家に住んでいる。そのあたりのことは、よくわかっているつもりです。……」

同じように、北尾鐐之助氏も書いている。

「燁子氏はよく恋愛神聖を説いた。恋も肉に墜ちてはそこに何らの悦楽もなく、ことに、さうなった暁にはかならず醒《さ》める。その醒め際が、何とも云へぬ不愉快なものだと……」（『婦人公論』）

せめて精神の上のラブに終始することで、燁子は、〃常軌を外れた〃生活にひそかなハドメをかけていたようである。

その苦しさが、かえって幾多の恋の遊びを生んだともいえる。竜介との出奔でハドメが取り払われたとき、はじめて、この章の冒頭に掲げた『恋愛論』の主張——感覚的な男と女のまじわり、官能のうつくしさに酔うことができたのではないかと、私はいま、そんな気がしている。

奔放な女としての燁子に、あまりに光をあてすぎたようだ。

——私は最初から、こんな女ではなかった。少くともここに来た十年前の私は、初々しい優しい女心を包んでいたと、燁子はいった。よその花嫁と、けっして変わることはなかった、〝魔性〟の女ではなかった、と。

『踏絵』が出る前。幸袋の家での、燁子の姿が、当時小学二、三年生だった伊藤家嗣子八郎氏の目に、映りつづけている。

——ある日、学校の帰りに、幼い八郎氏が突然便意をもよおし、家に辿りついた途端に、もらしてしまう。泣き出したところを家人になぐさめられながら、風呂場へ連れていかれた。

そこには燁子がいて、後仕末をきれいにしてもらい、からだも洗ってくれた。〝こんなことしたら、赤ちゃんみたいで、おかしいよ〟と、いいながら。その表情をみて、〝子供なりにホッとした〟と八郎氏は述懐する。

不浄をきらう公卿育ちの燁子が、何とか、母になり切ろうと努力していた時期であったろう。

万華鏡のように

ある夜、伝右衛門と燁子に連れられて、九州大学のフィルハーモニーの演奏会へ出かける。九大榊博士が、フィルハーモニーの創設者であり、燕尾服の正装、長身、金縁眼鏡の上品な紳士然とした氏に迎えられて、静かに席についた。小人数の会であったらしい。ところが、演奏のさ中に、父伝右衛門が、着物のたもとから煎餅をとり出し、〝ポリポリ音をたてて〟食べはじめた。

席は最前列のまん中、父は、私（八郎氏）にも食べんかと煎餅をすすめる、子ども心にその場の雰囲気を察して、八郎氏は断わるのだが、構いなく、伝右衛門は間食をやめない。

燁子は、そんな夫をふり向きもせず、きっぱりと正面を向いたままであった。どんなにかそのときの母は恥かしかったことかと、八郎氏はあざやかに、覚えているのだ。

〝ここらにも父と継母の間には埋めがたい大きな溝があった〟と、『わが家の小史』のなかに記している。

このような〝絶望〟は、限りなく燁子をおそったことだろう。〝愛されてさえいれば……〟と、北尾に語った言葉がある。伝右衛門とすればせいいっぱいの〝愛〟を注いだにちがいない。しかし、ふたりの世界はしだいに、心の上でへだたるばかりだったようだ。

そのいら立ちが、周辺につらく当たる燁子となってあらわれる。

ある日、幸袋本店で、三、四十帖もある台所が、人でいっぱいになっていたことがある。〝法事かなにかあって〟――近所の人たちまで手伝いに来ていた。小学校から帰ったばかりで、にぎやかな台所をのぞいた八郎氏は、手におにぎりを持たされた。〝いりこのあじ御飯〟のにぎりだった。それを食べながら食堂の前まできたとき、燁子と出あう。〃なんですか、八郎、立っておにぎりを食べるなんて乞食みたいじゃないですか、そんなことをするとお母さんていわせませんよ、おばさんていわせますよ〃。

人の面前で、母といわせない、と叱られた、これほど悲しいことはなかったと。

〃まわりの人たちのなかに、私の実母がいたようです。その記憶はないのですが、ずっとあとになって、この話を実母にしたとき、あのときは便所にかくれて泣いたと、打ち明けられましてね。私にとっては、母を燁子と思いこんでいたときでしたから、小学三、四年ごろだったでしょうか、つらい思い出ですね〃。

心屈したものが、そのときの燁子にあったのか。このころ、伝右衛門と燁子は、ふたりでしばしば上京することが多く、そのときはひと月余の滞在になることもあった。古河鉱業との提携がはじまっていた。

大家族とはいいながら、父・母不在のさびしさを味わった八郎氏の少年時代であった。

風説が伝えるように、『踏絵』のうたが示すように、燁子は、夫に対して、驕慢な妻であったのだろうか。

むしろ、〃実によく尽した妻〃だったと、北尾鐐之助は観察している。

たとえば福岡市内の別邸に出かけているとき、北尾の家で話しこんでいて、伝右衛門帰宅をひとが知らせてくる。そのときの燁子のあわてよう、いそいで帰っていく姿をみて、北尾の妻は〝いまどきの奥さまに珍らしい〟と感心している。

「……尽すという心持の中には、伊藤氏に対して絶対の服従心を持ってゐたからであった。世間の何物よりも、伊藤氏の一顰《びん》一笑が苦労であった。何よりも伊藤氏の怒りが恐ろしかった。時によっては、その恐怖の有様は、ほとんど病的でないかと思はれる位のものがあつた。

世間に伝わるように、〝伝ネム、伝ネム〟と呼び捨てにするの、夜の帳を閉ぢて入れないなどといふやうなことは、全く思ひもつかぬことであった」と、北尾は記している。

――伊藤氏が長く寝そべって、うちわ使いでもしてゐるかたはらに、なまめかしく、くの字形に、身を寄せて、小説本など読んで聞かせている燁子、食卓を囲んで、つまらぬ冗談などをいいながら、伊藤氏にぶどう酒をさしている燁子、いずれも、北尾がつぶさにみた夫妻の姿である。

〝伝右衛門をおそれていた燁子〟の姿は、たしかに納得できる。よほどのいさかいがあると、燁子に、〝出て行け〟、〝出してやる〟と、叩きつけるようにいった伝右衛門だったと、燁子自身が告白しているからだ。

出戻りの身で再婚して、もはや、帰るべき家は、燁子にはなく、生活の力もなかった。

……遠賀川で、身を投げようと思ったこともあるの。あのあたりの風景は、かなしい。

のちに宮崎家のひととなってから、歌仲間に、そんな話をした。伝右衛門をおそれる気持ちのうらには、恨みが裏打ちされていた。

女中の前で、燁子は、夫からなぐられかけたこともある。家を出て、近くの鉄道線路をさまよう。何ども死を思った。

かりそめの、行きずりのひとでよかった。異境で、自分をなぐさめてくれるひとならば、誰でもよかったのだ。

浮気は、復讐だった。何もかも自分の胸のうちを打ち明け、相手をみるみるその気にさせる。

北尾はさらに書いている。

「彼女の周囲にはたえず何物かの異性がゐた。甘い手紙が絶えず彼女の空虚な心に、軽い満足を与へた。

彼女はそれをまた、さういふ男達の手紙を、平気で人に見せた。私など、ずい分だと思はれるものを、しばしば見せつけられた。中には知名の人が沢山あった。今度の宮崎氏のものも実はその一つであった。……『今の若い人達にも困ってしまふ』と、思ひあがったやうに、呟いたことを私はなほ記憶してゐる。

彼女を取り巻く異性も、始終かはっていった。ほとんど枚挙にいとまがなかった。〝あまり多くて、どれがどれやら分らぬから結局よいじゃないの〟こんなこともある時放言してゐた。……年来の激しい復讐心《ふくしゅうしん》、悪魔のやうな残虐性をいら立たせてゐる一方では、すべてのものに愛を及ぼそうといふ慈悲心、女性らしいやさしい心持とが、始終あふれてゐる人であった」
——自分が死んだら、ぜひ伝記を書いて、と生い立ちのころから、あらゆる関係あった男性のことまで燁子が微細に話していた北尾だけに、出奔事件の翌年に発表されたこの白蓮像は、かなり正確なものであり、燁子自身も当然読むことを想定して事実に即したものではなかったかと、私は想像する。

仕掛けた恋

実はこのような白蓮を実証する新資料が、ごく最近、『週刊朝日』一九八一年五月一日号に、スクープとして掲載された。

時期としては、大正七年十月から、大正八年八月までの間、宮崎竜介が燁子の前にあらわれる半年前までに、燁子が、五歳年下の陸軍中尉藤井民助氏との間に交わした、熱烈な恋文である。

藤井中尉は、第一次世界大戦終結直後のシベリア出兵の日本軍陣営のなかで、たまたま伝右衛門の実子シズの婿である伊藤秀三郎と知りあう。縁つづきからいえば、秀三郎は、燁子の養子(女婿)にあたる。日頃、歌に惹かれ、白蓮の作品にも接していた藤井中尉は、戦地から、燁子あてに、あこがれにも似た手紙を書き送った。

それに対する、燁子の返事である。この当時三十四歳の女盛り。はじめから、相手のこころをとらえて、しだいに幻の恋から現実へとひき込んでいく見事な技法が、この一連の手紙にすべて、尽くされている。

この過程は、同時に、燁子のさびしさも露呈する。〝良妻賢母〟であろうとする世間並みの〝奥様〟と、〝燁子・白蓮〟はそうではないと。自らの日常を、〝常識〟と文学の上で一線を引き、奔放な燁子・白蓮でありたいとねがった本心が、ありのまま、語られている。

第一信から、第十五信まで、恋のうつりゆきを示す貴重な恋文を、通して読みつづけてみる。

〈第一信（大正七年十月三十日）〉

「けさ『秀三郎のお母様』っていう手紙が宝珠山から天神町の私の手許へ遙々とシベリアの人から、ずい分遠回りして来ました。

私の名を何と呼ぼうかって、そんなこと私が何と呼んで下さいなんていえますか。心の裡で呼ぶ名なら馬鹿とも悪魔とも色々あります。

但し、私も名前を持っています。中には白蓮尼なんて。白蓮大姉には一寸驚きました。筑紫の女王はいや、お断りです。

あなたは燁子様と書いて下さいな。そして宝珠山を通らずとも真直に出して下さいましな。

実は私はまだあなたの御名字をしらない。そして戦地にはどういう風に書いて出すのかもしらない。

唯、シベリアの野に居る人、民助様というお名を知ってるだけ。

寒いでしょうね。……あなたはなぜ手紙かくのを心配するの。戦さの中に毎日を送るあなたですもの、どんな事だって許されましょう。せめて戦地においでの間は、あなたが勝手にお育てなさる、美しい偶像の一人。

さわれば破壊されます。逢えば崩れます。何だか少しつむじ曲りのあなたがお痛わしい」

「……私は世間の貴婦人や何々会員の様には慰問袋を作ったり、ほうたいを巻いたりはまだしたことがありません。不忠な女かもしれません」（同第一信別掲）

〈第二信（大正七年十一月八日）〉

「ほんとうにシベリアはどんなに寒いでしょう。あなたのお手紙を読みますと何だか妙な淋しさがとめどなく湧いてきます。

あなたは世間が見えすぎなので悩みが多いのだろうと察します。

生死の中で戦っている人、わけても無情も有情も悟った人の悩み、思っただけでも胸が痛みます」

〈第三信（大正七年十一月二十八日）〉

「とうとうシベリアの端から御手紙が来ました。奥様ですって。成程人は伊藤燁子と呼ぶ代りにそう呼びます。けれども白蓮とは、また別の人なのです。

私はそう思つています。

奥様は忠実なる良妻賢母。あなたがお帰りになって家へお客様に来て下さるとこの奥様が出て来ます。そのつもりで……」

〈第五信（大正七年十二月二十日）〉

「絵のような夕やけの美しい様子に、いつまでも妬ましいような気もします。

花の頃にもなればお話伺えるかしら。一月中は伊勢から東京へ出たいと思っています。いずれは旅でもいたしましょう。

うたたねの枕にしきていねしよりこの文悲し恋ならねども

人を待つそぞろ心もあわれこのあるかなきかの我身いとしき

女とし生れ甲斐ある一時の其の罪死もて報いるべしと

君のため命悲しく思ひしは我あやまちの終りなりけむ

（短歌二十一首同封）」

〈第六信（大正八年一月十五日）〉

「久しくお便りがないのでどうなさったかと御案じしてました。

もしや、もしや、もしやと思ってもどこへ聞いてよいのやら……。あなたと私識っているのは、あなたとわたし……。

新潮社から本を出します。送ります。

白蓮という名は大嫌いですが燁子で出せない歌があります。

　刃に添へる影は一つに足るものを二つに並ぶ罪のまぼろし

そんなのはくちやかましい修身の先生に叱られます。ところで白蓮という名を気にくわぬなららここは泣いて下さい。後生です。

晶子夫人ならば専門家です。私なんぞと並べられますか。

春帰っていらしったなら唄をうたって聞かして下さい。その美しい娘さんと仲よくお遊びなさいまし。

（追伸）

あなたに手紙を上げるのは不謹慎ではなかろうか（などと）何も悪いこともしないのにビクビクしてそんな風に御書きになるのはいやですと、政岡の方でお断りですとさ」

〈同じ日に、第七信〉

「どうせ切手を二枚はるならばと、二通認めました。

ほんとに甘えん坊でおやんちゃで手におえない大きなお坊ちゃま。見た事もないおばさんに勝手なことばかりいって……。

東京から何を送りますか。

須磨（松井須磨子）も死にましたね。
死花が咲きましたね。
死は全てのものを美しく清めますね」
〈第九信（大正八年四月十三日）〉

幻の偶像

見た事もない私をなんでそのように
おどおどとした様子
私は何もかもしっています
幻の偶像となって抱る私と
私はあなたと遭いますまい
活きた顔は見せますまい
この像にお手を触れたなら
忽ち破壊されます　崩れます
それが悲しく傷ましい
いつの世までも遭いますまい
いつの世までも思われたさ

詩だけはどなたにも御見せ下さいますな。御覧後は破って捨てて下さいまし。

どういう時どうして作られたか此の世の限り問うて下さるな。

もしもあなたが世の常の恋と思うてよりそえば私は拒みます。もしもあなたが偽善者のなすごとくその戒律を守るならわたしはあなたに迫ります。

悪魔の悪鬼の羅刹の毒々しい恋をもって」

〈第十一信（大正八年六月二十六日）〉

「久しぶりの御手紙。……内地の人らはあきっぽい。初めのうちは慰問袋だ何だと大騒ぎして大事にしてくれたが、近頃サッパリだと兵隊が恨んでいたと新聞で見たこともありましたっけ。私も丁度同じように見られたと御恥しく存じました。

日本に御帰りになったら、早速お知らせ下さい。楽しみにしています」

〈第十二信（大正八年七月二十日）〉

「御目出度くお帰りになりまして凱旋の勇士を迎える言葉を何といってよいやら、思いのほか早くお帰りになりましたね。

お手紙が小倉からきたのでびっくりいたしました。

秀三郎とぜひあなたを御招待したいと話し合いましたの。私にお土産なんていりません。

可愛らしいロシアの娘の物語を聞かせて下さいまし」

〈第十三信（大正八年七月二十四日）〉

「シベリアの御土産相受取りました。

金の十字架は秀三郎が帰ってきたら私が頂くつもり。あの人にはよすぎる。しゃれすぎる。あの中に含まれた心をだれか悟ろう。

私はあれが好き。昔から血と恋の象徴。これは何うしても私のものでしょう。有難う」

〈第十四信（大正八年七月三十日）〉

「別府へは八月十日すぎになります。別府の方へお出で下さいませんか。

お嫁様おもらいになりますの。奥様がおできになったら、とてもおいでになるまい。それなら、その前に」

〈第十五信（大正八年八月七日）〉

「あなたのように女の純潔を尊んでくれる男がたんとあろうか。

出きる事なら恋をしてから、おもらいなさい。結婚してからの恋は余りに悲惨なものだし、一生誠の恋も知らずに義務的に結ばれた仲がなんになりましょう。

第一先方に意中の人でもあったらなおさら不憫なもの。日本娘は親子周囲に縛られています。

こうして間違いのない生涯を目出度く送ったとて、再びかえらぬ命なのに惜しいことをしたとどうして思わずにいられましょう。

だけど、あなたは奥様をお持ちになったら可愛がって上げて下さいまし。

今迄の男は余りに酷にすぎました。女の目には泣いてもないても足らぬ涙があります。

ああ生活の道を知っていたら――。

愛情の前に抗することはできません。そうするに足る人がないのなら、どうぞ一生でも独身でいて下さい。

女が可哀想だからもうお目にかからぬあなたでしたね。こんなことをいってしまって――」

桃の実ふとる

八月十日すぎにあうことを期待しながら、最終信は、八月七日付となっている。別府に逢いにくることを、男の側でこの間にことわるいきさつがあったと見られる。

近よれば拒否するといった燁子が、さいごには身も世もなく逢いたがり、それを避けた男へのみれん極まりない手紙。誇りを捨てたひとりの女が、くだくだと書きつづった手紙。第十五信は、その心のあやが、いたいほどに浮かび出ている。

愛のきもちを赤裸々に示した大正七年末から同八年早春にかけてのころは、燁子が、「筑紫の女王」朝日新聞連載後の余波を受けて、仕事の上でもっとも充実していたときである。

〝幻の偶像〟の詩は、大正八年三月発行の詩集『几帳のかけ』の中に収められている。シベリアの雪のなかにいる恋人へ丁度、あつい思いをこめたかと思われる「雪の日」と題した詩がある。(『几帳のかけ』)

火桶の中に呼吸つく紅き桜炭のほのほ
静かに音もなく降りしきる雪
君の言葉はことごとく詩にして
花辨の降る如く我が胸につむ
折々シネラリアの呼吸するごとくふるえて
我が思ひ静かに音もなく君の心の上に
山もなく谷もなく
ただ清く深くましろに覆ひ
……かへりの道を忘れしむ

手紙に記されている新潮社云々とあるのは、歌集『幻の華』の出版で、これも『几帳のかけ』と同じ、大正八年三月のことだ。

売れっ子になりかけていた白蓮が、めんめんと綴った十五通に及ぶ私信。情熱がほとばしり出ている。

この中に一行、「ああ生活の道を知っていたら」の言葉は、おそらく、当時の白蓮のもっとも切実な本心だろう。

どんなに恋をしても、さいごの行為ができない。すべてをふり捨てて、そのひとと結ばれる決意ができない。伝右衛門によって養われることを、断ち切るわけにはいかなかった。

のちに宮崎竜介を出奔の相手に選んだことについて、北尾あての手紙に、燁子は次のように書き送っている。

「M氏（宮崎氏のこと）のことは、さぞ淫奔な女だと、お驚きになったのでせう。しかし、自活といふことの出来ない自分には将来のことも考えなくてはなりませぬ。

妻ある夫、夫ある妻、それらの人で、家へ来てはと云ってくれた人もありますが、それらの人の家にはいって、将来どうなるかといふことも考えなくてはなりませぬ」

〝生活〟は、あらゆる恋のハドメでもあった。

久保猪之吉博士へのあこがれも、燁子のなかではけっしてふとらせてはならぬ〝桃の実〟であり、それだけに、苦しさはつのって、ひそかな手紙の往来のなかで感情を処理していったと思われる。

出会い

大正八年秋。宮崎竜介と出あう前年に――ひとつの恋が消えて、燁子は身軽になる。別府の別荘であいたいと女の側から誘いをかけながら、それに応じぬ男がいたことは、燁子にとって、いわば〝失恋〟である。

しかし、白蓮の名は、このころ世上に高まるばかりのとき。東京の出版社から、歌稿や原稿の依頼、口絵写真の取材などが相次ぎ、文人たちの訪問もにぎやかだった。

このころ、一編の詩劇を書いた。仏教の説話にヒントを得た『指鬘外道《しまんげどう》』である。

――燁子が短歌を発表する『心の花』に、大正五年ころから、ひとりの閨秀歌人があらわれる。「秋の夜」というペンネームだった。

夜くればものの道理をみな忘れひたぶる君を恋ふと告げまし
家をすて我をもすてん御心か吾のみ捨てんおんたくみかや
雨がふる涙のやうな雨がふる寂しやこよひとくいねてまし

〝白蓮〟とおなじ、けっして本名では明かせぬ激情のうただ。作者は、九条武子。「麗人」ということばは、当時、このひとのために生まれた。良人九条良致がヨーロッパへ遊学して帰国せず、別離の孤閨にのこされた思いをそのまま、うたいあげていた。

片方で、西本願寺法主大谷光瑞の妹として仏教婦人会の象徴的存在を果たしている武子である。白蓮と武子が親交を得たのは、同じ『心の花』同人としての歌の縁もあったが、出自も同じ日野家の出、境遇も、容姿も似通い、別府の伊藤家別荘でふたりがうつっている写真などが婦人雑誌のグラビアを飾ったりした。

武子は、最初から夫の良致とは気に染まぬ結婚を強いられていた。切々と夫をおもううたを発表してはいるが、心の底ははたしてどうだったのか。夫との間にあえて悲劇を創りあげていった過程があったのではないか。

燁子が、『火の国の恋』にも発表し、縷々書いている九条武子との交流の資料によれば、家門のための結婚を強いられた悲哀はありながら、独り身の活動をたのしみ、夫良致との同居を望まなかった武子の心情が察知できる。

なんとふたりは、共通した境涯と文筆の世界に棲んでいたことだろう。

この九条武子との接触による仏典からの影響、さらに見逃せないのは大正六年に発表され、一世を風靡した倉田百三の『出家とその弟子』。このあたりに深い示唆を受けて、燁子は、はじめての詩劇『指鬘外道』を書いたものと思われる。

原稿が〝持ち込まれた〟のが、東京日本橋の、大鐙閣という本屋である。

〃持ち込まれた〃という表現は、出奔の相手である宮崎竜介自身が、そのように記している。当時、大鐙閣が発行する雑誌『解放』の責任編集を受けもっていた竜介だった。どこから〃持ち込まれた〃のか、もともと大鐙閣は、講談本などを出していた版元である。歌よみの燁子にとっては無縁の本屋だったが、ただし、筑紫の女王の連載で、〃踏絵の白蓮〃はあまりにも有名だった。

〃一度もあったことはないが、白蓮の名は承知していた〃当時の竜介である。

出会いの糸が、ここで漸く結ばれた。

大鐙閣の支配人面家《おもや》荘佶《そうきち》から〃『指鬘外道』を本にするために序文がいる、福岡まで出かけて、白蓮女史と会ってきてほしい〃と、竜介はたのまれる。

九州と聞くだけでなつかしい、父祖の地熊本の荒尾にも立ち寄れるだろう。

大正九年一月。竜介は西下した。

東大新人会出発

世のなかは激動していた。

大正五（一九一六）年一月、東大教授吉野作造は、『中央公論』誌上に、

「国家主権の活動の基本的目標は政治上、人民に在るべし」（「憲政の本義を説いて其有終の美を

済《な》すの途を論ず」）

民衆のための民衆による政治＝民本主義を説いて、デモクラシー理論を展開した。

この年九月から十二月にかけて、大阪朝日は河上肇の『貧乏物語』を連載、

「驚くべきは現時の文明国に於ける多数の貧乏人である。……国は著しく富めるも、民は甚しく貧し……」

——富者に対して倫理的自覚を説き、まず〃人心の改造〃により貧富の差をなくす、貧乏は人の力で変えてゆけるものだと、貧しき人むれをふくめて世の不合理に胸たぎらせていた人びとへ切々と訴えた。

民衆は、自らの存在に気づく。

大正六年春からの米価高騰にはじまって翌七年夏富山県魚津町から発した女房一揆がみるみる全国に飛火して空前の米騒動となり、富者の足もとはゆらぎ、普通選挙要求運動が翌八年にかけて、各地の国民集会となって急激に盛りあがっていく。

大正八年二月十一日、東京神田青年館の普選要求大演説会で、與謝野晶子のメッセージが代読された。

〃学生会社員労働者官吏など各種の階級を網羅した聴衆五千余名、定刻前すでに寸隙なきまでに押しつまりもみつもまれつの盛況、場内はなお雪崩を打って詰めかくる聴衆が千余名ひしめき

あっているさわぎ……〃（『国民新聞』）のなか、である。

「日本の婦人が治安警察法によって禁錮状態にある限り、今日のやうな政治的の集会に際し、私は、私の魂のみを、文筆に託して送る他ありません。……」

女は、選挙権どころか、一切の政治的集会に会同することを禁じられていた。あらゆる女性解放運動——たとえば廃娼の動きなども、すべてこの普選獲得によって曙光をみると晶子は主張した。まもなく、この年くれに、平塚らいてう、市川房枝による新婦人協会が出発することになる。

宮崎竜介は、東大弁論部に身を置いていた。当時の弁論部長が、吉野作造である。

大正七年秋、東大と京大が、合同の弁論部演説会をひらくことになり、京都へ出かけた。メンバーは、吉野以下、赤松克磨、福田敬二郎、野中徹也、石渡春雄、そして竜介。京大からは高山義三、田万清臣らが加わった。

帰途、金沢へ立ちよるが、この旅の途中で、「新人会」の発想が生まれてきた。

「……ロシア革命の直後でもあり、私たち学生は社会変革に対する一種異様な情熱にとらえられていたと思います。

『日本はこのままではいけない。現状打破のためにわれわれも何かやるべきではないか。弁論部で雑然としゃべっているだけではラチがあかない。気の合ったもの同志で、もっと革命的な会を作ろうじゃないか』……」

竜介は右のように回顧している。

連日、東大前の「鉢の木」という洋食屋にあつまり、「新人会」を大正七年十二月に出発させた。同志は、佐々弘雄、新明正道、門田武雄、細野三千雄、三輪寿壮、嘉治隆一、林要、麻生久、山名義鶴ら、三十名余。

この発足まもないとき、普選要求の学生大集会の帰途、竜介は、渡辺政之輔によびとめられる。亀戸の永峰セルロイド工場の労働者渡辺と、〃理論と思想〃だけで食べていた新人会の宮崎が、ここで出あい、ためらいもなく労働現場へとびこんでいった学生たちだった。運動は、永峰を中心に各地のセルロイド工場へ波及した。〃行動する新人会〃の充足感を、竜介は味わった。

やがて大正八年二月、この実践を理論的に支える「黎明会」が、学者間に生まれる。吉野作造、大山郁夫、福田徳三、堀江帰一らが参加した。そして、黎明会の機関誌『解放』の発刊を引き受けてくれたのが、日本橋の本屋、大鐙閣である。

大正デモクラシーの爛熟期とはいいながら、〃社会主義〃〃民主主義〃のことばを使ってはならぬ時期に〃変わりダネ〃の本屋であったことはまちがいない。

まことに人を恋ひそめぬ

大正九年一月末の別府の町。湯煙が、ひなびた町並を包んでいる。海をのぞむ山手南面に、伊藤家の別荘があった。白梅がほころびはじめていた。このあたりは、人家もまばらになる。

地底の湯にあたためられている町だが、早春の風がつめたい。別荘を、あかがね御殿とひとはよんでいた。

敷地五千坪、松風に包まれた宏大な邸だ。

どの部屋からも、庭園を通して海が見え、高崎山、立石山が、借景となってひろがる。

竜介は、学生服姿で燁子の前にあらわれた。

燁子のろうたけた美しさを目のあたりに見た竜介だが、このときは、何の心も動いていない。ただ、『指鬘外道』の序文のことで事務的な話をしただけで、とくに印象に残ることもなかったと、のちに書いている。

しかし、燁子は、ちがった。

感受性するどい彼女は、この若い、一介の学生のなかに、全く別世界がひろがっていることを感じとる。

金力にあかせて建てた別荘に、これまで燁子を訪ねてきた男たちは、数しれずあった。贅を凝らした応待をよろこび、燁子を讃美して去っていく。共感と迎合を示すだけで、際立った抵抗を感じたことはない。

竜介は、ひと晩、別荘に泊って、話をした。新人会のこと、セルロイド工場での実践、ブ・ナロード（人民の中へ）の運動。別世界のできごとを垣間見た燁子は、眠れぬ夜を過ごし、翌朝ふたたび鹿児島本線に乗る竜介を、はるばる小倉駅まで、見送っている。

燁子の心は、ひたすら波立ち、竜介は〝さほど印象に残ることもなく〟、ふたりは別れた。

竜介は、つめたくさえ見えた。

文学に埋没して、きらびやかな虚像を追っている自分を、この男にみぬかれている。燁子は、そんな不安を覚えた。

何とか、自分の不幸をわかってもらおうとした。

初対面の竜介に、燁子は、またも口走ってしまう。

「自分の生活は、こうしてものを書くだけで、ほかには何も楽しみがない……」

恋が生まれるのは、そのあとである。

本が出来上がり、発行されてまもなく、邦枝完二の演出で芝居になり、上演されることが決まった。原作者の燁子が、そのために上京したのが四月。

本読みの会には、東洋英和に学ばせた伝右衛門の義妹初枝を伴っている。

おそらく、竜介と燁子が、ふたりだけの逢瀬を持ちはじめたのは、このあとと思われる。

「燁子は、何度か東京へ出てくるようになりました。そのたびに会っては話をするようになり、だんだん私と懇意になったわけです。

燁子は、……非常に平民的なところがありました。東京へ来たとき、いっしょに日本橋の裏あたりのたいしてきれいでもないおでん屋に行ったりしてもまったく平気でした。気どったところはぜんぜんなく、自分の思ったことを誰に対しても遠慮なくズバズバいう、気性の激しさを内にひめた女でした。

新人会にも何人かの女性はいたし、その他にもいろいろ女性を見ていましたが、燁子のような女性に会ったのははじめてでした。個性というか自分の中に一つしっかりしたものを持っている女性は、当時としては珍しいことでした。私は燁子のもつその個性に次第にひきつけられていくような気がしました。

これは私が他の女性に対して持つことのなかった気持でした。

不思議な女でした。かわいそうなものに対する同情、涙もろさを持つ反面、非常に強い自我をもっていました。反抗心といっていいものでしょう。

何であれ、自分の自我を押えようとするものに対しては、徹底的に反撥するというタイプの女でした。

感情面の弱さ、意志的な強さ、この両面が燁子の歌や文章によくあらわれています。燁子の文学的才能は、この相反する二つの性格によってさらに光をましているという気がしました。……」（『文藝春秋』昭和四十二年二月）

竜介自身はこのように燁子について語っている。それは、北尾鐐之助が観察した燁子像と、きわめて似通っている。

〝情にさそわれれば子どものような無邪気さで大事を決し去る〟〝自分は自分だという自己的立場、……反抗、ないし自尊心〟、この二面がないまじる個性を、北尾も感じていた。

行く手は闇

竜介と燁子の間は、文通でいよいよ深まっていった。『解放』編集部気付で、日に何通かの文が、燁子から届くときがある。ときには電報で、はげしい恋歌が送られてきた。

今はただまことに人を恋いそめぬ甲斐なく立ちし名のつらさより
いつにても我が玉の緒を断つすべを知れる身をもて何のなげきぞ
わが命惜しまるるほどの幸いを初めて知らむ相許すとき

君ゆけばゆきし淋しさ君あればある淋しさに追わるるこころ

〝燁子出奔（大正十年十月）の一年位前から、その人柄が変わり以前のような無邪気さがなくなった〟と北尾は気づき、妻とそのような話をとり交わしたほとだ。

竜介のもとにくる燁子の手紙は、しだいに深刻さを加えていった。

逢瀬はそれほど頻繁ではない。春秋二回の伝右衛門についての定期の上京の折、数えるほどの機会しかなかった。それもふたりだけのときは滅多に許されず、燁子は文の上だけで、ひたすら奔放になっていった。

――もう、いまの境遇にたえられないのです。何ど自殺しようと思ったかしれません。いまの状態から、一刻も早く私を救いだして……。

このような手紙が竜介のもとにくる。

「南無帰依仏マカセマツリシヒトスジノココロトシレバスクワセタマエ」

そのころの、電報による燁子のうた。

竜介は迷った。七歳年上の女の熱情に、たじたじとなる思いがあったろう。

「さすがに私は考えこみました。これは深刻な問題です。下手をすれば姦通罪にひっかかって、二人とも牢屋にぶちこまれる恐れだってある。

それでもいいか。

考えに考えた末、私はふみ切りました。自分がいまやっている政治運動、信奉する社会主義革命とは何か。一人でも苦しみ、しいたげられた者を見つけたら、片っ端から助けてやるのが本当だ。

燁子もしいたげられ、苦しんでいる一人ではないか。やれ、やれ、という勇猛心が次第に胸の中で高まってきました。

今から考えると、当時の私たちは一種の空想的社会主義者でした。ロシア革命のニュースに接して、日本でも明日にも革命が起こりそうな気がしていました。

現状を打破せよ、押えつけるもの、支配階級への憎しみをかきたてろ、新人会などの集りをやると、すぐに『革命は近づけり』という歌をうたいだす。いわば、ロマンティックな夢をみているような時期でした」(『文藝春秋』前同)

京都の、伝右衛門の妾おさとは、宮崎竜介の存在を、知っていた。出奔事件直後の九州日報記者の質問に〝何どかお泊めしたことがある〟と答えている。

燁子と竜介は、京都で落ちあうことが何どかあり、おさとには、公認の間柄であったのかもしれない。

竜介の気持を決定的にする出来事が起こったのは、大正十年の夏。燁子を、〝炭鉱王の妻・プチ・ブルの権化〟とみる仲間がいて、ついに新人会、『解放』の編集という仕事から、退かざるを得ない破目に陥る。

ま夏の京都で、ふたりは、はじめて身体の関係を結んだ。ここまでくれば、幻の恋を、現実に、結婚という形で結実させるほかなかった。

行く手は、真の闇に近い。ふたりが肌をあわせた場所は、浮舟園とも伝えられている。燁子が、はじめて自らのぞみ、身も心も投げ入れて漂った官能の世界である。

三十六歳のそのときまで、燁子は、女になり得ていなかったのかもしれぬ。

第五章　波瀾

北原白秋が、姦通罪に問われて東京市ヶ谷監獄に入ったあと、彼の作風は微妙に変わった。文字のきらめきが消え、深くくすんだ哀歓のうたとなる。

有夫の女とからだのかかわりを持つことは、当時の男たちにとって、相当の覚悟がいることだったようである。

竜介は、何ども、燁子に念押しをした。激しい行為のあとの語らいは、そのことである。

「姦通罪は親告罪だから、伊藤の方から告訴されれば牢屋に入らなけりゃならない。私はそれを覚悟の上だが、お前も覚悟できるか」

伝右衛門の怒りを思うだけでも、燁子の心はふるえた。しかし、道行きはもう始まっている。

その秋の入りに燁子の生理がとまり、竜介の子が胎内に宿りはじめたことに気づいたとき、ふたりはもう、退っ引きならない運命のままに行動するほかないことを悟った。

……僕は、監獄へ行くよ、監獄へ……。

……人生には予期せざる色々な出来事があるものだ。……

……疫病に憑かれたんだね。……厄病に憑かれたんだと諦らめて呉れ給へ。

……僕は最近波多野秋子と恋に陥ちたんだ。――秋子? 秋子は婦人公論の記者だ。波多野某の妻なんだ。……

……秋子は去年の冬頃から頻《しき》りに僕に近づいて来たんだ。……最初僕は彼女が何だか怖ろしい気持がしたので避けてゐたんだが……

……春になってから、益々執拗に迫るので、僕は秋子に「どんなに迫つても、僕には友人以上の交際は出来ないから」と拒んでゐたのだが……

……たうとう……それほど僕を思ふのなら、……姦夫になつてやれ、つて決心したんだ。

……四日、たうとう僕らは行く所まで行つたんだ。……


(足助素一「淋しい事実」大正十二年十二月『泉』終刊号)


これは、宮崎竜介と同時代の男の、姦通罪への真情を吐露した部分である。

有島武郎が、波多野秋子との関係について情死する前に親友足助素一へ洩らした〝事実〟の告白であり、〝四日〟とあるのは、大正十二年六月四日を意味する。

有島は、妻を亡くしたあと三人の子どものために独り身を押し通してきた。作家としても、そのころ夏目漱石の地位を継ぐものは芥川龍之介か有島かと目されたほどの、文壇の寵児であった。周辺には、いつも女たちが群れていた。

〝光源氏のようなひとね〟と、與謝野晶子は、このころの有島を表現している。

その晶子を、有島はひそかに敬慕し、與謝野家の前を行きつ戻りつする姿が文士仲間の語り草となったりした。晶子にあててしばしば手紙を書き送っていた大正十年のころ。

当時『明星』第二期の発刊で、婦人公論記者波多野秋子は、晶子のもとに出入りするようにな る。編集の仕事を手伝うにすぎない秋子に、有島は、一顧も与えず、ただ、與謝野晶子に心を傾けつづけていた。

その有島へ、波多野秋子は急速に近づいていく。おそらく、晶子に夢中の有島をみて、刺戟を受けつづけたにちがいない。

美貌の一婦人記者が僕を誘惑にくる、おかしいじゃないかと友人に洩らし、秋子に絶縁の手紙を書き送ったりしながら、有島はついに秋子と〝姦通〟。千葉の舟橋の宿で一泊し、秋子の夫波多野春房に一切を知られてしまうのである。

姦通罪で訴えると脅しを受け、さらにそのあとも巨額のカネをゆすられる。

軽井沢山荘での情死は、姦通後、わずか四日目のことだ。あまりに短い肉体のかかわりだが、親友足助への洗いざらいの告白から推せば、この短かさに、有島の心の揺れが凝縮されている。

〝姦夫になつてやれ〟と決意するまでの苦しみと、ためらい。秋子の籠絡にがんじがらめになっていく有島の胸中には、さいごの結末として〝死〟が用意されていた。

牢にくだるか、死か。〝惜しみなく奪う愛〟の最期を、有島自身は次のようにいう。

「愛が完ふせられた時に死ぬ。……愛したものの死ほど心安い潔い死はない。……自滅するものの個性は死の瞬間に最上の成長に達してゐるのだ。すなはち人間として奪ひ取る凡てのものを奪ひ取つてゐるのだ」

宮崎竜介の胸中も、千々に揺れた。新人会からの除名さわぎが、この惑いをいっきにふっ切るものとなって、出奔の段取りが具体化していった。

有島の場合は、秋子の夫春房の脅迫によって、この世での屈辱を逃れるための破局へ向かっていったけれども、竜介の場合は、周到な準備を重ねて、姦通を正当化するための手立てが、次々に打たれたのである。

華麗なる"人身御供"

伝右衛門は、竜介と燁子との間に生まれつつあった恋愛感情を、まったく知らなかったとしか思えない。竜介の名も、記憶していない。燁子に何が起ころうと、またいつもの遊びかと、切り捨てていたようである。京都の妾おさとも、また一言も竜介と燁子のことには触れず、かえって燁子のさびしさをなぐさめる側に立っていた。

福岡の邸には、伝右衛門が芸者遊びに出かけていく先々の料亭や茶屋の女主人たちが、燁子をたずねてやってくる。身の上話や、他愛もない遊びや花札を引いたりして、終日すごした。にぎやかな出入りである。

燁子は、竜介への思いが切なくなるにつれて、夫とともに遊里へ出かける機会をふやしていた。

気を紛らすものが欲しかった。

生母おりょうの血がよみがえるのか、芸者衆から燁子は慕われた。出奔事件が起こるまでの燁子は、〝仲よい夫婦〟の印象を、まわりに刻みつけている。

大正九年夏、俳人の高浜虚子、洋画家小出楢重らが別府に遊び、突然に伊藤家別荘のあかがね御殿をたずねたことがあった。

これまでも、白蓮と会いに、あるいは招かれて、倉田百三、吉井勇など多くの文人が別府入りすることが多く、虚子一行も総勢五人、宿は別にとりながらふらりと別荘玄関に立っている。思いかけなく、一行はここで、伝右衛門を紹介され、〝しなを作って〟〝夏祭りをみに行きたい〟と夫にねだる燁子をみた。あかがね御殿内の湯に浸って、虚子は燁子に、一句をおくっている。

この旅のここに浴《ゆあみ》をせしことを

燁子は、真紅の短冊にうたを書き、翌日、一行の宿へ届けてきた。そのなかの作品。

二百度の泉湧き立つ地獄池人身御供に肥えし血の池
湯の里や似たる人にも行あはず賑ふ中をさみしく歩める

〝似たる人〟とは、当時の燁子のこころのなかに、棲みはじめていた竜介の面影をさすのだろうか。

白蓮の部屋は、幸袋の家とおなじく広い畳廊下をめぐらし、〝控えべや四帖半、居間六帖〟〝一間床が二つついて〟〝床の間の下の横木に自然木を使い、細く波のように紅色のウルシ〟が塗りこんであり、〝つや出しの太い竹ナゲシ〟をあしらい、伝右衛門の部屋との境は〝花鳥の絵巻きを描いた厚い木フスマ〟、伝右衛門の部屋は〝八帖、十帖、それを包む十二帖の畳廊下、カベは金粉を吹きつけ〟〝天井は合天井〟、前面に池、噴水、築山、さつま杉、つつじ、松、くすの木など、あずまやを配置した庭、その向こうは海。

贅を凝らした生活のなかで、なお〝人身御供〟となげく歌のそらぞらしさに、まだ燁子は気づいていない。

この虚子訪問のころは、竜介との関係もおぼろげである。かかわりが深まるのは、大正九年の夏が過ぎて秋、冬にかけて。そして大正十年の事件へといっきに傾斜していく。

竜介にも、燁子の実像はさいごまでおぼろげだったようだ。

歌で知り得たあわれさにぐいぐいと惹かれ、本気で、〝人身御供〟を救おうとした。自分の仮面に誰よりも気づいていたのは、燁子自身であったのかもしれない。

千々に乱れる思いが、前掲の北尾への手紙となった。〝悪魔の涙に濡れ〟ることは、誇張ではなく、真実をさらした表現である。

その最期の仕上げが、ふな子身請けの出来事といえる。

出奔への手立て

ふな子は、博多花柳界きっての名妓といわれた。東中洲玉川料亭中沢元太郎方に身を置いていた。県外から重要な人たちが来福するとき、かならずふな子がよばれる。

大正十年、まだ二十歳である。はじめ、東京日本橋で左褄をとり、そのあと玉川に六年間二千六百円の約束で住替えとなった。破格の条件だった。本名加藤てい。

ふな子を見染めたのは、伝右衛門である。福岡実業界の名士の立場にいて、宴席がつづくたびにふな子を招《よ》んだ。伝右衛門執心の噂は、料亭の女主人たちから、燁子のもとに流れてきていた。あるとき、博多楼で〝伊藤夫妻の一夜会〟を持ち、その場にふな子を招《よ》んだ。燁子は、即座に身請けを伝右衛門にねがっている。いつもの通りに、自分の話相手として。大枚四千円の身代金であった。

ふな子は伝右衛門をきらっていたのだが、燁子にたってとのぞまれて、心動いたようである。検番を通して正式に廃業届を出したのは、九月二十九日。その前から、伊藤家に住みこんで、燁子の身代りをつとめる生活が始まっていた。

燁子は、このころ、十月上旬の上京にあわせた出奔の用意で、身辺多忙をきわめていたはずである。

伝右衛門のこころがふな子に夢中であれば、それでよい。

燁子の家出が明らかになった直後の大正十年十月二十三日付朝日夕刊に、ふな子こと、加藤ていの談話が載っている。

「伊藤（伝右衛門）さんから、うるさく八方に手をまわして口説かれたのです。奥さまにかしづく約束で承諾したのですが、いよいよ屋敷へまいりますと旦那様に話し込まれ……それがいやなので一度小倉方面へ逃げたことがありましたが、奥さまに捜し出されて戻って来たのでした。

そのあとは奥さまも打ちとけ、……お前もおゆう――昨年死んだ伝右衛門氏の妾――のやうになってくれぬかと暗に人身御供にしようとの心をほのめかされ……私の居ないときは旦那様のめんどうをみてくれとも、漏《も》らされたことがありました……」

これこそ出奔準備のなかの、重要な手立てであったにちがいない。

一方、福岡天神町の別邸は、九月、十月、改築工事たけなわで、そのころの町なかの話題をさらっていた。十一月下旬に伝右衛門の誕生日（二十六日）がくる。盛大な落成式が予定されていた。狩野永徳のふすま絵七十二枚を配して、燁子のねがいを容れた仏間を用意するなど、建築材料にしても伝右衛門自身が少しずつ買い溜めたなかから最高級のものが吟味され、念入りの工事がすすみつつあった。

このまっ最中に、出奔にふみ切ることは、燁子としても大変なためらいがあったと想像される。しかし、機会は、〝秋の上京〟の折しかない。自分の胎内に、他の男の子種が育ちつつあるという現実を、もしも伝右衛門が感づいたら、破局あるのみだ。

そのときは、何が起こるか予測もつかなかった。

出奔の計画については、竜介が新人会時代の仲間、赤松克磨と、朝日新聞記者早坂二郎にすべてを打ち明けて、相談した。

新人会内部にもさまざまの思惑が渦巻いていた当時である。有夫の女との恋など許さぬとする考えが、竜介を〝脱退〟に追い込んでいる。たとえば、事件がおこったあとの新人会の反応を、福岡日日新聞記者が取材して、次のように伝えている。

「……まるで熊公八公などの女房が駆落したやうなもので、井戸端会議の話題といった好材料かもしれない。少くともわれわれはかかる愚にもつかぬ個人の情事については一切かかわりなし……」(十月二十五日付夕刊＝東京電話)

〝冷罵〟した新人会同志の意見となっている。

そのなかで、自分たちの恋を〝社会的な抵抗〟と受けとめてくれる友人を得たことは、竜介にとって、幸せなことだった。

大正十年秋は、皇太子(のちの昭和天皇)が外遊から帰国(九月三日)、お付きの入江東宮侍従長が燁子の異母姉の嫁ぎ先でもあることから、燁子は大任終了を祝うあいさつに出向く予定になっていた。伝右衛門定期の上京とその用件が、相重なって、自由行動が許される、またとない機会でもある。

これを機に、燁子は二どと伊藤家にかえらぬ、竜介と結婚する、〝同じやるなら、一つ世間に衝撃を与えるようなやり方をした方がいいだろう〟と、竜介の友人間で話がまとまった。

〝多くの新聞社に共同発表するよりは、一社の特ダネの形で世間に発表する方が効果がある〟と、朝日の早坂二郎が主張して、〝発表は朝日新聞一社にしぼることにきめた〟と、竜介は、この間の事情を記している。

燁子には、福岡生活の身辺で、竜介と相知る以前からの心許した記者たちがいた。その中の、私生活まで打ちあけていた毎日新聞記者の北尾に出奔を伏せねばならぬことは、心にかかりつづけたことであった。

朝日と毎日は、きびしい競合の関係にあったからだ。北尾をあざむいたことの苦しさと、その北尾が、出奔発覚後に伊藤伝右衛門側に立つ記事を発表したことへの恨みも重なって、燁子は北尾にあてて、家出のあともつづけさまに手紙を書き送っている。

いまひとり、北尾についに本心を明かさぬままの苦しさもふくめて、何もかも打ち明けた相手が、福岡日日新聞の若手記者、伊東盛一であった。

北尾に対して兄のように慕うきもちをかくさず、北尾の妻とも親しくつきあう関係であったのに比べ、伊東には、むしろ、恋人に近い感情を抱いていた燁子である。

竜介との関係が濃くなるにつれて、伊東だけがすべての事情を察知していた。

〝けっして書かない〟という約束をかわし、燁子はそれを信じ切った。伊東に、家出の段取りまでくわしく話している。

伊東は、たしかに、書かなかった。

……福岡で、私の家出を知っていたのはあなたひとりだけ。ほかには誰もいなかつた。でもあなたは、約束を守ってくれた。その俠気に感謝する。

と、燁子はいった。

事件後三十四年目の熊本で、伊東盛一氏の面前で、私は、この言葉をきいている。

しかし、若い日の伊東記者は、本心、俠気のままに書くまいと心決していたのだろうか。

書きたくとも書けぬ事情があった。福岡日日新聞の主筆菊竹六鼓が、それをあえて書かせなかったのだ。

〝白蓮事件のとき、福岡日日は早くから事情をつかんでいた。しかし、菊竹六鼓の潔癖が、それを許さなかったですね。ひとりの記者が、そこまで踏みこんでいったウラには、何かがある。取材という一定の枠をこえたもの、かりに、私情をまじえたものがあるとすれば、それは公器である新聞があつかってはならぬものだ、……これが、菊竹の主張でした。ついに特ダネはつぶれた。一徹といわれるほどの、新聞人でしたからね〟

この菊竹の〝白蓮事件〟に対する態度をきかせてくれたのは、現西日本新聞文化部長江頭光氏である。

伊東盛一記者は、白蓮事件直後に福岡日日をやめ、朝日新聞へ移っている。この時期の退職、そして朝日への移籍が、何を意味するのか。

筑紫の女王出奔という特ダネを、はるか前にキャッチしながら、その心のうちまですべてつかんでいながら、書くに書けなかった血気さかんな一記者の背景が、取材のなかではからずも浮かびあがってくる。

伊東氏は、私にとっては上司。のちに朝日新聞から、熊本日日新聞へ移り、抜天河という名コラムを担当した。故人となられた伊東氏に、このあたりの、胸中に秘められた「侠気」の真相をうかがうことができず、心残りである。

決行直後■

燁子は、身のまわりの整理をひそかに終わって、十月九日、夫伝右衛門とともに幸袋の家を出た。

東京までの、長い旅路。決行の日は、十月二十日と、竜介との間に約束が交わしてあった。日本橋上槙町島屋旅館は、伝右衛門夫妻滞在のあいだは、ほとんど貸切りに近い状態になる。商用のための客、骨董屋に至るまで千客万来の、忙しい滞在であった。

伝右衛門のすべての用が終わったのは二十日。東京駅から京都へ向かう。「伊里」に二、三日滞在して福岡へ帰る。そのあとは天神町あかがね御殿の完成が間もない。夫婦ともどもその披露の準備にかかる予定になっていた。

燁子は、入江家や吉井勇家へのあいさつ廻りに二日をとり、おそくとも二十三日までには帰福の予定、と伝右衛門は信じて、京都へ旅立った。

見送ったその足で、燁子は、竜介が待つ宿へ向かった。夏の別れいらい、この上ない不安を耐えてきた。ひたすら、激情におぼれているわけにはいかない。試練はこれからである。

身をよせあったそのあとに、竜介はさまざまの手配をした。

まず、朝日のスクープ、翌二十一日朝刊に予定していた出奔の記事を、一日延期、二十二日朝刊に発表と、変更しなければならない。

緊急の交渉には、赤松克磨があたった。

伝右衛門の旅程がおくれたためである。慎重を期して、伝右衛門が福岡へ帰りつく日を二十一日と見越していたのだが。

朝日内部では、大幅の延期を許さぬところまできていた。つかんだ特ダネは、一刻も早く発表しなければ、他社が感づく。

島屋旅館に戻らぬ燁子を、まず不審に思うのは宿側である。

朝日を説得するのに、〃絶縁状公開〃がここで加わってしまった。ただし、これは一日おくれの二十三日朝刊に掲載の約束である。

絶縁状（第一章参照）の文章は、燁子自身の筆ではなく、おそらく赤松克磨らによるものといわれている。男の文体である。

伊藤伝右衛門にあててのものが、本人の手にわたる前に紙上公開されてしまうことは、この〃出奔〃という世に反する行為を何とかおさめようとしていた弁護士山本安夫氏にとっても、予想外の〃困った出来事〃であったようだ。

燁子は、あらかじめ府下中野字囲の山本家にしばらく身を隠すことになっていた。

燁子が、山本宅にあらわれたのは家出の翌日十月二十一日である。それまでの、はかないひと夜だけを、竜介と過ごしたことになる。

大阪朝日新聞十月二十二日朝刊が、はなばなしく白蓮事件を告げ、ひきつづいて翌日絶縁状を公開すると、マスコミはいっせいに動き出した。

隠れ家がつきとめられた二十三日夜、萬朝報の記者に、山本安夫氏が、その苦衷をもらしている。

「実は一昨日白蓮さんが来たのだが、僕は何も彼も抜きにして伊藤氏を男と頼んで白蓮さんをもらう心底で居た。

それが色々の事情で社会へ発表する方が先になって一寸閉口して居る。

竜介は子供の頃から知って居る。しかし此の事件については、二年程前からうすうす聞いて居たが、その当時は僕も浪人の身の上であったし、かつ両人の恋がはたして永続的のものか否やもすこぶる疑問で、いままで話さなかった。

しかるに、この二月ごろ、両方からの決心を聞き、お互いに知って居る仲のことであり、かつ僕も華族等に対する面白からぬ感情もあり、当然かくなるべきものなれば一番引き受けやらうと決心したのだ。

伊藤氏も白蓮さんに対して愛情も薄らいだ今日、僕の頼みに依ってはこころよくわかれるだらうと思ふ……」

山本氏は、竜介の父滔天の友人。滔天は、事件まで何も知らされていない。山本だけを頼って燁子を預けた竜介だった。

福岡日日新聞十月二十五日付にも、その山本氏の、伝右衛門に向けた談話が載っている。（大阪電報）

「伊藤だって男だ。去った女に未練を残して縁を切らないとはいふまい。娼妓や女郎にも自由廃業のある世の中じゃないか。問題がこんがらがって居る間は、燁子はおれの家においとくつもりだ」

〝生活の安定をもたぬ女〟

この談話のよこに、福岡時代の親友久保より江（久保猪之吉氏夫人）の許に、二十一日の日付で送られてきた燁子の手紙が、全文公開されている。

山本宅に身をよせた二十一日、燁子は、そのときの心境を、手紙のなかに、るると書き綴った。かつて、より江の夫である久保博士に恋心を抱いた思い出は秘めながら、ありのままに、不安と悔いを、文中に晒している。これこそ、白蓮の手紙である。

――この手紙をごらんになる頃はどんなに驚いておいでかと思ふと、筆をとるのもいやになるやうな気が致します。

実は一度しみじみとお話したかったので幾度か此の折をねがったのですけれども他人は知らず貴女だけにはお願致しておきたかったのでした。しかし、嘘をいへないあなたを知って知らぬ振をさせるのもどんなにご迷惑な辛い思ひをおさせ申してはと考えてみたり。此度のことは昨今の考へではなく生活の安定を持たぬ女が何時出されるかも知れぬという不安定ほど辛い思ひはございませぬ。それと自分といふものを没却して十年、ときどき目覚めてくる魂をみつめては泣いてゐる自分の苦しい立場、みんな無知がさせる無情さとは判っていてもつねに屈辱のはづかしめを受けつつこのあとの何年かをと思ふとき、いっそ今の内にといふ決心をしてしまひました。

折りも折、天神町は新築落成した処で、あまりにあてつけがましくて済まぬ気もいたしますけれども、こういふ事柄によい折といふのがあらうはずもなく、この際自分の位置も何も親兄姉又は友達すらも失ってしまふであらうと、それも覚悟の上ながら、今は死をえらぶ気にもなれず、いっそう勇ましく雄々しい心ですべての者とたたかってみようと決心は致して居りますものの世間の輿論がさだめし騒々しいことと存じます。

貴女のお友達も貴女もさぞかしいろいろの人にきかれたりしてめいわくのことと存じます。何分にもお察しください。

此後のおつきあいは貴女の思召しにまかせます。たとへいかやうになりますともお恨みには存じますまい。……おそろしい友であつたとさぞかし……もう此れで止します。

二十一日東京にて、伊藤燁子

ここでもまず、〝生活の不安定〟を訴えている。自立のおもいが根底にあって、そこへ竜介との出会いが重なった。相手への燃えるおもいは、明かされていない。

北小路功光氏が語っていた。〃誰でもよかったのだ、妊娠が、事を決定的にしたのだ〃という言葉が、ふとよみがえってくる。

事件のあと、大阪朝日の報道に一歩立ちおくれた大阪毎日新聞・東京日日新聞は、北尾鐐之助による伝右衛門からの公開状〃燁子に与ふ〃を連載、四回で打止めとなった。このあと十月三十日、北尾は、中野の山本家に、燁子をたずねた。

そこで、燁子の心境を聞き出している。

〃……今度のやうな不都合を働いた女なら、りっぱに籍を削って、放り出した方がよいじゃないの〃

〃近しい人たちになぜ相談しなかったって？　そんなことが云へるものですか、云ったら又止めるでせう。第一私のためにどれだけ迷惑をするか分りゃしない。だから、親しい人ほど、私は何も打ち明けなかつた。

秀さん（秀三郎＝女婿）だつて、徳子（姪＝吉井勇夫人）だって、本当に、報せなかったればこそ、今日、何も迷惑をしてゐないぢゃないの〃

〃伊藤は一言いふと二言めには、出て行けの、出してやるのと云ひました。こんなことで若し、出されたら、今まで堪《こら》えに堪えていた忍従も、何にもならないばかりでなく、第一恥辱ぢゃないの、だからいっそこっちから出た方がよいと思ったの。

伊藤の出て行けには戯談もあったって？　さうかしら？　そんなことは私にはどうしても信じられない〃

〃朝日に出た絶縁状のこと、それはここでは云はれないことがあるの。とにかく、少し行きちがひがあったのです。

しかし、伊藤に復讐するといふ上から云ったら、ああなった方がいっそうよかったと思ひます〃

〃ほんとうに私に関しては、一切捨てておけとあなたからもおっしゃって下さい。その方が、燁子のため自由だと云つて下さい。

私の行く先？　そんなこと分るものですか。柳原のしきゐ、もうどんなことがあっても、踏みません。さう云って下さい〃

伝右衛門への恨みがつぎつぎに燁子の口を衝いて出た。北尾は、その燁子に、疲れ切った女の老いをみている。

事件当時、燁子三十六歳、竜介二十九歳である。行く先も決まらず、報道関係者が門前につめかけ、頼りの竜介も、一歩も山本家には近寄れぬ有様だった。燁子のこころはとげとげしく波立っていた。

伝右衛門が、燁子出奔の朝日朝刊をよんだのが、十月二十二日。記者たちと会う覚悟を固めたのは、その日の夕方である。翌二十三日夜に、記者の目をごま化して、三の宮経由で下関へ発つ。妹婿の伊藤鉄五郎を同道していた。

二十四日朝、下関駅に着いた伝右衛門は、カーキ色の外套をまとい、茶色の中折帽、小型の手提トランク一つという目立たぬ身なりだった。

機関車のすぐ後ろに直結している二等寝台車から下りて、うつむき加減にプラットホームを歩み、鉄道連絡船にのるのを避け、そのまま車で海岸通りの関門汽船の渡し場へ。

野菜荷物と乗客があふれんばかりの〝むさくるしい渡船硯海丸〟で、門司へ渡った。

人目をしのんで、雑多な人ごみの片隅に身を沈めるようにして帰福した伝右衛門である。苦悩のかげが隠すべくもない。

すぐに親族会議がひらかれた。この席には、友人の麻生太吉、安川敬一郎らも姿を見せた。

ここで、はじめて宮崎竜介の思想的背景が問題になった。

大正十年春から夏にかけて、神戸の川崎・三菱両造船所で四十余日にわたる職工三万名のストが起こる。米騒動の大衆蜂起が労働者をゆすぶり各地で労働運動が燃えはじめた中の、もっとも烈しい行動であり、軍隊までが出動した。

このストの柱となったのが総同盟である。竜介の親友、白蓮事件のかげの手配をした赤松克磨は、当時、総同盟のブレーンであった。

労働争議の標的にされかねない不安が、伝右衛門の胸中にあり、その危惧は、神戸から追尾してきた大阪朝日の記者にありのままに語っている。

宮崎家と燁子のつながりに深入りしたくないと、伝右衛門は思った。

とりあえず、燁子出奔の問題は、伊藤、柳原、両家の直接の話しあいにしぼり、宮崎竜介との関係は社会的制裁にまかせる。親族会議はまとまった。この結論を帯びて、交渉の責任を負った伊藤鉄五郎、赤間嘉之吉（伊藤家支配人）二氏が上京したのが、十月三十日である。

事件後まだ十日しか経っていない。東京と九州という、遠隔の地をむすんで、相当に手早い処理を、伊藤家は打ちはじめていた。

この翌日、十一月一日午後七時、東京丸ノ内工業倶楽部四階の日本間で、両家の親族会議がひらかれた。

仲介に立ったのが、奥平昌恭伯爵だった。

柳原家からは、当主の義光伯（燁子の異母兄）、入江為守子爵、義光の養子博光、三室戸子爵が出席、伊藤家からは伊藤鉄五郎のほかに麻生太吉、伝右衛門の女婿秀三郎の叔父にあたる斯波与七郎の三氏が出席している。

燁子を、伊藤家から正式に離縁する、そのための財産についての二条件――。

一、伊藤家にのこした燁子所有の衣類、宝石、書籍その他一切の調度品（約五万円）は、全部柳原家に託して、之を燁子本人に贈ること。

一、燁子名儀の土地、家屋、株券など（約二百万円）は全部伊藤名儀に変更して、之を伊藤家に返還すること。

十一月三日付東京日日新聞は、この十一月一日夜の柳原家の苦悩を、次のように、義光談をまじえて報じた。

「当夜義光伯は、事件発生以来の苦衷を物語り、頃日来は夜もほとんど眠らず、『自己の地位の事、家内の事、将来の事など思ひわずらひて、病人のごとく夜半覚えず床を蹴って起つ事あり。生れて以来今日ほど家門の名誉を傷つけたことなし。なぜ、燁子は死んで呉れぬか、尼寺へでも行って呉れぬか』とて昂奮の結果、席にかまはず声を放って号泣し、一座全く語なく悲痛の気みなぎり、みな伯の心中を思ひ、もらひ泣きしたさうである。

……（燁子は）家のしきゐをまたがずとの決心牢として動かず、伊藤その人にこそ積年の怨恨はあれ、他には絶対迷惑かけたくなく、また柳原家としても此際自分を離縁するこそ伊藤に対する世間への顔も立つわけなればとて、あくまで解放されんことを願ひ、まづ柳原家をはなれておもむろに自分の行く途を歩むより外方法はないと決心して居る」

柳原の家にも、燁子が身をよせている中野の山本家にも、連日、賛否の手紙が束のようによせられた。脅迫まがいの意見書もとびこんできていた。

下関では、十一月十三日の夜、若手の弁護士たちによって、『燁子事件模擬裁判』が行われ、大変な前人気をよんだ。〝家庭風教上の問題〟として眉をひそめる人たちもいたと、九州日報が伝えている。

白蓮事件は、注視のマトであり、燁子の動静ももちろん、多くのひとによって見張られている状態だ。

しかし、宮崎竜介は、この秋から冬にかけて二ヵ月ばかり、〝信じられぬような〟同棲をしたと記している。

九州日報記者が十一月十四日には中野の家で、〝大島の袷に濃い紫紺のお召の被布〟を着た燁子を取材しており、同棲は、この直後、ほぼ事件のくすぶりも消えたころから、翌年一月半ばあたりまでと推定される。

伊藤家時代の女中が、こまごまと新世帯の世話をした。相変らず派手やかな身なりで買いものに出る白蓮の姿は、読売の記者の目に映ってしまう。竜介は書いている。

「……私はそのころ、片山哲、星島二郎、三輪寿壮君らと日比谷に中央法律相談所をつくり、毎日そこへ通っていました。同棲して二ヵ月ばかりたった冬のある日、夜遅く家に帰ってみると、燁子の姿が見えない。

留守番の者に聞くと、

『昼間、奥様のお姉さんがいらっしゃって、いっしょに出て行かれました』

という。あとで燁子に聞いてみると、この日、入江為常氏にとついでいた姉がやってきて、『無理をして同棲しても長続きしないだろう。一度家に帰った方がいい。相談の上、二人を結婚させてあげよう』といわれて、思わずついて行ったということでした。

ところが相談の上結婚させるどころか、燁子は以後ずっと柳原家の手で私との間をたち切るべく、方々に監禁されることになったのでした。監禁は大正十二年九月一日の関東大震災まで、約一年半つづきました。

燁子は私の前から完全に姿を消したのでした。……」

同棲はつかの間の夢、ふたりは引き離された。燁子は、このころ六ヵ月の胎児を抱えた身重となっており、竜介もまた、学生時代の結核が再発しかけていた。

香織誕生■

柳原義光がついに貴族院議員を辞職したのが、同年（大正十一年）三月である。

妹白蓮がひき起こした人倫にそむく行為の責任をとれと、最右翼団体「黒竜会」から、つよい要請を受けていた結果と思われる。黒竜会は、頭山満の玄洋社から発している。宮崎滔天と頭山満は、同志として肝胆相照らす仲である。その子竜介と炭鉱王伝右衛門妻との事件は、福岡を舞台としただけにいっそう、国粋主義者たちの正義感をかきたて、直接行動に奔らせるものとなった。

燁子は、兄義光の辞職翌日、小石川に住む舎身居士田中弘之氏を訪ねて、断髪して得度を受けたいと申し込み、まもなく一子出産のあとに、京都の大徳寺に近い尼寺へ身を隠している。柳原家は、燁子の身柄を拘束した。恨みは無限に近い。たったひとりの異母妹のために、義光は一生を棒に振ったのだ。

燁子は、ひとりになっていた。しかし、宮崎家へ行くことはけっして許されぬ。柳原家の監視下におかれて、老庵主との、幽居の身である。

あるとき、燁子は友人に便りを書き、そのなかにそっと竜介への手紙を同封した。もしも、こころあらば、竜介へ届けてくれるはずの便りであった。ひたすら念じた。夢が現実のものとなり、京の山里へ、すぐさま竜介が訪ねてくる。引き裂かれた蜜月のころから、半年は経っていた。

思いもかけぬ逢瀬だが、尼寺を一歩も出ることは叶わない。燁子は、ふるえる手で、竜介が差し出す書類に、自分の名を書き、印を押した。玄関先での、あわただしい所作だった。
――これが、ふたりの結婚届だ。いいね。

竜介は、まだ、わが子の顔もみていない。「香織」と名づけて、出生届を出した。波瀾のなかに生を享けた子にふさわしく、書面の上だけで、香織は若い父親を得ていた。

別れわかれのままの愛情を持続するには、これしか方法はないと、竜介は考えていたのだ。

京都で、竜介が燁子の居場所をつきとめたことを知った柳原家では、ただちに尼寺から燁子をひきとり、預け先を変えている。

何とかしてふたりを添わせまいとする処置が次々に打たれてしまうのである。

大正十二年九月一日。関東大震災が東京を襲った。燁子が、この時期に預けられていたのは、お茶の水順天堂に近い中野武宮家である。広大な邸が焼け落ちてしまい、駒込の松平邸へ一家が火の手を逃れた。

着のみ着のままの避難だった。

邸内はごったがえしていたが、そこへ、竜介の家から、使いがやってくる。松本という滔天門下の書生だが、握り飯と衣類を持ち、まず中野武宮に挨拶をした。火のなかをくぐりぬけ、漸く辿りついたススだらけの使いである。

非常事態のなかに食糧と衣服をもってかけつけた宮崎家の真情が、中野家をいたく感動させ、燁子はそのまま、書生といっしょに竜介の元へ戻されることになった。

　思いがけぬ解放だった。

　線路をつたって、目白の宮崎家へ、燁子は歩きながら帰ってくる。空は不気味に紅く、夜に入っても夕ぐれのようだった。阿修羅に似た群衆の行き来にまじって、はじめて辿りつく竜介の家。はだしに近い足で、瓦礫を踏みしめてきた。

　華族の縁を断ち、社会主義を信条とする男を頼っての出奔が、はじめて現《うつ》つのものとなったこの日である。

　中野家にのこしてきた香織は、翌日、姑の槌子が迎えに行った。

　親子三人相寄り、しあわせな生活が始まったのだが、一方で、かつての燁子が体験したこともない苦難に、即日直面していた。

　竜介は、再発した結核で病臥の身になっている。父滔天が前年に世を去り、莫大な借財を残したままである。姑槌子と、燁子と、このふたりの女手で、食客、同志の出入りあわただしい家を、何とか支えていかねばならない。

滔天の妻槌子

　燁子は、はじめて、槌子の影響を受ける。滔天の妻槌子は、これまで燁子が知り得た上流社会の女たちと全く異っていた。抜群の知性、行動力の持ち主でありながら、どこか泥臭く、楽天的である。

滔天が槌子を見染めたのは、熊本の有明海にのぞむ小天の海岸を、はだか馬に乗って駆ける美少女をみたとき、と伝えられている。

槌子は、熊本で嘉悦博矩がひらいた英数研修会に学び、そのあと大阪の梅花女学校へ通った。熊本県玉名郡小天村の名家、前田案山子の三女であった。若き日の滔天（寅蔵）と槌子の恋を、上村希美雄氏は、次のように書いている。

「前田家はこの近郷にも並ぶものなき家柄であり、一介の食客（滔天）がその家の娘を恋の道にいざなうには少なからぬ苦心があったようだ。特に父親の前田案山子は、娘の恋愛に断然反対だったという。しかし二人の恋のかけ橋をつとめた自然賛美家のイサク・アブラハムから、寅蔵（滔天）のことを稀世の大人物と吹きこまれた槌子は、彼女の方からも真剣に寅蔵を慕うようになった。

現天水村湯浦の崖際に立つ旧前田家別邸は、『草枕』の中で漱石を驚かせているように、正面は二階でも後ろは庭に望む平家となるといった特異な構造をもつ三層楼四棟の居宅を残しているが、小天の里人たちは、いまもその居室のどの窓からか、槌子が投げ下ろす縄梯子を伝って、若い寅蔵が六尺有余の身もかるがると恋人の部屋に通い続けたという伝説を信じている。

その真偽はともあれ、こうした挿話の残るところ、槌子もまたなみなみならぬ情熱をもって一つ歳上の寅蔵を迎え容れた激情の女性だったことが知れよう。……」（『宮崎兄弟伝』）

このようにして結ばれた二人だったが、宮崎滔天はひとりの女のために尽すような男ではなかった。滔天が二六新報に連載した『三十三年の夢』のなかに、〈広島旅館の主婦〉として記されている女がいる。

革命の志に燃えた若い滔天と何どか交渉を持ち、ついにわが身を売って資金の援助をしたいと申し出る場面がある。

――妾は卿の男に惚れて……其男を早く天下に立てたいと……生意気ながら思ふのです。所が女の腕で、……ことに妾のやうな不敏な女の腕で、殿方の御志を助けるなぞ言ふことは到底できる話じゃござりませぬが、金を以てお助け申すと言ふことは、女の手でもできやうと思ひます。……二三万の金は一ヶ月のうちにできる道があるのです。

この金策のあとは、どうか外国へこの身を連れ出してほしい、そこで女郎でもして独りで生きていくつもり、と女は打ち明ける。

このほかにも、滔天は、自分を支持してくれる女たちとの間に、遍歴が絶えなかった。槌子は、夫の浮気に固執する暇もなく、生活に追われ、波瀾と危険にみちた夫の行動を支えるための手立てに腐心した。

もともと、父前田案山子の性の乱脈ぶりを目の前にみてきて、少女時代を過ごした女だ。竜介と燁子の行為に対する世間の非難など、槌子にとっては些事に過ぎない。それより、付け焼刃ではない女性解放への希求を、胸にたたみこんでいる。ただ、多くの女がそうであるように、忍従にあけくれた月日は、槌子を未だに、経済的には自立できぬ女に閉じこめていた。

私にできることは、丈夫な子を育てる位のことだよ、と槌子はいい、香織の養育をひきうけた。

宮崎家を支える

燁子は、ひとすじに売文の生活に入っていった。あらゆることを書きつづけた。事件後約二年のあいだ柳原家と伊藤家への配慮からたまりにたまっていたものが、すべて文章になり、歌になっていく。

福岡時代は、趣味のもの書きに過ぎなかった。いま、燁子は、生活のために、ものを書く。ぎりぎりの生活が、燁子の一身にかかっていた。

世のなかに開き直った燁子である。

「燁子の原稿料で細々と食いつないでいくという苦しい生活が三年ばかりつづきました。私が動けなかった三年間は、本当に燁子の手一つで生活したようなもので、……」

と、竜介も明かしている。

寝た切りの竜介を訪ねて、同志たちは頻々と出入りし、政治革命を、労働者解放を論じていく。枕辺につきそう燁子は、全く別世界の風に触れていた。

過去をなつかしむよりは現在を見据えよう、飾りとしての言葉ではなく、思想を伝える言葉へ、燁子はしだいに変貌した。

たとえば、次のような『恋愛論』がある。菊池寛さえもたじたじとなり世に及ぼす影響を考えてやむなく〝削らざるを得なかった〟ほどの、火のような論峰が、加わっている。発表された昭和初期は、軍部がしだいに力を得、文士の身のまわりにも官憲の目が光りはじめたころ。よくぞこの一節が、と思う部分を、燁子はさらりと書き流している。

「……おもふに、いまのところでは、恋愛は朗らかにも実現されていないし、美事にも開花していないでせう。……つまり、明るい、おほっぴらな恋愛が叫ばれ、要求されてゐても、条件は依然、ダメだからでせう。

……愛人同志は、日比谷公園の暗やみや、ホソイ露地を、かくれるやうに歩いてゐます。愉快なホテルの一夜も、臨検をおそれるために、ビクビクものですごさなければならない有様。…洗足ノ池、上野、日比谷、お濠端——幾多の安全地帯から、おそろしい醜悪な！　密会男女が挙げられるといふのは、いつたいどうしたものでせう。

……冴えた月明の夜、公園の散歩やうち連れてピクニックにゆくことがなぜゆるされないのでせう。

思ふに、若い男女が、現在、青春時代のよろこびを、胸いっぱいに呼吸し跳躍するのは、若い男女を駆って、ひたすらに、帝国主義的な挙国一致、国家総動員に参加せしめやうとしてゐる誰かの、御意に召さないのでございませうか。……」

かつての燁子からは想像もできぬ思想と、奔放な筆使い、〃誰かの御意に召さぬ〃とは、燁子自身がかつて身を置いた支配階級への、歯に衣着せぬ非難である。

天日の下の不倫

伊藤家は、大正十二年秋、白蓮の子香織（二歳）を相手取り、嫡出子否認の訴訟を東京地裁でおこし、香織は伝右衛門の実子ではないとする判決を得ている。

これは、燁子がまだ伊藤家にいる間に、不倫の結果として子を孕んだことを立証するものである。いわゆる〃精子の有無〃が論じられたこともあって、世間の目は改めて、白蓮事件に注がれることになった。関東大震災直後、竜介との生活が始まったばかりのころで、柳原の監視下から逃れ出た燁子への、追い討ちともいえる判決だった。

〈主文〉被告（香織）は、原告（伊藤伝右衛門）の嫡出子に非ざることを確定す。訴訟費用は被告の負担とす。……原告（伝右衛門）が明治四十四年四月十日訴外柳原燁子と婚姻し其後大正十年十二月七日に至り同人と離婚したること、並びにさきに原告の妻たりし燁子が該離婚後五ヶ月余を経たる大正十一年五月と大正十二年一月十三日の両回に同証人が親しく行ひたる精液検査の際にはいずれも原告の精液下に精虫の存在を認め得ざりしことを知るに足る。

したがって原告の妻たりし燁子が被告を懐妊するに至りたる当時と目すべき大正十年八月前後に於ても、原告はおそらく生殖不能にありたるべきは之を推断するに難からず。……

（大正十二年十一月七日付都新聞）

男と女の〝出奔〟という出来事だけでなく、いわゆる〝姦通〟、身体のまじわりがあったという事実までも判決の上で天下に公表されたとき、燁子は、よりつよくなった。おそれるものは何もなくなった。

この判決からまもない十一月六日、宮内省が、燁子を華族から除籍することが発表された。

〝最近、再び情人の下に走り、公然同棲するが如き行動に出でたので、遂に宮内省宗秩寮ではその当然の監督を執行して〟除籍の挙に出たと。（時事新報）

燁子変貌

燁子は漸く一平民となった。病床の竜介にかわって政治運動の場にも出ていき、はじめはただ、自筆の短冊を捧げもって聴衆の前でうたを詠みあげることしかできなかったけれども、国家権力に対して文筆の上で、はっきりとものをいう勇気を、しだいに身につけていった。

大正末から昭和にかけて、柳原燁子の筆名で、燁子は書きまくっている。

大正十四年五月五日、普通選挙法公布。大正十五年、無産政党が林立する。政治が、はじめて大衆のものとなる実感をかみしめて、澎湃としておこってきた無産政党運動だった。

竜介の病いも小康を得て、安部磯雄、鈴木文治、片山哲、赤松克磨らとの社会民衆党が結成されたのが、大正末年十二月、竜介は組織部長をつとめた。

「この社会民衆党が、右傾化していく時期がありましてね。

あれは、昭和三年です。右派の鈴木文治派と、赤松、宮崎といった左派との対立が際立ちました。反動化防衛協議会というのを竜介氏が提唱されて、たちまち深川、豊島、下谷あたりが結集したんですね。

まもなく、十一月が選挙ですよ。直前の十月に新党結成、竜介氏をかつぎ出したのですが、無理がたたって、喀血です。このときはじめて、白蓮さんが演壇に立たれた。自筆の色紙を売って、選挙資金を作るという積極的な活動でした。

邪気のない美人でね。日頃は寝巻きでいるような、庶民的というか、袖なしのチャンチャンコのようなものを着て来客にも平気で会われる。華族のにおいなんてなかったですね。

しかし、講演などになると、これは全くちがってくる。小柄な着物姿だが、電車の中でもハッと人目をひく高貴さがありましたね。

私は早稲田で、安部磯雄先生の弟子だった関係で竜介先生の元にも出入りするようになったのですが、砂川シャーリング工場のスト指導をしていたとき、ラチがあかず、ある夜工場を襲撃したことがあった。いらい、官憲に追われて、学校にもゆけず、宮崎家で三年位、事務をとりながらの居候をしました。昭和八年に、投獄です。

北海道にいる父からあとで聞いたのですが、月々、私の名で、送金がくる。これは、白蓮さんが出してくれていたんですね。何年にもわたっての送金だったようです。ひとことも、私にはいわず……。

宮崎家には、大勢の食客がいました。いつも何十人とたまっている状態でした。それに、自由廃業を志した吉原の娼妓たちも十人くらい泊っていたときがある。売れっ子の白蓮さんが、原稿料だけで、養っていましたね。竜介先生の方は、病気がちだし、それに、貧乏人の弁護ばかり引き受けるひとです。かえって赤字の仕事だったから、宮崎家は、あの細腕で支えられていたと思いますよ。

そのなかから、私のようなものの父親にまで、心くばりをしてくれていた。……」

この話をきかせてくれたのは、表谷泰助氏である。鎌倉市長谷のお宅で、何どか目頭をあつくしながら、修羅場の白蓮の実像をうかがった。

宮崎蕗苳子さんも、この取材の冒頭で、たしかにいわれた。

「母は、いつも、書いていました。寝ても覚めても、原稿用紙と向いあっている母の姿をみました。それ以外の母は、なかなか思い浮かばぬほど、必死で、生きて、書いていたようです」

蕗苳子さんは、兄香織四歳のときに、生まれている。

病身の夫をみとり、ふたりの子どもを生み育て、運動の渦中にいて、たくましい生活者であった柳原燁子の身辺日記。

昭和五年四月某日

電車のストライキが始まったので全民党のお兄ちゃん（家では子供達の呼び様をそのまま若い党員の人達のことを、皆がお兄ちゃんお兄ちゃんと呼んでいる）それでお兄ちゃんのいふのに、「母ちゃんも（これも子供のいふのを真似てお兄ちゃんが私のことを）あしたのビラ撒きに出てくれるとほんとにいいなあ」といふ。「それぢゃ、私も行きませう、私のことが少しでも役立つのなら」と、さういって、昨日は約束してあったのだが、今朝になってから、「今日はビラ撒きに出た者は皆検束されることに定まってるさうだから母ちゃんは出ないでいいよ、僕達は検束を覚悟で、さあ、皆行かうや」と、お兄ちゃん達がどやどやと出て行ってしまふ。

午後になってK夫人が訪ねてくる。私の幼友達、夫は某大官で今の私とは階級的には全くかけ離れたものになって来たが、夫人は私が好きだと云って、いつも親切に尋ねてくれる。

K夫人は云ふ。「宅で申しますのよ、此度の争議は、下級労働者達が多数をたのんでストライキをやって居る、実にけしからんって、将来の見せしめもあることだから、徹底的に弾圧を加へなければならないって——」おや！　と思った私は、「まあ、それは大変な御立腹ね、御主人様がそんなことをおっしゃると私、悲しくなりますわ、実は私今日はストライキの味方をしてビラを撒きに市中に出やうかと、昨夜までそのつもりで居りましたのよ、もしか私がビラ撒きに出て行って、検束でもされたなら、御宅の御主人様は、何て仰るでせうね」

K夫人は飛んでもないことをといふ風に、「それこそうちのおじいちゃん、腰をぬかしてしまひますわ」

私はこの人達との開きが、余りに大きくなってゐることを思ふと、一寸憂鬱になる。この調子では、まして私の血族の者達と私とは、永久に相合ふのはないのがあたりまへだと思ふ。

同四月某日

朝の郵便が配達される。例によって知らない人からのが三通雑ってゐた。今日のは又云ひ合せたやうに三角関係の問題ばかり。……私を三角関係の元祖だと心得てるかして、女の人からよくこんなことを云ってくる。……いかに不良婦人の私でもよそのいろんな面倒な事件に一々智恵を貸してなんかゐられるもんか。

どうせ何をするにも真剣の命がけなら、人にけしかけてなんかもらはなくったって、一人でさっさとやるがいい。本当にむしゃくしゃする。今日の三角デーはいやな日だ」

（『婦人サロン』昭和五年六月）

母ちゃん、と燁子は若者たちに慕われ、どうせ何をするにも真剣のいのちがけなら、一人でさっさとやるがいい、このタンカが切れる女に、変わったのだ。

この日記のなかには、〝もしも女ばかりに政治をまかされたならば、けっして戦争はしまい、可愛い息子を殺しに出すやうな母親が一人だってあらうかと思ふ〃と記している。

平和運動――失明の終焉

昭和二十年八月十一日。敗戦のわずか四日前である。日本列島南端の特攻隊基地鹿屋が、B29の猛爆にさらされた。

燁子の長男香織はその中で戦死した。

早稲田大学政経学部に学んでおり、享年二十三歳の学徒出陣だった。

「生きていますよ、香織はかならず帰ってきます、とおっしゃって、宮崎のおばさまは、公報など捨ててしまわれました。敗戦直後の九月から、翌春の三月まで、おばさまのいちばん悲しいときに、私は目白の家によせてもらって、ごいっしょだったのです。古くからの家同志のおつきあいで、蓼科にあった別荘が隣りあっていて、香織ちゃんとも蕗苳ちゃんとも仲よし、親たちも文学で結ばれていて、私は少女のころの記憶ですが、白蓮さんはまるで、湖の上をわたってくる水の精か風の精のようで、笑っていられても歩いていられても、何かしら香りを感じる、そんな方でした。

毎朝、台所で、きょうはお汁の実は何にしようか、ひろ子ちゃん、ごぼうならあるわよと、それこそ、みそも手に入らないようなときに、家のまわりをあるいては何か食べるものを探し出すような生活をつづけました。その胸のうちのさびしさをかき消すために、華やいでくだすったんですね。これ、と自分で思ったら、ひとすじにやりとげる方でした。女のニヒリズムと、私はよびたい。男にはない感覚です。生を享けた以上は、何かをもとめるのです」

悲しみの極みにいたころの燁子を、楢崎汪子さん（オーデスク社長）は、このように記憶している。〝かおり〟〝匂い立つ〟……白蓮ゆかりのひとたちを訪ね歩いて、はからずも、この言葉を何どか聞いた。楢崎さんも、多感な少女期の印象として、この言葉を口にしていた。

昨秋、取材当時まだお元気であった松本理園さん（白蓮主宰『ことたま』同人）からも、同じ言葉をきいた。

「私が六歳のころ、京都鞍馬口の北小路家のすぐそばに実家がありまして、父が、日本で最初のリボンを織る仕事を千坪くらいの土地で始めたのですが、このころよく、おしうとさま（北小路随光）と父がおつきあいをいたしました。私の物心つくころは、ちょうど白蓮さまが柳原の家へ戻られたころでしょうね。

あそこ（鴨居）にかけてあります写真が、十八歳のころ、北小路の家で何かとおつらかったころの姿です。お近くにいると、香りがただよいました。忘れもしません。長男の香織さんが戦死されたとき、お髪が、突然に、まっ白になられましたね。

　師の君の真白きお髪結ばむに若むらさきの絹の紐はも　理園」

女の髪は、ひと夜で白くなる。あるいはすっかり脱けおちてしまう。髪のひと筋ひと筋に、いのちがこもっているのかもしれない。

昭和二十一年五月、NHKで、子どもの死をかなしんで平和をねがうきもちを話したのが機となり、悲母の会――→国際慈母の会――→世界連邦婦人部結成へと、戦後の白蓮の活動がはじまっていった。

どこへ行くにも、本の五、六冊、数十本の筆をふろしきにひとまとめに包んで、細いからだで提げて歩く。全国の支部作りの行脚のひまひまに、かならず本を読み、うたを作り、補聴器を外して自分ひとりの世界に没入していく姿は、修行者のようにもみえたと、世界連邦婦人部の金木愛枝さんは同行した日の感想を洩らしている。

平塚らいてう、上代たの、赤松常子、高良とみ、河崎なつら、戦後の平和をめざす婦人運動の同志たちにまじって行動した白蓮だが、住む世界は文学ひとすじ、これは竜介との四十余年に及ぶくらしについてもいえる。

竜介は、父滔天の血を享けついで、無産政党の消長のあいだを転々とし、戦時中は右翼にもかかわった。戦後ふたたび社会党へ。底辺大衆とともにある政治にあけくれた一生だったが、白蓮は、けっしてそのなかにのめり込んではいない。

〝補聴器を外す〟という動作が象徴するように、自分の世界をつねに確保し、そこへ沈潜していく強靱な意志をもった女、を感じる。

おそらく、伊藤伝右衛門と棲んだ十年の歳月が、この勁《つよ》さを、もたらしたのだろう。

昭和二十八年十月十九日、白蓮は、三十四年ぶりに、福岡の土を踏んだ。

西日本新聞十月二十日付には、〝二どと踏むまいと思った重苦しい思い出の場所〟、天神町の一角に立つ白蓮が映し出されている。

〝総白の髪にアメ色のロイドめがね、濃い紺にごばん縞の和服で、飲み屋街のネオンに埋まったあかがね御殿の正門あたり〟にたたずむ姿だ。十九日夜は、福岡市内千代町の松源亭に泊った。

おそらく、そこでしたためられた一文が、同紙二十一日の紙面を飾った。

うきものと思ひしは昨日の夢なりき海は大きく天につらなる
捨ててきて三十余年筑紫路の町のあかりはものいふごとし
旅にきて秋のそよ風身には沁むちくしは我に悲しきところ

ここは私の人生道場であった。もう少しで私は命を捨てるところでもあった。あやまちなき一生というものは、あまりにも無味乾燥のものではあるまいか。あのときのことを本当に私はあやまちとはいいたくないのだけれども、やっぱり若きが故のことだろうか。

出奔したのも同じ季節、ふしぎに同じ日であった。昨日のことのように、〝若い日〟がにじむ胸中であったろう。

昭和三十四年に脳貧血でたおれ、二年後の正月あたりから、緑内障で両眼とも失明、竜介に支えられて生きる日を重ねた。

うたを詠むことだけがいのちとなり、昭和四十二年二月二十二日歿。八十一歳であった。

月影はわが手の上と教へられさびしきことのすずろ極まる

そこひなき闇にかがやく星のごとわれの命をわがうちに見つ

さいごの奥津城の場所を、宮崎竜介は『柳原白蓮との半世紀』の末尾に、次のように記している。

「燁子の骨は相模湖の裏側の石老山にある顕鏡寺という寺に納めました。小さな山寺ですが、見晴しのいいところです。燁子が心から可愛がっていた香織の骨といっしょに納めました。

その寺の坊さんと、『極楽へ行く道も一人で行くんじゃなくて、最愛の息子と二人連れだから、まあ淋しくないだろう』と話したことでした……」

（了）

初版あとがき

前半は、雑誌『潮』に連載（一九八二年二月〜四月）、後半百七十枚を、あらたに書きおろした。同編集部の南晋三氏には、得難い資料の蒐集など、たいへんお世話になった。『野の女』（明治女性生活史）『炎の女』（大正女性生活史）につらなる仕事として、新評論の藤原良雄編集長に終始ご示唆をいただき、上梓のすべてをおまかせした。他社による出版を、潮出版社ではこころよく了解していただいた。

取材に歩きはじめたのが一九八一年七月。晩秋を経て早春までの半歳に数多の生き証人とおあいした。宮崎蕗苳子さん、北小路功光氏、伊藤八郎氏、桑原源次郎氏、大正鉱業ゆかりの方たち、そのほかおびただしい証言をしてくださる方々にめぐりあえた。

西日本新聞、熊本日日新聞など各新聞社では長時間の資料調べをゆるしていただいた。

本作りの微細の部分を頼った新評論編集部の藤崎利和氏、清冽な装幀・デザインを受けもってくださった薬師神親彦氏、すべての方に、こころからお礼を申しあげたい。

一九八二年十一月朔日

永畑道子

略系図

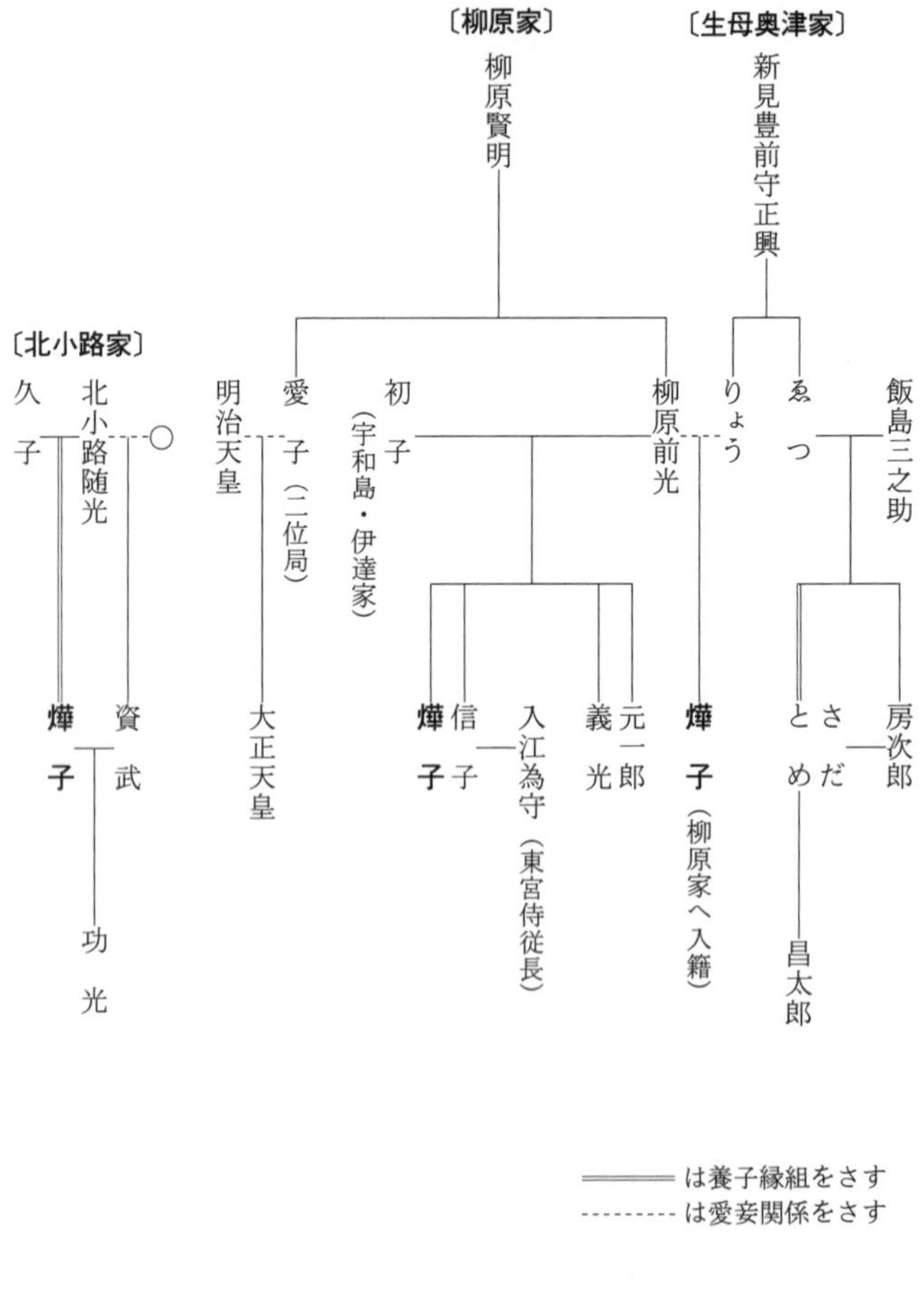
〔柳原家〕
〔生母奥津家〕
柳原賢明
新見豊前守正興
〔北小路家〕
久子
北小路随光
○
明治天皇
愛子（二位局）
初子（宇和島・伊達家）
柳原前光
りょう
ゑつ
飯島三之助
燁子
資武
大正天皇
燁子
信子
入江為守（東宮侍従長）
義光
元一郎
燁子（柳原家へ入籍）
とめ
さだ
房次郎
功光
昌太郎
は養子縁組をさす
は愛妾関係をさす

白蓮関係

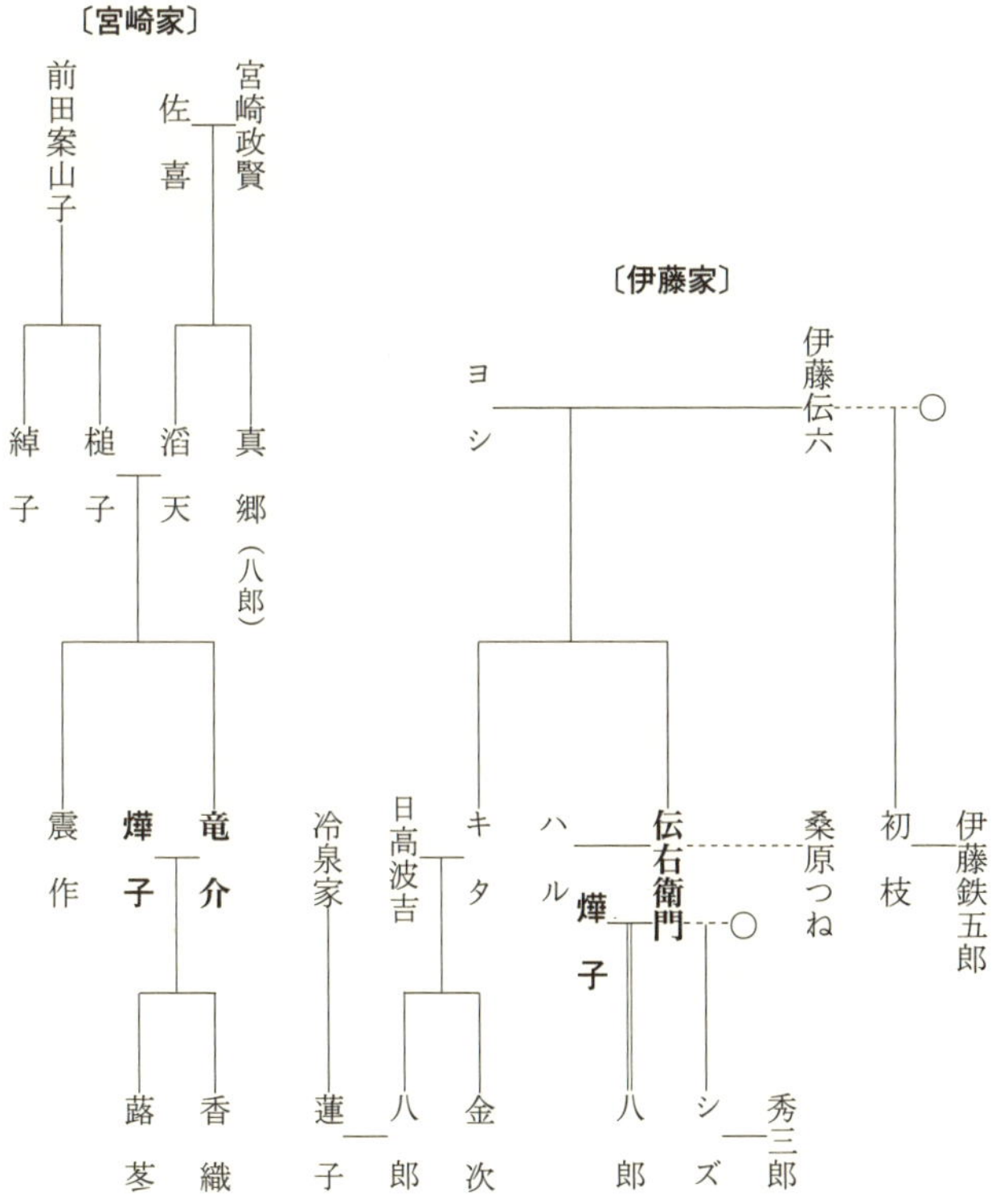
〔宮崎家〕
前田案山子
佐喜
宮崎政賢
綽子
槌子
滔天
真郷（八郎）
震作
燁子
竜介
蕗苳
香織
〔伊藤家〕
ヨシ
伊藤伝六
○
冷泉家
日高波吉
キタ
ハル
伝右衛門
燁子
桑原つね
初枝
伊藤鉄五郎
○
蓮子
八郎
金次
八郎
シズ
秀三郎

白蓮略年譜（一八八五―一九六七）

西暦	和暦	年齢(歳)	おもな出来事
一八八五	明治18	0歳	10月15日　燁子誕生、生後七日目に生母奥津りょうのもとから引き離され、柳原家に入籍。小学校入学まで里親増山くにの家（品川在）で育つ
一八八八	21	3歳	10月　生母奥津りょう病死
一八九二	25	7歳	―　柳原家に戻り、麻布南山小学校に入学
一八九四	27	9歳	―　北小路家の養女となる
一八九八	31	13歳	―　華族女学校に入学
一九〇〇	33	15歳	―　北小路資武と結婚。華族女学校中退
一九〇一	34	16歳	4月　功光を出産
一九〇五	38	20歳	―　破婚。義母初子の隠居所に幽閉の身となる
一九〇八	41	23歳	―　東洋英和女学校に入学。在学中、佐佐木信綱の竹柏園歌会に入門
一九一一	44	26歳	3月　伊藤伝右衛門と再婚。九州・福岡に移る
	末		―　『心の花』に作品を発表し始める
一九一五	大正4	30歳	3月　白蓮第一歌集『踏絵』刊行
			―　野口さとの妹おゆうを京都より呼び寄せ、小間使いとする
一九一七	6	32歳	―　翌年春にかけて筑豊疑獄事件起こり、燁子も法廷の場に立つ
一九一八	7	33歳	4月　大阪朝日新聞「筑紫の女王・燁子」を連載開始
			10月　陸軍中尉藤井民助と文通を始める（大正8年8月まで続く）
			12月　東大新人会発足（宮崎竜介も参加）
一九一九	8	34歳	3月　詩集『几帳のかげ』・歌集『幻の華』刊行
			―　戯曲『指鬘外道』発表
一九二〇	9	35歳	1月　宮崎竜介、編集者として別府に赴き、燁子と出会う（以後文通始まる）

一九二一	10	36歳	― 九条武子（『心の花』同人）と交友を深める 1月 『新小説』1月号に「短歌自叙伝」発表 ― 竜介、燁子との関係ゆえに黎明会機関誌『解放』の編集の仕事から離れる 9月 博多の芸妓ふな子（加藤てい）、燁子公認で伊藤家に入る ― 厨川白村、大阪朝日新聞に恋愛至上主義の立場に立つ「近代の恋愛観」発表 10月20日 家出を決行（竜介29歳） 22日 **大阪朝日新聞、燁子家出を報ず。同夕刊に「燁子の絶縁状」掲載** 24日 大阪毎日新聞、伝右衛門「燁子に与ふ」手紙掲載 26日 伊藤家の新居「銅御殿」落成 11月 伊藤・柳原両家の合同親族会議開かれ、善後策協議
一九二二	11	37歳	3月 異母兄柳原義光、貴族院議員を引責辞職 ― 柳原家で監禁の身となる。5月、竜介との子香織を出産
一九二三	12	38歳	9月 関東大震災。竜介のもとに帰され、香織とともに宮崎家の人となる。以後、柳原燁子の筆名で文筆活動を始め、病身の竜介に代わり一家を支える 11月 宮内省、華族除籍発表
一九二五	14	40歳	― 竜介との長女蕗苳が誕生
一九二八	昭和3	43歳	― 自伝小説『荊棘の実』、歌集『流転』『筑紫集』発表
一九三五	10		― 歌誌『ことたま』創刊
一九四五	20	60歳	8月11日 学徒出陣中の長男香織、串木野にて米軍機の爆撃で戦死
一九四六	21	61歳	5月 NHKに出演、これを機に戦後の平和運動に参加。悲母の会結成。のちに世界連邦婦人部の中心となる
一九六一	36	75歳	1月 緑内障のため両眼失明
一九六七	42	81歳	2月22日 燁子没
一九七一	46		1月23日 竜介没（78歳）

〈資料提供・ご協力いただいた方々〉（五十音順）

飯島さだ氏　伊藤伝之祐氏　伊藤八郎氏　岩下雄二氏　上村希美雄氏　内川弘氏　宇野寿勲氏　江頭光氏　奥津昌太郎氏　小野茂樹氏　梶原貴代子氏　金木愛枝氏　川本慎次郎氏　北小路功光氏　工藤久氏　桑原源次郎氏　小池一行氏　佐野好古氏　芝原寿子氏　調一代氏　大藤敏三氏　大藤好子氏　田中トシヱ氏　楢崎汪子氏　野口郁子氏　野口芳栄氏　平山謙二郎氏　表谷泰助氏　藤原晴美氏　松本理園氏（故人）　宮崎蕗苳子氏　宮本昭男氏　森田秀男氏

朝日新聞社　共同通信社　熊本日日新聞社　西日本新聞社　毎日新聞社　潮出版社　近代文学館　国会図書館　中間市郷土資料館　直方市石炭記念館　別府市立図書館

（一九八二年現在）

＊本書は、一九八二年に新評論より刊行された『恋の華・白蓮事件』の新版である。

解説

尾形明子

I

二〇〇八年初夏、目白駅からほど近い宮崎家に何度か伺う機会があった。孫文の辛亥革命を助けた宮崎滔天とその家族がかつて住み、柳原白蓮が四五年間暮らした家である。秋に日本橋高島屋で開かれる「柳原白蓮展——愛を貫き、自らを生きた。白蓮のように」（朝日新聞社主催）の監修を引き受けて、展示のための遺品や資料を拝見するためだった。

閑静な住宅街を歩きながら、この道をかつて歩いた三人の女性が思い浮かんだ。彼女たちの足音までが響く。ひとりは一九二三（大正十二）年九月はじめ、関東大震災の直後、宮崎家の書生に連れられ、避難していた小石川の松平家から、瓦礫に覆われた混乱の街を、線路伝いにひたすら歩き続けた白蓮。ひとりは、翌二四年夏、住所を書いた紙片を手に、店で道を聞きながら足早に歩く森光子。雑誌や新聞で見知っていた白蓮に、救いを求めて吉原をぬけ出してきたのだった。

そしてもうひとりが永畑道子さん。一九八一年初夏、白蓮の生涯を追う取材を、永畑さんはまず宮崎家訪問から始める。ほっそりと小さな永畑さんは、きっと資料のいっぱい入った重い鞄を手にしていたことだろう。着物のよく似合う肩は、あまりにすとんと落ちていて、ショルダーは無理なのと笑っていたから。

一九八〇年に『野の女——明治女性生活史』を書き、明治の庶民の女性を、親子関係・廃娼運動・政治・戦争等々のテーマから描き、翌八一年には自我に目覚めた女性たちが自立・恋愛・理想・平等を求めてひたむきに生きる姿を『炎の女——大正女性生活史』に描いた。何れも新評論から出版され、それまでのエリート女性の生き方を中心とした女性史のフィールドを大きく広げ、時代と歴史の中から新たな女性の姿を浮き彫りにした。

福音館書店『母の友』の編集者を経て、フリー・ジャーナリストとして教育問題を中心に活躍していた永畑さんが女性史に向ったのは、当時、新評論の編集長だった藤原良雄氏の熱心なアドバイスによる。永畑さんはその時代の新聞を中心に資料を読み込んでいく。一九七〇年代末、膨大な資料の山は、未だ手付かずの膨大な宝の山でもあった。歴史を形成してきたものをリアルタイムに遡って読み込む中で、永畑さんのその後の仕事が、ほぼすべて用意されたといっても過言ではない。

永畑さんの心をまず捉えたのは、柳原白蓮だった。一九二一(大正十)年十月二二日『大阪朝日新聞』一面にスクープされた白蓮出奔のニュースは、同夕刊に夫の炭鉱王伊藤伝右衛門に宛てた「絶縁状」が掲載されることによって、すべてのマスコミを巻き込むことになる。姦通罪があった時代、大正天皇の従妹にあたる美貌の歌人の行動は、まさに日本中を揺るがす事件となった。当時の新聞を繰りながら、永畑さんが白蓮に着目したのは当然だったが、同時に白蓮は永畑さんのひとつの記憶を呼び起こした。

熊本生れの永畑さんの母親は、「博多の仕出屋の娘」だった。母の語る幼い日の物語が甦る。仕事着のまま、子供の寝床に身を横たえて、母親は、白蓮の逃避行を語った。「――炭鉱王伊藤伝右衛門のもとから、白蓮さんは、ある夜逃げ出す。紫のお高祖頭巾に顔をつつみ、黒ちりめんの被布、赤い鼻緒の雪駄を履いて――」。

さらに記憶は、最後の旧制第五高等学校を経て、熊本大学を卒業した永畑さんが入社した熊本日日新聞社の記者時代につながる。一九五三(昭和二八)年秋、九州を訪れる文人墨客の同行記を書いていた永畑さんは、佐藤春夫と阿蘇に向う車中で、白蓮の話を聞く。「稀代の不良少女さ。白蓮は莫連女に通じる」と言いながらも、春夫は、ふと「ひとことであらわすならば、あれは、におい立つような女だ」と呟く。そして翌年五月半ば、永畑さんは、同社の論説主幹だった伊東盛一と白蓮との、三三年ぶりの再会に同席することになる。

伊東は、かつて『福岡日日新聞』の若手記者だった。どこか恋愛にも似た親しみの中で、白蓮から家出について打ちあけられながら、約束を守って一行も書かなかった過去がある。

「金泥の襖に囲まれた部屋の床の間にあやめの濃紫が一本。衣ずれと香のにおいがして、白蓮女史がすいと入ってきた。」

その時白蓮は六八歳、永畑さんは二四歳である。若い女性記者に向って昔を語る白蓮の姿が、その歯切れいい伝法な口調とともに鮮やかに伝えられて、白蓮が急に生身の女性として私の中で立ち上がる。

『野の女』『炎の女』を書くことで、明治の末から大正の、時代と社会の動きはすみずみまで永畑さんのものとなっていた。そこから浮き上がってきた白蓮を求めて、永畑さんは取材の旅に出る。一九八一年初夏から八二年春まで、多くの関係者が、高齢ではあっても健在だった。しかも伊藤伝右衛門、白蓮、宮崎竜介が死去し、封印が解かれる時を心のどこかで待っていた。資料と関係者と、二つともに恵まれて書かれた評伝はそう多くはない。まさに僥倖ともいえる中で、永畑さんが身につけていたジャーナリストとしてのセンスと、丹念で誠実な取材・踏査、さらにすべてを貫くフェアーな精神とによって、初めて白蓮事件が、生身の男と生身の女の物語として時代の中に刻まれ、時代を越えることになる。

「筑豊の夕暮れ。幸袋から中間へぬけて、支線の駅に立っていたとき、畑地に這う血のしたたりのような彼岸花をみた。人間の愛憎を追う旅だけに、鬼気迫る思いがした。阿蘇を越えたときは全山すすきの穂。未知の人から人へ、蜘蛛が細い銀いろの糸を繰り出すように取材はひろがり、はてもない感触におそわれていた。ようやく男と女の、物語をここから書きはじめねばならない。」

識者から一般読者までをも巻き込んだ「白蓮事件」を、新聞・雑誌を通して検討しながら、永畑さんは、生身の男と女の命を賭けた行動が、彼らの哀しみや怒り、愛憎とともに、スキャンダルの嵐の中に消されてしまったことに気がつく。もう一度、一人の女の生と、二人の男の真実を浮かびあげなくてはならないと思う。すでに白蓮と竜介の長女蕗苳から、白蓮の生母りょうや里子に出された品川の家について、その他多くの示唆を得ていた。

松永伍一編『火の国の恋』(昭和三四年十一月、出版タイムス)では妙月寺と記されていたりょうの墓が、妙圓寺であったことを永畑さんは突き止め、過去帳から没年月日を調べ、りょうの姉ゑつの身内に行き着く。りょうと同じく柳橋で芸者をしていたゑつは吉原の「顔役」と結婚し、その長男の妻が千葉県船橋に住んでいた。戦後間もない蕗苳の結婚式には、漁師に頼んでヤミで鯛を手に入れ、調理して運んだという。白蓮の生母の系譜が次第に明らかになる。里子に出されて七年間を過した、品川の海に近い乳母の家を探し出し、乳兄弟に会うことも出来た。

さらに永畑さんは、京都宇治川の畔に住む、八十一歳の北小路功光に取材する。九歳で北小路家に養女に出された白蓮が、その長男と結婚し功光を産んだのは十六歳の時だった。

　五年後、功光を残して、京都鞍馬の家から白蓮は実家に帰ってしまう。『荊棘《いばら》の実』等の自伝的作品を読めば、理不尽な結婚であり、離婚も止むを得なかったことは納得できるが、母親に去られた幼子が抱えて生きた、闇と哀しみが、永畑さんの筆を通して伝わってくる。

　永畑さんの白蓮への関心は、その出奔以前、博多の売れっ子芸者ふな子を、白蓮が四〇〇〇円で「根引き」したという記事から始まる。新聞記事を辿り、伊藤伝右衛門の女たちが白蓮によって用意されていたことを知る。夫への絶縁状を公開し、すべてを捨てて愛に生きようとする白蓮と、夫のために妾を用意する妻の行為は、あまりにも矛盾していた。真直ぐにすすむ女ではなく、葛藤し屈折した女の陰翳に永畑さんは惹かれたのかも知れない。

　九州の旅は、伊藤家での白蓮の生活と感情を明らかにする旅となった。もちろんはじめから関係者がわかっていたわけではない。わずかな手がかりを求めて飯塚、幸袋、直方、中間、折尾と「どこへ行っても、遠賀川のひろい川筋に、いつか戻ってしまう道」を歩き回る。伝右衛門が出入りしていた大分の大生禅寺で、孫にあたる伊藤伝之祐を紹介される。さらに伝右衛門の娘シズと冷泉家から迎えた養子秀三郎の間に生まれた直系である。伝右衛門の母方の従弟桑原源次郎や伝右衛門の養子伊藤八郎に会う。幼い時から十年間、白蓮を母として育った八郎は、その妻をやはり白蓮の遠縁にあたる冷泉家から迎えていた。彼らが語る白蓮は、筑豊のヤマの気風を嫌って公卿言葉を持ち込み、家族を「お上」、使用人を「お下」として区別し、華族の誇りに生きる女性であり、「四面楚歌にしていったのは、むしろ、燁子のほうであったのかもしれない」と永畑さんは思う。

取材の中で、伊藤伝右衛門の像が次第に変わって、「出自のあまりにかけ離れた新妻を、いたわり、なやみ、心身を病むほどに気を使った男の姿が浮びあが」ってくる。義理人情に厚く、一代で財を築いた男に、永畑さんは「川筋男」の典型を見る。白蓮を一躍有名にした『大阪朝日新聞』の「筑紫の女王・燁子」（大正七年四月、十回連載）の第一回目に伝右衛門は「九州の炭掘でも無教育の男でも、炭掘には炭掘だけの人格がある積りです。金で買った結婚などといはれては柳原家に対する大侮辱であり、この伝ねむの男が廃ります」と語っている。

白蓮との結婚が決ると同時に去った妾のつねの縁者に会い、さらに京都で野口さとの娘野口芳栄にも会う。伝右衛門と白蓮の定宿だった「伊里」の女主人さとは伝右衛門の妾であり、それを承知の上で白蓮はさとに親しみ、妹のおゆうを、初めは自分の小間使いとし、その後伝右衛門の妾にしている。何とも理解しがたい夫婦関係であり、白蓮の心情はもっと理解しがたい。

緻密な取材を繰返しながら、永畑さんはそれらを「筑紫の歌人・白蓮」のイメージを作り上げるための、白蓮自身による演出と見る。

「悲劇はすすんで仕立てられ、構築されていった気配がある。文学の上に描きだした自らの生き方は、そのうらづけが何としても必要だった」。夜を妾にまかせ「では、燁子は何をしていたのか。」「聖処女のように生きていたのだろうか。否、といいたい。奔放に、恋をした女でなければ、あの歌群は生まれてないような気がする。取材のなかで、この思いが私をとらえつづけた。」と永畑さんは書く。

白蓮が福岡で親しんだ歌人久保よりえの夫・九州大学医学部教授の久保猪之吉は、耳鼻咽喉科の世界的権威だった。歌を詠み、端整で洗練された久保博士は伝右衛門の対極にいた。福岡鉱山監督局長野田勇夫人もえ子を交えて親しい交際を続けながらも、白蓮の心が久保博士に傾いたであろう事は十分に推測がつく。永畑さんは久保博士の愛弟子で日本医科大学名誉教授の大藤敏三を探しあてる。久保邸が失火によって全焼した時、駆けつけた大藤は、燻ぶっている手紙の山を見つける。久保博士から白蓮に宛てたそれらの手紙は、出奔の折に返却され、そのまま蔵い込まれていたのだろう。白蓮の愛情に節度をもって応えたものだったという。

その頃『週刊朝日』(一九八一年五月一日)が、大正七年十月から八年八月まで、五歳年下の陸軍中尉藤井民助に宛てた白蓮の恋文十五通をスクープした。藤井は伊藤伝之祐の父親秀三郎とシベリア出兵時に親しくなり、その縁で手紙を取り交わすようになった青年である。未知の青年に、自らの境遇を切々と語り「ああ生活の道を知っていたら」と嘆く手紙は強烈である。手紙に書かれた詩「幻の偶像」は『几帳のかげ』に「雪の日」として収められている。永畑さんはこれらの恋文を「はじめから、相手のこころをとらえて、しだいに幻の恋から現実へとひき込んでいく見事な技法」と評しているが、これらの恋文は、そのまま竜介との間を行き来した七〇〇通もの恋文につながる。

すでに林真理子著『白蓮れんれん』（一九九四年十月、中央公論社）で、私たちは宮崎家に大切に保管されていた恋文の大要を知ることができるし、私自身は今回の展覧会のおかげで、手にとって目にする機会に恵まれた。当時の永畑さんには望むべくもない幸運だが、竜介との出会いの前にもおびただしい恋文が書かれ、それらは、短歌をはじめとした創作に溶け込んで、筑紫の女王・白蓮の像を膨らませていったのだろう。

永畑さんは白蓮の恋歌に伝統的な女歌の手法を見る。「恋の相手となる対象はさまざまに四散して、うたい手である白蓮自身の姿だけが鮮明に浮びあがる」と書いているが、白蓮の恋文もまた同様であり、白蓮・竜介の双方の恋文を目にしているにもかかわらず、「鮮明に浮びあがる」のは白蓮の姿だけだったような気がする。

九州生れの永畑さんが、次第に伝右衛門に「川筋男」の魅力を感じるようになったとしても、白蓮に対してはあくまでもフェアーである。伊藤八郎を通して、「だれ一人、この結婚を内心祝福してはいない」ような家で、懸命に努力しながらも空回りに終り、「出て行け」「出してやる」と口ぐせのように言うようになった伝右衛門に怯える白蓮の姿が浮ぶ。日常生活の淋しさが、白蓮を短歌の世界に傾斜させたのだろう。「短歌のなかで、気ままに恋し、姦淫する自由を求めた」

白蓮の心の動きが伝わる。しかも恋も姦淫も、言葉のなかに封じ込められていて、白蓮は「性的に潔癖」だったと永畑さんは言い切る。「せめて精神上のラブに終始することで、燁子は〝常軌を外れた〟生活にひそかなハドメをかけていたようである。その苦しさが、かえって幾多の恋の遊びを生んだともいえる」と書く。

と同時に、永畑さんは、この時代、各地に広がっていた米騒動や国民集会となって盛り上がっていく普通選挙要求運動、吉野作造の民本主義思想、あるいは河上肇の『貧乏物語』等々をつぶさに書き入れる。それらと無縁の世界に住んでいた白蓮を、「贅を凝らした生活のなかで、なお〝人身御供〟となげく歌のそらぞらしさに、まだ燁子は気づいていない」と書くが、まもなく一人の青年の訪問が、二つの世界を結ぶことになる。

永畑さんが使った資料には、私自身、未見のものがいくつもあり、不勉強を恥じるしかないが、この時点では知りようもなかった事実が、二人の往復書簡によって今は明らかになっている。白蓮と竜介が結ばれた時期を、永畑さんは、出会って一年半後の大正十年八月と推定する。七月、スキャンダルとして報じられた原子物理学者で歌人の石原純と原阿佐緒の関係が、発火点のひとつだったと推測している。いま、書簡を辿れば、実は二人の関係は出会ってまもなく始まったことが明らかなのだが、こうした推論に、永畑道子という作家の人間性が透けて見える。プラトニックな恋愛が時間とともに昂り、秘められた苦悩と情熱の中でついに結ばれ、妊娠し、出奔を決意したのだ、と想像することで永畑さんは、二人の行為を納得する。

大正十年五月、第二回メーデーには赤瀾会の女性たちが初めて参加し、大正十年九月三十日から『大阪朝日新聞』では、厨川白村の「近代の恋愛観——ラブ・イズ・ベスト」の連載が開始されていた。周到な準備の中で白蓮の家出が計画され、手筈が整っていく。

III

この書の魅力は、ドキュメント・タッチで書かれた息詰まるような臨場感にある。

大正十年十月二二日『大阪朝日新聞』が、白蓮家出を一面にスクープし、同夕刊に夫に宛てた絶縁状が全文載る。『大阪毎日新聞』は、記者の北尾鐐之助が、白蓮と親しかったばかりに完全な遅れをとることになった。北尾は、福岡で白蓮が心許した数少ない友人だった。十月、上京の折に会うことを白蓮から提案され、十月十八日には、白蓮の姪徳子と夫の吉井勇、北小路家に残した功光とともに、江ノ島に遊んだ。十九日には上京中の白蓮と電話で話し、翌日訪ねる予定なのでと吉井家への道順を聞かれる。だから、大阪に戻った北尾は、白蓮出奔のニュースを一笑に付し、打ち消していた。絶縁状が新聞に出て初めて、コトの真相に気づくのだが、北尾の白蓮への信頼が、大阪毎日新聞の二日間の空白となり、朝日のスクープを許すことになる。大阪朝日新聞社には新人会のメンバーがいて、いくつかの条件と引き換えに、竜介と白蓮とがそのスクープを守った。

北尾は、すぐに京都に滞在していた伊藤伝右衛門の許に駆けつける。十月二四日から四回にわたって、北尾の筆による「絶縁状を見て燁子に与ふ」が連載される。反駁文には、「男の怨み」がちりばめられていて、永畑さんは、その後に知った伝右衛門の心情とは全く異なることを知る。伝右衛門は一族を集め、「末代まで一言の弁明も無用」と言い切ったという。

永畑さんは「事件を伝える新聞のはげしい攻防のなかで、人間の実像が、男と女の哀れが、かえって見失われていくことを」嘆いた『福岡日日新聞』の主筆菊池六鼓の姿勢に、共感する。菊池は、白蓮から家出を打ち明けられていた、部下の伊東盛一に記事を書くことを許さなかった。大新聞二紙のなりふり構わぬスクープ合戦も、それを利用した竜介・白蓮への違和感も、永畑さんにはあった。といってかつての上司である伊東の姿勢をただ賛美しているだけではない。白蓮との約束を守った伊東が、その後まもなく大阪朝日新聞社に移ったことをさりげなく伝えている。

周到な取材を通して対象に十分な愛情を持ち、その心の綾までも描きながら、永畑さんは、実はのめり込んではいない。華麗で艶やかな表現にしばしば私たちは惑わされるが、永畑さんの批判精神は、随所に、しかもさり気なく散りばめられている。この書の題名が「恋の華・白蓮」ではなく、『恋の華・白蓮事件』であることもそのひとつである。白蓮は、自分が気に入った女性を、まず小間使いにし、その後伝右衛門の妾とするが、それが、明治天皇に侍女を差し出した皇后のやり方と同じであることを、永畑さんは記している。大正天皇の生母愛子は、白蓮の父義光の妹だったが、もともとは皇后の侍女だった。

評伝とは限らないが、評論でも研究書でも、優れた書物には、頁を繰るのが待ちきれないような、わくわくする面白さがある。飛び切りの推理小説を読む悦びにも似ているし、映画を観る楽しさにも通じる。遠景に没していた主人公が、次第にその姿を現し、やがては画面いっぱいに浮かび上がってくる。遠景、近景、ズームアップの手法を自在に駆使し、その時代の中で、個人の生が鮮明に浮かび上がってくる魅力。取材して歩く一人のライターの姿もよく見えてくる。

本書から始まる永畑さんの評伝は、『夢のかけ橋——晶子と武郎有情』『憂国の詩——鉄幹と晶子とその時代』『凜——近代日本の女魁・高場乱』『三井家の女たち』等々、いずれもその方法は一貫している。膨大な資料を駆使し、ていねいで誠実な取材を繰り返し、どこまでも歩き続け、浮かび上がってきた真実を華麗な筆で記していく。魅了されながらも、ふっとあらわれる批評精神にドキッとさせられる。

文学もまた、社会や歴史と無縁にはありえないことを、若かった私に教えてくださったのは永畑さんだった。いま、永畑さんは病床にある。永畑さんと白蓮事件を語り合いたいと心の底から思う。

（おがた・あきこ／東京女学館大学教授）

240, 242
宮崎弥蔵　83
宮崎竜介　10, 13-16, 24-26, 28, 44, 46, 49-50, 53, 56, 70, 72, 82, 84, 91-92, 98, 101, 107, 142, 161, 163, 166-167, 172, 177-178, 188-189, 191, 193-200, 205-206, 208-210, 213-215, 217-219, 221, 223-225, 227-231, 234-239, 245-246
三輪寿壮　194, 227

村垣淡路守範正　62

明治天皇　43, 65, 71, 74-75, 144

森鷗外　156
森田草平　106

や　行

矢島楫子　75
安川敬一郎　125, 224
安田善次郎　29, 122
柳原前光　42-43, 61-62, 65, 67-68, 71, 74, 76-81, 87, 95-96, 103
柳原愛子（早蕨典侍）　71, 74-76, 104
柳原信子　→入江信子
柳原初子　65, 67-68, 74, 76-78, 80, 87, 90, 93-95, 99, 103-106
柳原白蓮（燁子）　9-17, 19-30, 32-33, 38-45, 49-50, 52-57, 61, 67-70, 72-74, 76, 78-79, 81, 83-107, 112-115, 119-123, 126-127, 129, 134, 140-142, 135-139, 142-143, 145-157, 161-163, 166-179, 186-191, 195-201, 205, 208-231, 234-240, 242-246
柳原博光　225
柳原ふく子　31
柳原義光　22, 32, 77, 94, 100, 104, 225-226, 228-229
山県有朋　117
山川菊栄　48
山田わか　28
山名義鶴　194
山本安夫　24-25, 85, 218-220, 222-223

与謝野晶子（鳳晶子）　50, 104, 147, 149, 152, 192-193, 206-207
与謝野鉄幹　50, 104, 147, 152
吉井勇　12-14, 23, 31, 209, 217, 222
吉井徳子　12, 31, 222
吉野作造　191, 193-194
吉村憬　134

わ　行

渡辺政之輔　194

中川敏夫　14
中条（宮本）百合子　39
永末兵衛門　113
中野紫葉　126
中浜万次郎　63
中山一位局　71
夏目漱石　86，206，232
楢崎汪子　243

二位局　42

乃木希典　117
野口さと　22，55-56，122，152-154，171，200，208
野口ゆう　55-56，152-155，162，171，212
野口芳栄（里鶴）　22，122，152-154
野田勇　153，167
野田もえ子　153，168
野津鎮雄　117
野中徹也　193

は　行

橋浦春子　48
波多野秋子　25，205-208
波多野春房　207-208
早坂二郎　14，213-214
林要　194
原阿佐緒　48-50，69
原田譲二　14-15

火野葦平　41
平岡浩太郎　118，129，156
平塚明子　106
平塚らいてう　193，244

福沢諭吉　63
福田敬二郎　193
福田徳三　194
藤井民助　178，180
ブラウニング　51

星島二郎　227
細野三千雄　194
堀江帰一　194

ま　行

前田案山子　232，234
前田綽子　86
増山くに　87-91，93-94，106
増山志げ　89
増山吉五郎　88
松井須磨子　183
松下俊子　25
松本理園　243-244

水野静子　39
宮崎香織　50，73，228，230-231，234，236，240，242，244，246
宮崎民蔵　44，83
宮崎（前田）槌子　85-86，231-234
宮崎滔天（寅蔵）　16，44，46，69-70，81-86，92，219，229，231-233，245
宮崎八郎　81-83，118
宮崎蕗苳子　69，73，89，94，

邦枝完二　196
久保猪之吉　119, 129, 153, 156-157, 168, 188, 220
久保よりえ　153, 156-157, 168, 220
倉田百三　190, 209
厨川白村　50-52
黒田清隆　75, 81
桑原源次郎　122, 132-136, 143, 153, 172
桑原常子（つね）　131-137, 145

小池一行　89-90
小池彦太郎　88-91
小出楢重　209
孝明天皇　95
五郎太夫　124

さ　行

西郷隆盛　81, 117-118
斎藤茂吉　151-152
堺利彦　48
堺真柄　48
坂本静馬　119
佐々弘雄　194
佐佐木信綱　146-150
佐藤春夫　43

紫垣隆　44
斯波与七郎　225
司馬遼太郎　80
芝原寿子　120-121
芝原行戒　120
島津忠義　81
島津久光　81
昭憲皇太后　43
昭和天皇　75, 213
進藤喜平太　117-118
新見豊前守正興　62-64, 112
新明正道　194

鈴木文治　238

副島種臣　80
孫文　85

た　行

大正天皇　42-43, 71, 75, 84
高田正久　135
高浜虚子　209-210
高山義三　193
高良とみ　244
竹内茂代　48
竹久夢二　148
伊達宗城　76, 80
田中弘之　229
谷川雁　84
玉虫左太夫　63
田万清臣　193
檀一雄　43

伝治左衛門　124

頭山満　229

な　行

永井ふさ子　151
中江兆民　85

表谷泰助　239

上代たの　244
上村希美雄　83，86，232
内田直次　84
内田良平　29
宇野寿勲　71
梅（柳原愛子の侍女）　74，76-78，87，93-94

英照皇太后　74
江頭光　36-37，117，216
江口章子　54-55

大井憲太郎　66
大久保彦左衛門　63
大谷光瑞　190
大塚楠緒子　104
大藤敏三　129，156-157
大藤好子　129，156
大町桂月　104
大山郁夫　194
大山綱良　81
奥津ゑつ　61-65，67，72
奥津とめ　72
奥津昌太郎　71-72
奥津りょう　61-63，65-74，77-79，87，93-94，112，209
奥平昌恭　225
小栗上野介忠順　62-63
落合直文　147
面家荘佶　191

か　行

貝島太助　125
嘉悦孝子　29
嘉悦博矩　232
景山英子　66
嘉治隆一　194
片山哲　227，238
勝海舟　63
加藤てい（おふな）　26，35，53-57，210-212
門田武雄　194
金木愛枝　105，244
狩野永徳　56-57，212
河上肇　192
河崎なつ　244
川村純義　117

菊竹六鼓　37，215-216
菊池寛　235
岸田俊子　86
北一輝　29
北尾鐐之助　11-14，20-21，23，30，42，162-163，167，172，174-178，188，198-199，210，214-215，222-223
北小路功光　12，76，96，100-102，222
北小路資武　96-97，99，102，105
北小路ひさ子　96，100
北小路随光　95-96，243
北原白秋　25，54，205

九条武子　153，189-190
九条良致　189-190
九津見房子　48

人名索引

あ　行

赤間嘉之吉　142，225
赤松克麿　14-15，193，213，217-218，225，238
赤松常子　244
芥川龍之介　206
浅野儀七　112
浅野ヨシ　112
朝日平吾　29
足助素一　206-207
麻生賀郎　125
麻生太吉　120，144，224-225
麻生久　194
安部磯雄　238-239
有島武郎　25，206-208
有栖川宮熾仁　117
安靖院　78

飯島さだ　65，72-73
飯島三之助　72
飯島房次郎　64，72-73
石樽千亦　148
石原純　48-49
石渡春雄　193
市川房枝　193
伊藤燁子　→柳原白蓮
伊藤キタ　113-114，132
伊藤金次　132-133，139
伊藤シズ　121，138-139，142-143，178
伊藤周平　113
伊東盛一　10，44-47，214-216
伊藤鉄五郎　30，36，143，224-225
伊藤伝右衛門（幼名・吉五郎）　9，12-17，19-24，26，28-30，36-38，41-43，52-57，76，100-101，105，107，111-116，118-123，125-138，140-146，151-152，154-155，161-162，167-171，173-176，178，188，197，199-200，205，208-214，216-220，222-225，229，236，245
伊藤伝之祐　105，120-121
伊藤伝六　111-114，116，118，123-128，130-131，142
伊藤蓮子　126
伊藤八郎　34，105，114-115，122，125-127，131-134，138-139，141，143-144，173-175
伊藤初枝　142-143，197
伊藤ハル　121，127，130，132-135，137-138
伊藤秀三郎　121，143，178-179，184-185，222，225
伊藤博文　61-63，77，79
入江為守　12，23，104，137，213，225
入江（柳原）信子　77-78，91，104，137，147

著者紹介

永畑道子（ながはた・みちこ）

1930年、熊本に生れる。熊本日日新聞社会部、福音館書店編集部を経て、作家活動に入る。女子美術大学教授、熊本近代文学館館長を歴任。

主な著書に『夢のかけ橋——晶子と武郎有情』『華の乱』『憂国の詩——鉄幹と晶子・その時代』『雙蝶——透谷の自殺』『凜——近代日本の女魁・高場乱』『恋と革命の歴史』『三井家の女たち——殊法と鈍翁』ほか多数。2012年6月没。

恋《こい》の華《はな》・白蓮事件《びゃくれんじけん》

2008年10月25日　初版第1刷発行 ©
2014年 7月30日　初版第2刷発行

著　者　永　畑　道　子
発行者　藤　原　良　雄
発行所　藤　原　書　店

〒162-0041　東京都新宿区早稲田鶴巻町523
電　話　03（5272）0301
FAX　03（5272）0450
振　替　00160-4-17013
info@fujiwara-shoten.co.jp

印刷・製本　中央精版印刷

落丁本・乱丁本はお取替えいたします
定価はカバーに表示してあります
Printed in Japan
ISBN978-4-89434-655-0

透谷没後百年記念出版

雙蝶

〈透谷の自殺〉

永畑道子

大ジャーナリスト徳富蘇峰の回想を通して、明治文学界の若き志士、北村透谷の実像に迫る。透谷を師と仰ぐ島崎藤村。何が透谷を自殺に追い込んだか？　作家永畑道子が、十年の取材をもとに一気に書き下した、通説を覆す迫真の歴史小説。

四六上製　二四四頁　**一九四二円**
（一九九四年五月刊）
◇978-4-938661-93-9

玄洋社の生みの親は女だった

凜　りん

〈近代日本の女魁・高場乱〉

永畑道子

舞台は幕末から明治。幼少より父から男として育てられた女医高場乱《おさむ》は、西郷の死を心から悼む。興志塾（のちの玄洋社）を開き、頭山満ら青春さ中の男たちに日本の進路を学問を通して吹き込む乱。近代日本の幕開けをリードした玄洋社がアジアに見たものは？

四六上製　二四八頁　**二〇〇〇円**
（一九九七年三月刊）
◇978-4-89434-063-3

日本女性史のバイブル

恋と革命の歴史

永畑道子

〝恋愛〟の視点からこの百五十年の近代日本社会を鮮烈に描く。晶子と鉄幹／野枝と大杉／須磨子と抱月／スガと秋水／らいてうと博史／白蓮と竜介／時雨と於菟吉／秋子と武郎／ローザとヨギヘスほか、まっすぐに歴史を駆け抜けた女と男三百余名の情熱の群像。

四六上製　三六〇頁　**二八〇〇円**
（一九九三年一一月／九七年九月刊）
◇978-4-89434-078-7

三井家を創ったのは女だった

三井家の女たち

〈殊法と鈍翁〉

永畑道子

三井家が商の道に踏みだした草創期に、夫・高俊を支え、三井の商家としての思想の根本を形づくった殊法、彼女の思想を忠実に受け継ぎ、江戸・明治から現代に至る激動の時代に三井を支えてきた女たち男たちの姿を描く。

四六上製　二二四頁　**一八〇〇円**
（一九九九年二月刊）
◇978-4-89434-124-1